GaoGaoDeDiaoZiDing

高高的稻子顶

李定林——著

黄河出版传媒集团
阳光出版社

图书在版编目（CIP）数据

高高的轿子顶 / 李定林著. -- 银川：阳光出版社，
2024.1

ISBN 978-7-5525-7148-6

Ⅰ.①高… Ⅱ.①李… Ⅲ.①散文集—中国—当代
Ⅳ.①I267

中国国家版本馆CIP数据核字（2023）第229339号

高高的轿子顶

李定林　著

责任编辑　郑晨阳　申　佳
封面设计　圣立文化
责任印制　岳建宁

黄河出版传媒集团
阳　光　出　版　社　出版发行

出 版 人　薛文斌
地　　址　宁夏银川市北京东路139号出版大厦（750001）
网　　址　http：//www.ygchbs.com
网上书店　http：//shop129132959.taobao.com
电子信箱　yangguangchubanshe@163.com
邮购电话　0951-5014139
经　　销　全国新华书店
印刷装订　四川金邦印务有限公司
印刷委托书号　（宁）0027949

开　　本　710 mm×1000 mm　1/16
印　　张　17.5
字　　数　240千字
版　　次　2024年1月第1版
印　　次　2024年1月第1次印刷
书　　号　ISBN 978-7-5525-7148-6
定　　价　68.00元

序

永远的故乡

❋ 杨　雪

　　李定林先生将要出版他的第二本散文集《高高的轿子顶》，嘱我写序，我欣然应允。

　　李定林先生近年致力于散文创作，常有散文作品面世，其中不乏佳作，被广大读者喜爱并点赞收藏，而他本人却十分低调和谦虚，让人敬重。

　　摆在我面前的这本即将出版的散文集《高高的轿子顶》共分为七辑，篇章可谓不少，但大部分都是以他最熟悉的故乡古蔺为背景题材，或佳山丽水、或人文况味、或历史掌故、或人物传奇、或风土人情、或民风民俗……很多篇章所呈现内容的独特性和唯一性让我们唏嘘，而文字的朴实和贴切的叙述又让我们感到亲切和可信。

　　轿子顶是古蔺城郊的一座大山，是城里人登高望远的好去处，也是李定林先生游玩、登高、觅物、拍照的好场所。在那里，植物破土、生长、翠绿、衰败的过程，让他认识到事物的规律，也让他认识到事物的无常。蓝天白云下的云卷云舒让他认识到大自然的美好，而蓝天丽日下的澄明也让他心境通透和旷达……故乡的自然山川以高远大度的胸怀启迪他、顿悟他，因此他的散文，既是写给故乡的，又是写给自然山川的，在故乡和自然山川的融合中，让人们体察人生的意义和美好。

　　集内的很多篇什在这方面均有呈现，比如《古蔺人的爱兰说》

《蝉鸣，长滩的生命交响曲》等文章，读后让人感慨万千。古蔺的兰草，得益于上苍的恩赐，惊艳世界。2023年3月，笔者曾到古蔺双沙参加一个诗会，空闲时有幸参观了当地农民自发组织的兰花交易会。现场的兰花品种之多、人群之众、空气中弥漫的兰花香韵之足，让人们感到，在古蔺双沙春天都属于兰花。读《古蔺人的爱兰说》，不难看到古蔺人对美好生活的追求和向往。

李定林先生的散文作品中，写亲情的篇什不多却很精。集内收有两篇，一篇是《怀念父亲》，另一篇是写母亲的《房屋的故事》。这两篇散文，我以为在李定林先生的作品里占有相当重要的地位。从对父亲的不甚理解到逐步理解并最终理解，其实是完成了人生的三部曲——幼稚、觉醒、成熟的全过程，反过来也让我们看到了父亲恩重如山、责任担当的伟大的一面。读这样的文章，我们深受教育和启发。

当然，李定林先生的散文对故乡历史文化的挖掘和独特呈现也让人称道，这非一般作者可比，若对故乡不进行深入了解、不热爱，很难写出这种作品。正是因对故乡的深情热爱，才有了《高高的轿子顶》走进世人的视野，正是故乡永在心中，才点亮了李定林先生创作的心灯，让他的故乡，当然，也是我们的故乡，永远亮堂在我们的心灵。

是为序。

2023年4月8日午后于伴月居

杨雪，本名杨忠孝，著名诗人、散文家，国家一级作家，中国作家协会会员，四川省作家协会主席团委员，四川省散文学会副会长，泸州市文联副主席，泸州市作家协会主席，泸州市散文学会会长。已出版诗歌、散文集十二部，部分作品入选海内外四十余种选本并多次获奖，其中散文随笔集《梦里故园》获全国第四届冰心散文奖，《中国作家大辞典》收有其词条。散文集《川南的乡愁》荣获全国第七届冰心散文奖。

目　录
CONTENTS

附　录

第一辑

轿顶心语

JIAODING XINYU

高高的轿子顶

每次回古蔺老家，在弯弯曲曲的盘山公路上，老远就会看见高高的轿子顶，十分亲切，到家的感觉油然而生。这是我们小县城能看到的最高的山峰，最能打开故乡人的视野的独立峰尖。人在江湖，在外打拼，每天早晚都要翻看微信，看看家乡的人和事。最近在朋友圈中偶然看到20世纪80年代初与单位的年轻同事们一同登上轿子顶的合影照片，又勾起了我对轿子顶的回忆。

轿子顶位于小城的东北面，是我从小就十分敬仰的一座山峰，离乡后更加眷念。

我的故乡古蔺县城是被山包围着的：东面有汗人坡，南面有高家山、老王坳，西面有流沙岩、方碑梁子，北面有柑子坳、轿子顶。四山发育出来的四条河流在小城两公里的范围内汇聚成落鸿河，小城人临河而居。从红龙湖、柑子坳到轿子顶，山的红色，树的绿色，四季泼彩，云霞飞舞，恰似一幅幅生动的山水画屏，铺展在北面的山峰上，到轿子顶戛然而止，凌空屹立，气势雄伟，令小城的人们十分敬仰。在街上，在河边，在旷野，人们每天都能仰视它，日日夜夜、春夏秋冬的风景变幻让人赏心悦目。

我家住在县城地势较高的墨宝寺旁，一出门就能看到轿子顶，四季风景就在眼前交替变幻。春天，葱茏绝顶，一片生机；夏天，金光灿烂，敞亮巍峨；秋天，色彩斑斓，飘向远山；冬天最美，雪后天晴，一座巍峨苍茫的雪山耸立在眼前，城里即使没有白雪，轿子顶都会戴上一顶尖尖的雪帽直插云霄，再加上巅峰上飘浮着悠悠的白云，云蒸霞蔚，尽显山峰的美丽与浪漫。在童年的我的心中，更显神秘和神圣，充满无比的向往。

轿子顶的美景在每一个从小就生活在这个小城的人的心中，守望着，向往着，让人有一种莫名的感觉：总有一天会站在它的峰顶。

那时想登上轿子顶是一件十分困难的事情，不仅需要充沛的体力，而且需要勇气和智慧。

从火星山山脚出发，沿火星山山脊而上，爬上火星山山顶，在碉堡上小憩，再一路爬坡登上轿子顶，足有20多里地，来回要大半天，还要带足干粮。更恼火的是，登顶的山路狭窄，陡峭险峻，加上是油沙坡，稍不注意就有滑下山谷的危险，在危险处，必须一手拉着路边的茅草，低头弯腰不停往上爬，千万别回头往下看，否则让人心惊胆战、双脚发软。"上山容易下山难"，下山最难的时候，要抓住茅草往下走。由于难攀，县城里的人都以能登上轿子顶而称雄。当然，现在好了，盘山水泥公路从火星山山脚一直延伸到轿子顶山峰的脚下，人们可以说走就走，驱车前往峰脚，再登峰顶。徒步登顶，500余阶石梯，来回一个多小时。

第一次登上轿子顶是1980年刚退伍回家的时候。因为刚退伍，等待安排工作，无所事事，便去登向往已久的轿子顶。从农场田坝开始，沿着火星山正面的山梁慢慢往上爬，到了山腰，流沙溜滑，手脚并用，小心攀登，一直到火星山山顶。山顶上，一个碉堡残垣是唯一的人工遗迹，周围长满茅草，据说这里就是小城"一碉锁全城"的咽喉要地。站在火星山上，古蔺县城一览无余。休息一会儿，又沿着山梁继续往上爬，一路的马桑、黄荆灌木和茅锯子草，长在风化的流沙上，偶有形影单调的高大乔木，好不容易到了轿子顶的垭口人家才歇一会儿。山民一见到陌生人上来，好客热情地向我介绍。他说，轿子顶是从古蔺西面海拔1840多米的笋子山一路向东而来的，两边悬崖，独立成峰，海拔1200多米。在山民的带领和帮助下，我别着砍柴刀，披荆斩棘，沿着登顶的毛狗路攀爬，中间的一段路实在太险，我一手拉着茅草，一手扶着坡地，一路连攀带爬，终于第一次登上了轿子顶。

头顶烈日，吹着习习的西北风，站在刀锋般的山顶，摇摇晃晃，难以立足。环顾远眺，从火星山梁子上来，左手是兴田沟，右手是绵竹沟，正南面是火星山下的古蔺城，北面是北凤山下的杨柳坝，只见沟壑间、坡面上铺满了层层叠叠的梯田。这次登顶，真正体会到什么叫"一览众山小"。我除了激动还是激动，禁不住放声高呼："我终于登上了古蔺城外的峰巅——轿子顶了！"

第二次登顶是在20世纪80年代初，单位组织了一次五四青年节的登山活动。这次爬轿子顶，因为人多，热热闹闹，带个录放机，一路欢快，一路高歌，一路互助，慢慢爬行，也不觉得累，登顶的毛狗路也好走了些，不知不觉就登上了轿子顶。登上峰顶，各自疯狂，体味着高山仰止。环顾四周，浩渺的乌蒙山似万马奔腾，扑向轿子顶，被古蔺河阻挡后，又向东沿古蔺河奔向赤水河而去。山顶容不下几个人，大家只好挤在一起，合影照相，留下倩影。人多势众，轻松释然，峰尖踩在我们的脚下，这时才真正找到了"山高人为峰"的感觉，让人感到再高的险峰终会被人们征服。

后来，随着社会的进步和科技的发展，从县城到轿子顶下的垭口修通了环山公路，从垭口登顶的毛狗路也变成了六七十度坡度的石梯，人们肩扛背驮搬运材料，在峰顶建起了县城最高的建筑物——电视塔。我后来又登过几次，每次的感觉都不一样。特别是1999年夏天，我家三代人又去登了轿子顶。我和爱人带着年近70的老妈及10岁的儿子一起上去。难以想象的是，老妈竟也登上了峰顶，无限感慨道："我在小城生活了几十年，今天总算了却了心愿！"登上峰顶后，风景各自品，有一种从未有过的感觉：心情舒畅，心宇浩渺，心随云飘荡！儿子仰着头，对电视塔看了许久，指着塔尖发问："爸爸，这就是我们家电视的眼睛吗？"我说："对，我们小城人的'千里眼'和'顺风耳'都藏在这铁塔上，里面还有浩渺的星河……"一家人在那高高的峰巅各自想象着。

轿子顶巍峨雄壮，千百年来尽显自然的美丽，祥云在头顶尽显风流。而今，经过家乡人民不断的精心装扮，轿子顶长得更高了，风景更加美丽，一座坚固的人工电子发射铁塔冲入云雾，天眼把乌蒙山里小城的人们带入更加灿烂的星空！

2017年11月15日

怀念父亲

又是一年清明节，又该去看看父亲、母亲了。对于母亲，我曾在《母亲的密码》中追忆过，记述了母亲睿智、善良、辛劳的点点滴滴。但对于父亲，却总是难以提笔，心里似乎总有一些解不开的谜，一次次提笔又放下……

一

记得2007年2月一天早上8点多，我正在办公室里忙碌着，电话响了，我一接听，是一个亲切的声音，父亲在那头说："老三，祝你生日快乐！"我吃了一惊，家里人从来不做生，这是父亲一生的传统。父亲在家里也从来没有对谁说过这样的话，这是我记事以来父亲对我说的最温馨的一句话！

也是这一年4月5日早上9点多，弟弟突然来电话："爸爸走了！"父亲平时身体好好的，怎么就……太突然了，我没有一点儿思想准备，脑袋嗡的一声炸了，泪水一下就冒了出来。这一天正是清明节，我不知道父亲怎么会选这个日子突然撒手人寰……父亲给我生日祝福还不到两个月，那句"祝你生日快乐"竟成了他给我的遗言……

父亲虽然离开我们很多年了，但父亲生前的许多往事却常常在我的脑海中浮现。清明节快到了，爱人说："写写你的父亲吧！"

我曾经多次动笔想对上天的父亲写点儿什么，说点儿什么，可是每次都是以泪洗面而告终。父爱如山！我的父亲也像天下的父亲一样，用自己独特的方式表达对子女的爱，用一生的热情对待家庭，对待工作，对待同志和朋友。他没有留给我们什么物质遗产，却给我们留下了宝贵的精神财富。

1930年12月4日，父亲出生于江安县南井乡柑子坳，本名李长华，又名李树荣，有姐姐李长芳和弟弟李长江。据老人们讲，我们李家是早年从湖北孝感迁移到江安的，现在那里还有李姓族人居住。按照"郑绍槐玉，树开权必，世长定子，元士上维，朝万友文"李祖字辈歌，父亲是"长"字辈。

父亲的童年和少年是在暗无天日的旧社会中度过的。那时，社会混乱不堪，乡民常常遭"棒客"（土匪）的抢劫骚扰，老百姓需要有一套防身术。高大的祖母是练过武的，三五个人近不了身。尽管这样，还是对土匪奈何不得。在父亲12岁时，祖父便带领全家搬到泸州城里大营路十八梯18号居住。祖父靠在忠山上种点儿蔬菜和挑水卖来养家糊口，是当时泸州街头巷尾出了名的卖水大爷，人称李幺爷。刚进泸州城，父亲很调皮。正值日本飞机轰炸泸州，老百姓很敌视外国人，也不知道美国人是来帮助中国的。有一次，他看见一个美国人背着手在街上走，竟悄悄跑到美国人背后，在他手心吐了一口口水，转身就跑了。美国人回头看见是个小孩，便哇哇大叫起来："抓娃娃……"稍大一点儿，父亲先后在裁缝店和药房当过学徒。

1950年2月，父亲在泸州参加市管会工作，下半年便积极响应支援大山区的号召，怀着一腔热血，抛开安稳的城市生活，告别妻儿，到了古蔺县粮食部门，先后到德耀粮站、摩尼粮站、中城粮站工作。1956年，母亲带着姐姐和哥哥从泸州举家搬迁到古蔺德耀关。从此，我们便扎根古蔺，建设山区。我在德耀关出生，便成了一个地地道道的"老山娃"。

父亲刚到古蔺时，社会混乱，土匪盘踞，正面临古蔺的第二次解放。父亲与其他同志一道，参与征粮剿匪、收粮进仓、保护国家粮食安全、保障居民粮食供应、维护社会秩序稳定等工作。时任德耀粮站支部书记的李洪文，是一个随军南下干部，是抗日英雄骆建郎的女婿，他对父亲非常器重。在李洪文支书的关心和培养下，父亲积极工作、不辞劳苦、进步很快，不到两年就入了党，后又被提拔为德耀粮站副站长。那时，父亲春风满面，也可谓少年得志，为新中国奉献了自己的力量。

当上领导，责任更大。工作中父亲总是身先士卒，任劳任怨。每当秋收征购粮食的季节，他都到一线帮助同志们开票制据，打扫晒坝，维持秩序，下乡到各粮点催收粮食征购。有一次，父亲在桂花粮店征购粮食，已经是晚上10点多了，接到德耀区粮站紧急开会的通知。他从桂花场只身一人赶到区里，在杨四坳口，忽然听见有豹子在叫。他用电筒一晃，只见两只蓝幽幽的豹眼盯着自己，令人毛骨悚然。父亲借着微弱的电筒光，手持棍棒，一口气跑下山，终于避开了这个凶险的家伙。为了工作，父亲险些落入豹子口。《古蔺县志》记载："1954年3月6日，县政府发出《开展消灭万只野兽的指示》。全县民兵、猎手组成170个常年打兽队。至1955年年底共打兽20769只（含1953年4557只），有虎1只，豹38只，野猪4757只，刺猪12246只，其他3378只。"那时，在古蔺偏僻的山区，工作十分艰苦，常常深更半夜独自行走在深山老林的崎岖山路上，生命也常常受到猛兽的威胁。

父亲为人耿直，是工作上原则性很强的人，从来不占公家的便宜。1960年，天大旱，粮食颗粒无收，百姓闹饥荒，许多人因饥饿而浮肿，父亲也没有幸免。父亲是粮站站长，被人讥笑说："你是在抱着甑子饿肚皮呀！"后来，母亲打听到一个小偏方，用黄蜡熬糯米稀饭能治好浮肿，催促父亲去买一点儿糯米回来治病。父亲没有因为自己掌管着粮食就滥用职权，而是写了治病需要三斤糯米的申请报告，跑了好几趟县粮食局。领导看他两条腿肿得透亮，才予以批准。吃了黄蜡糯米稀饭，果真消了肿。

父亲搞粮食管理，专心工作，精于业务，上级领导表扬他是"粮管专家"。1979年初，我已经当兵，父亲来信说："今年古蔺受到特大旱灾，100多天未下雨，粮食歉收。在上级党委关怀下，调了粮食3000多万斤来支援，人民生活过得很好。"他在给我们的信中，念念不忘他的工作。

父亲在50岁以前长期在外，在家的时间很少，偶尔回家，也总是来去匆匆。他忙得连疼爱、教育我们五姐弟的时间都没有。母亲斗大的字不识几个，但在我们成长的道路上，随时随地教育我们。我们在母亲的拉扯下成长起来。记得有一次父亲对母亲说："娃儿大些了，要教！"我们几个姊妹都生在红旗下，长在"文化大革命"中，书没有读到多少，整天满山跑。这是我们童年时代的乐趣，更是一种缺失。在我们成长的过程中，父亲的言行潜移默化地教育着我们。虽然留在我们记忆深处的，只有父亲的严厉教训和在饭桌上筷子头头落在脑壳上的痛，但是长大了，渐渐理解了这种简单粗暴的教育方法。随着时间的推移，淡忘了挨打的痛，而父亲的秉性和为人正直、做事认真的垂范影响着给我们。尽管那时他的身影和声音稀罕，但越是稀罕，他的气息就越弥散。生活的改善和儿女的成长处处离不开这种气息：在儿女们人生的岔道口上始终有父亲的指引；当我们在餐桌上抱怨人事纷繁、社情险恶的时候，父亲却时时开导我们。

我当兵不久，父亲来信说："……我认为巩固成绩，努力学习，加强锻炼，把自己锻炼成为无产阶级先锋战士，积极争取加入自己的组织——中国共产党……"受到父亲的鼓励，我努力练就过硬的军事技术，被评为"学雷锋积极分子"，受到团嘉奖。通过自己的努力，第二年在部队实现了入党的愿望。

后来，父亲到部队来看我。要离开的前一天，吃完晚饭，父亲说：

"明天就走了，军营里说话不方便，我们出去走走吧！"傍晚，父子俩慢慢走在漫长的铁道上，无拘无束地交谈。父亲谈到了他的过去，谈到了他受过的磨难和挫折，谈到了我的长处与不足，谈到了对我的期望……这是父亲第一次敞开心扉、心平气和地与我交流，也是我一生中最难忘的一次父子对话——真挚而坦荡！

我望着无尽的铁道，模糊的双眼闪着泪花，跟随着温暖而高大的父亲，在这坎坷不平的路上，慢慢前行……

二

1992年，父亲从日杂公司退休，参加工作43年，历经风风雨雨，应该放松下来歇歇了，也应该拥有属于自己的自由空间和生活节奏。

父亲长期在单位当领导，工作几十年，一旦放松下来，很不习惯。父亲没有特别的爱好，退休以后，除了一天三顿饭，其他无所事事，心境一时还难以平静下来。父亲曾说："一个单位领导，处理的事情不可能百分之百让人满意，总会有一部分人有不同的想法，有不同的利益纠葛。退休的时候走出单位，人家碰见愿意叫你一声是尊重，背后没人戳你脊梁骨骂，就算是个好领导了。"依父亲的性格，在工作中有时候好心办事，却又常常被人误解，眼睛里难容沙子，又难免要多嘴，得罪人。有人说父亲是嘴巴硬，性子急，心肠软；有人说父亲不怕得罪人，是个好人。

后来，父亲每天早早起床，把家务做完，没事的时候就喜欢到落鸿桥边与一群退休的老同事一起喝茶聊天，谈论国事，了解社情，关注民生。一旦遇见不平之事，就要打抱不平，便相约找县上领导反映。有时候，我们也感到心烦，觉得老父亲管得太宽了，退休了就好好生活，不要去管那么多闲事，有时甚至把人得罪了。一天，我直截了当地对他说："退休了，就好好生活，不要再去得罪人了，不要被别人当枪使，让我们的工作环境宽松点儿。"有一次，他到陈宗伟医生门市上吹牛，吹着吹着就与人家起了争执，第二天又笑嘻嘻地到人家门市上吹得热火朝天。父亲就是这样，有时候搞得人哭笑不得。

我们兄妹五个，除姐姐在外地工作外，其他人都在古蔺工作。儿女们都成家立业了，儿孙满堂，父亲、母亲也应该享受天伦之乐。那时，我们几个姊妹正值中年，工作和自己的小家忙得不亦乐乎，无暇顾及父母冷暖，而父亲对母亲无微不至的照顾让我们省了不少心，我们全身心地投入工作中，感到很幸福。

父亲拿着每月1200元的退休金，也感到满足，一天到晚乐呵呵的。母亲与他在一起居住，买菜做饭他全包了。这与工作时的父亲相比，简直是天壤之别，就像变了一个人似的。这是一个回归的父亲，回到家中的父亲，这是母亲的福音，更是我们的福分。母亲含辛茹苦一辈子，父亲晚年开始补偿了。

每天早上，父亲与母亲偕同在滨河路上散步，呼吸清新的空气，碰到老熟人聊聊天，回到家里吃早饭。休息一下，父亲便提着菜筐筐买菜去了，回来又做菜做饭。每到星期天，父亲就会做一桌美味佳肴，要儿孙们回来团聚。这是他最开心的事情，尽管累但快乐着。哪一个缺席，少不了一句："给你们弄好来吃现成，还困难！"回到家里，孙儿们你追我打，屋里屋外到处乱跑，活泼可爱的孩儿们也给大人们增添无穷的乐趣。有一次，三个孙儿在父亲的床上打闹，竟把床枋跳断了，父亲便当起修理工。就这样，时间一天天过去，儿女们依旧只能有空时回去看看。

父亲一向身体很好，可母亲70岁时得了怪病，双手连衣服扣子都扣不上，四处求医都不见效果，越来越严重，最后衣食都不能自理。兄妹商量着请人来照顾，可父亲怎么也不同意，他说："你们母亲前半辈子太辛苦了，后半辈子该我来偿还。你们就安心地好好工作！"让儿女安心，让母亲依靠，这成了父亲晚年的唯一责任。每天清晨，父亲就开始忙碌了——把生活已经不能自理的母亲扶起床，然后给母亲梳头、刷牙、洗脸，再做早餐……然后提着菜篮子到菜市场买菜，回来再做饭。下午再陪老母亲到滨河路散步。就这样，父亲全身心地照顾了母亲三四年。后来，母亲辞别了相濡以沫的爱人和她心爱的儿女们，父亲泪流满面，悲痛欲绝。这是我们第一次见到刚强的父亲流泪……

2019年4月5日

原载《泸州文艺》2019年第2期

房屋的故事

今天，天气格外晴朗。老母亲一大早起来，就赶紧交代："今天有什么安排，早点儿安民告示，我好准备。不要到时追得我搞不赢哈！"

母亲今年87岁了。她最大的愿望就是在节假日和双休日，我们带她到周围的景点去看一看、转一转。这不，在提醒我们今天要带她去游玩呢！

泸州城周围的公园景区我们都走了个遍。张坝桂圆林几乎就是我们的固定游览处。特别是现在，正是金秋十月，沉甸甸的桂圆满树飘香，肯定游人如织，热闹非凡。"走，还是去张坝吧！"我说。出门后，家人说："干脆今天带你们去一个没有去过的地方，去看看恒大御景半岛的建设吧。""那里有什么好看的？又不买房。""走吧，去了就知道了，肯定不会让你们失望。"

汽车穿过热闹的城区街道，跨过雄壮的国窖长江大桥，向着茜草坝街道驶去。一路上，开发商设立的图文并茂的宣传广告真是让人大开眼界。那精心编写的广告词就是一张导游图。我们顺着数公里的广告长廊，游览参观了美丽的茜草坝新区。

恒大御景半岛位于泸州茜草新区。这里是长沱两江汇聚的川南龙脊，沱江浩渺而从容，长江波澜而不惊，以江水之脉络，显城市之气魄。这里有泸州著名的四大主题公园，被誉为绿草之心。画卷天成的十里长廊沿江而筑，展现着这座城的精神气质与区域风貌，江岸风情一览无余，以滨江之秀艳，绘城市之画卷。AAAA级旅游风景区张坝桂圆林是中国内陆唯一的桂圆种植基因库，延绵5公里，4500亩超大规模，美丽而壮阔，静谧且惬意，以自然之禀赋，享城市之悠闲。三线建设博物馆公园复刻了长江起重机厂、长江液压机厂、长江挖掘机厂的历史，眼前的车间、机器、工具仪表等，仿佛把我们带到了20世纪六七十年代三线建设的火红年代，让人珍藏那段辉煌的记忆，宛如北京798艺术区，以文化之创意，忆城市之过往。皇家欧陆园林公园一园四季，银杏列阵、垂柳荫路、花香嗅鼻，一侧碧波荡漾，一侧五色满径，真是移步异景皆春色，满园碧绿沁人心，以园林之葱郁，揽城市之四季。

走进售楼大厅，按一定比例缩小的模型沙盘上陈列着各式各样的高楼和别墅模型。我们在一个三合院的模型前站住了。老妈惊喜地说道："看这个房屋设计，多像当年我想改造我们家老屋的构想啊！"

说起我们家的老屋，还真有一段跌宕起伏的故事。

我的老家在四川古蔺县城。母亲姓曾，据说曾氏家族是从福建迁徙来的，曾家在古蔺城上街有曾半街之称。位于上街蹄形巷29、30、31、32号是曾家大院，住着几辈曾姓人家。32号是我家老屋。据我外婆讲，新中国成立前，老屋曾经是另一曾姓人家的房屋，后来因为这家男主人死了，没有儿子继承，按照封建传统，女人是不能继承的，曾家人称这栋房屋为"绝后房"。人多势众的曾氏族人叫嚷着要把那家女主人赶出去，要把那"绝后房"改为曾氏宗祠。在黑暗的旧社会，那个无处申冤的孤身女子只好出走到叙永。那时，我外公家算得上古蔺县城里知书达理的绅士人家。当他得知那个女子携带房契出走以后，便与他的弟弟商量，哥哥出钱，弟弟跑腿，事成之后兄弟俩平分房屋。弟弟到叙永找到了房主女人，用钱购买了那栋房屋，得到房契，这间房屋成了我外公两弟兄的家业。但是曾氏族人不认可："那是'绝后房'，你们没有资格住，必须腾出来做曾氏祠堂。"外公因此在国民党时期就打了官司，房子成了我们家的家产。然而天有不测风云，我外公生育了两个儿子、一个女儿。不幸的是，两个儿子前后夭折，剩下我妈妈一个女子。后来旧政府逼他捐资而不从，外公被关进了衙门，最终悲愤交加而去世。这时，曾氏的人又跳出来，说我外婆和我妈妈都是女人，没有资格继承曾家家产，必须腾出来做曾家祠堂。母女俩抗争了几年，险些被赶出家门。幸好后来新中国成立，劳动人民获得了解放，毛主席把男女平等写进了宪法，女性同样有继承权。可是，曾家老辈仍然是旧观念，一直不死心，要把我们家房子作为曾家祠堂。直到有一次，族人再次提起房子之事，我妈妈愤然在我家大门口说："谁说这房子不是我家的，请他去法院告，我陪他打官司，我来当被告。怪了，我有证有据，国民党政府都判归我家，我就不信，共产党领导的新中国还会剥夺我这个女子的继承权？！"曾氏族人看我妈妈态度强硬、有理有据，自知亏理，从此便缄口不言。

说起我们家的这份祖业，实际上不过是个50平方米的瓦房，只是前后有个小院，倒也显得宽敞。由于家庭条件有限，再加上年久失修，老屋早已破烂不堪。房屋漏缝，甚至晚上可以透过瓦缝看天上的星星月亮。家里的墙壁用旧报纸贴糊，地是泥土凿平的，十分潮湿。最令人胆战心惊的是，每逢狂风大雨，房屋仿佛摇摇欲坠，瓦稀屋漏，一家人惊恐万分，忙得团团转。有的找家什挡，有的找盆盆罐罐接雨水，甚至有好多次下着大雨，妈妈爬上房顶，我们两姐妹给她递塑料薄膜遮挡漏雨，以至于后来传出个故事，很久都被人当作笑话传说。

问："你家现在最怕什么？"

妈妈答："我啥子都不怕，就怕漏！"

问："什么是漏？"

妈妈答："漏你都不晓得呀？房屋漏呀！"

记得1974年，我妈妈是古蔺公立幼儿园园长。上级拨专款改造幼儿园，同时也修建了几套职工住房。当时，按照家庭条件、工龄长短、级别高低和贡献大小等，我妈妈理应可以分到房子。但是她以身作则，为了把这项"天下第一难"的工作摆平，主动放弃了分房。我们一家四口仍然住在那间不足50平方米的破旧不堪的老屋里。后来，她采取了维修房屋的办法，把幼儿园撤下来当垃圾扔掉的旧砖块、旧木头和旧瓦片，以折价的方式购回来维修我们的老屋。老师们一再劝说不给钱了，反正都是要花钱请人扔掉的旧物，可妈妈不占公家一分钱的便宜，以折价的方式购买回来，对我们的老旧屋进行了维修。大家说："没有见过像曾主任这样固执己见、廉洁干净的人。"母亲则说："干干净净的，说得起硬肘话。"

改革开放后，经济条件越来越好。我和姐姐参加工作以后，我们家的经济条件也逐渐好转。这时，妈妈有了一个梦想，希望把我们的老屋重新修建。她设想修成一个四合院，进门有大门，正前方一间是她的，左右两间是我们两个女儿的，中间是天井。一家人其乐融融，就在这四合院里度春秋。那时，姐姐落户在成都，我在资中工作。妈妈希望我们姐妹调回古蔺工作，一家人在家乡团聚，还兴致勃勃地拿出了她修房造屋的规划图。那张规划图上的房子几乎就是今天我在这里看到的模型。可惜姐姐定居成都，我后来虽然回到了家乡，但是随着房改政策的实施，我在单位分到了房改房，居住条件大为改善，更无暇顾及自家老屋的改建。后来调到泸州工作后，母亲随我到了泸州定居，古蔺的老屋也以三万元的低价出售了。母亲的规划终究没有变成现实。

看着眼前的模型，妈妈情不自禁地再次叙述着她当年的梦想。妈妈说："有了这样的房子，我们一家又可以重新住在一起了。现在你退休了，你姐姐也退休了，以后都在泸州这座文明、美丽、宜居的城市养老吧，都住在这样的四合院里，圆我们的团圆梦，我们一家又可以享受亲密无间的天伦之乐了！"

妈妈催促说："赶紧问问多少钱啊，我们有没有能力购买。要不然给你儿子打个电话吧，让他也为家人的团聚做一份贡献吧！"

我把照片和母亲的想法传给了远在大洋彼岸的儿子。儿子回信说："辛苦了一辈子，是时候给你们一个五星级的家了！"

2018年10月20日

那一方方曾经耕耘的田园

　　每个人都有自己耕耘的田园。田园是自己的衣食父母，必须在里面辛勤地劳作，收获甜美果实，才会得到更好的衣食住行。自主择业也好，分配工作也罢，只要能发挥自己才能的职业，凡是能养活自己、养家糊口的事情，就是你的田园。倘若你不肯下力耕作，它就要荒废，当然荒废的还有自己的时间和生命。应开花的青春不曾开花，该结果的时候就不会结果，自然收获的时候就没有果实，只能品尝苦涩的生活，只能艳羡他人，悔恨昨天的自己。一年之计在于春，人生之计在年少。所以，在自己的田园里及时播下种子，适时浇灌，辛勤耕耘，就会有一个芬芳的春、茂盛的夏、殷实的秋、温暖的冬。

　　我的田园，是从能自食其力开始耕耘的。

　　1976年夏天，一个踌躇满志的18岁小伙子，高中毕业典礼还没有举行，就把城市户口转到了农村生产队。"到农村去，到祖国最需要的地方去""广阔天地，大有作为"成为那时知识青年上山下乡的内生动力。我到了古蔺县彰德公社大力六队，住进了生产队保管室隔出来的几平方米的小偏房，屋内只有一张床。生产队给我划了三分自留地，自己种菜吃。这就是我的全部家产，看似简单，但是我的心中却充满希望和理想，开始了日出而作、日落而息的知青生活。

　　劳动当然是第一要务，不劳动者不得食，我成了新进生产队一个每天挣8个工分（当时知青的最高分）的劳动力。积极劳动，争表现，是为了美好的明天，劳动不好，就不会得到贫下中农的认同，就不会被推荐出去再就业，就没有跳出"农门"的可能。所以，下乡第一个月，我踌躇满志、满工全勤，干了31天。可是，第二个月、第三个月就递减了，体力不支，生活艰苦，开始胡思乱想起来。后来，在生产队社员的帮助下，又振作精神，力争当好"山沟里的小黄牛"。记得刚开始学犁田的时候，一头刚学会犁田的牛在前面拉着犁头，我在后面掌着犁尾把学着社员大哥的样子，高声吆喝"踩沟……踩沟……"牛奔着犁沟往前走，犁头一倒，我栽倒在田里，腰顿时疼了起来，我不停地叫唤着："哎哟哎哟，我的妈，我的妈妈呀！"唉，那时的我也还只是一头初生牛犊啊！

在农村，劳动是艰苦的，行动是自由的，生活优哉游哉。农村也有生活的野趣。干"一排烟"活后，"放排"休息的时候，能听到山歌悠悠。

农村是一所开启我社会生活的大学校，这里有山清水秀的壮美画卷，有四季风光的田园诗篇，更有淳朴耿直的贫下中农。这些原生态，孕育了我诗情画意的情怀。尽管生活艰辛，每天脸朝黄土背朝天，可仍然青春焕发，脸上始终洋溢着灿烂的阳光。我努力学习农村的各种生存能力和劳动技能，学会了犁耙铲搭，懂得了农民的艰辛与厚道，萌发了抒发情怀的冲动，知道了四季农时，那首二十四节气的民谣"春雨惊春清谷天，夏满芒夏暑相连，秋处露秋寒霜降，冬雪雪冬小大寒"已经烙印在心底。中国几千年的农耕文明就这样默默地在这块土地上传承，一个初生的牛犊，就在这初涉的田园里慢慢学会了耕耘。

光阴荏苒，转眼间我结束了两年的知青生活，迈入了军营这方田园。

1978年3月，一列北去的闷罐火车，把我们50多个"知青兵"送到了河北滦平县古北口以北一个叫张百湾村的军营里——铁道兵89211部队51

团。3月的河北关外白雪皑皑。3个月的新兵训练，就在这冰天雪地的地方热火朝天地开始了。一天到晚，一支7斤半的半自动步枪不离手，正步队列训练少不了，拼刺刀的分解动作，打靶站姿跪姿卧姿，偷袭匍匐前进，半夜紧急集合，小跑野外训练，等等。通过紧张艰苦的新兵训练，我在军队这个大熔炉里强化了军令如山、必须遵守铁的纪律的意识。

我被分到令他人羡慕的勤务连通信班。在通信班，战士要有在紧急情况下徒手爬上10米高电线杆上维修架线的能力，所以训练也十分辛苦。当然，与施工连队相比，也只是小巫见大巫。有战友说，在施工连队，4.5吨的翻斗车，战友们创下一个人一天装卸四车道砟的纪录，有的还可以一个人双手夹着两包水泥小跑。首长称赞我们这些"知青兵"还真能拼命干。在通信班，经过半年的积极表现，我能徒手爬上10米高光溜溜的电线杆顶。后来，我被调到炊事班做饭。那时，我真有一种"我为革命下厨房，热情更比炉火旺"的感觉，每天起早贪黑，寻思着如何把饭菜做得更好。最难做的是早饭，北方天寒地冻，灶房地面冻上了冰，一不小心就会摔倒。经过不懈努力，我做的香喷喷的饭菜受到全连官兵的一致好评。一天，连长忽然问我："你这个南方兵，怎么把馒头做得这么好呢？"我笑了笑，说："都是同志们帮助的结果。"那时我们在部队，只有服从意识，要像雷锋那样发扬"钉子"精神，干一行，爱一行；钻一行，精一行。因为工作出色，我被评为"学雷锋积极分子"，受到团嘉奖，把喜报发回了家乡，并入了党。本来还梦想考军事院校，可没有那么幸运，遇到部队裁军，于是刚好两年我就复员回家了。

部队是个大熔炉，也是一所大学校，考验着每个军人的意志、勇气和胆识。当你完全脱离家庭，只能靠你自己开辟全新天地的时候，官兵们的团结一致、相互帮助和学习，一定能让你在这个大家庭里感到温暖和幸福，获得成长和进步。

1980年复员回家后，我被分配到县供销社工作。

我住在落鸿河边供销社的宿舍里，有一个幽雅的环境，每天迎着朝阳醒来，枕着潺潺的河水入眠；白天望着飞翔的燕子，晚上读书写字。春心也在这里萌动，体会到了"盈盈一水间，脉脉不得语"的初春，品味那洁白无瑕的"香刺花"的初恋的美妙。有了自己的小家庭，在温暖温馨的阳台上放飞那只翔宇的鸽子……

供销社在计划经济时期是连接城市与农村的纽带，工业品下乡、农产品进城的桥梁。县供销社最大的功绩就是帮助农民把烤烟产业发展壮大起来，成为山区农民的重要收入来源，也是县域经济的一大支柱产业。20世纪60年代初期，供销社帮助农民试种烤烟，1976年后逐步形成生产规模，1980年后又向区域化、专业化发展，全县种烟规模已达到8.5万亩。然而好景不长，1985年烟草公司与供销社分家独立，把供销社最盈利的烤烟产业划归烟草公司专营，供销社经营开始滑坡。

在这个陌生的田园里，我获得了很多。

我渴望文凭，考上了电大，脱产学习了两年，成为小县城里第一批本土培养的21个电大大专生之一。我学习商业经营的技能，工作有了榜样。那些工作经验丰富的老同志让我为之敬佩和感动，成了我的好老师。也经历了计划经济向市场经济的转变，体验了改革的阵痛和开放的活力。特别是遇到了一个"能说能写又能干"的好领导全国劳模戴林。随着改革开放步伐的加快，工业品、农产品都市场化了，供销社逐步陷入举步维艰的境地。戴林主任在全县供销会议上含着眼泪说："供销社发展不起来，我宁愿跳楼……"这就是一个干部面对困难的决心和意志。在他的悉心关怀和培养下，我同其他年轻人一样，羽翼渐渐丰满起来，一干就是10年。而立之年，我成了能够独当一面的工作骨干。其间，我跑遍全县的基层供销社和分销店进行调研，为更好地服务农村和农民，写了一些有意义的文稿。撰写的《浅谈基层职工差货短款的成因及根治对策》被《四川供销》杂志刊发，《对古蔺县供销社农副产品经营萎缩的调查分析》《深化企业改革呼唤提高领导者素质》等调研文章为领导决策提供了可靠依据，并被行业杂志刊发。

后我被选调到县财委工作，加强了理论修养，开阔了政治视野，度过了短短的两年。

1993年，一个偶然的机遇，组织安排我到交通稽征所工作，开始了我人生最长、最精耕细作的一块田园的劳作。

这是一个自己施展能力最为得心应手的平台。为交通建设服务，我做好本职工作，认认真真经营着，把汗水洒在公路上，为山区的公路建设闪现着一份微弱的光。后来当上了单位的领导，管理的事情多了，责任也越来越重。管理的资金从每年征收的几百万元上升到4000万元，上亿元的资金在我的手中聚散，这些资金都源源不断地安全上缴国库。18年的征费工作，人生的风风雨雨、坎坎坷坷，风险与责任、亢奋与郁闷、痛苦与辉煌都浓缩在这一方小小的田园里，圆满完成了上级交付的任务。

交通征费工作，从实干经营到理性思考，达到了飞跃。其间，我连续多年被评为四川省交通征稽系统先进个人，单位荣获先进集体。同时，业余时间撰写了大量文章，从《既要带好队，又要征好费》到《坐茶馆》，不断思考和践行交通征费改革的前途和命运，在长达10年的养路费费改税的过程中，等待，观望，向往。

交通征费改革尘埃落定，我又辗转到了路政支队，又在一方生疏的田园耕耘……

路政人带给我许多感动，特别是2012年泸州抗击百年不遇的长江特大洪灾时，许多感人事迹让我难以忘怀，我把它写在了《路神抗洪救灾记》中："不管白天还是黑夜，只有无尽地巡查，才能及时地发现和排除一个个险情。路做伴，雨添情，浪漫飘洒路桥间。在整天的大雨中，随时都能看见一群穿着橄榄绿服装和橙黄色反光背心的路政人，在全市的公路桥梁上往来穿梭。"路神不是神，是国家法律赋予其职责的路政人，他们保障着公路的安全与畅通，被人们称为公路的保护神。

俗话说，种瓜得瓜，种豆得豆，种下汗水，收获幸福，种下理想，长成事业。在一方又一方田园，都遵循规律，铲除杂草，收获果实。因此，不管是什么田园，也不管种的是什么品种，都要按照田园的规则，认真地思考和尽心尽责地做好自己该做的事，决不做不该做的事。我一生都在努力耕耘自己心中梦想的田园。

"老夫喜作黄昏颂，满目青山夕照明。"从知青到路政，从初生牛犊到花甲老者，43个春华秋实的田园耕耘，迟暮之年，行将完成自己职业上的人生使命，在这个早春的二月，老翁乘着满园的霞光，坦然踏上回家的路……

2018年2月8日

西雅图的秋色

来到西雅图正是深秋时节，秋高气爽，艳阳高照。

秋的色彩是美丽的，金黄色依然是田野的主色调，因为那是人们用辛勤的汗水浸透出来的结晶，是硕果累累的回报。然而，大自然奉献的风景则更加丰富多彩、绚丽多姿，让人眼花缭乱。山野里，萧瑟秋风让落叶缤纷，化作春泥更护花。在城市里，钢筋混凝土的高楼大厦不知秋冬，空调暖气让人迷失了四季；行道两边的树木，一叶知秋，随风飘来，那些飘飞的树叶，是人们喜爱的城市风景，成了四季轮回的信使。红黄叶片预示雪花将至。

在我走过的城市中，能够在城市里随处看见绚丽多彩秋景的，莫过于西雅图了。

当飞机在这座城市上空盘旋降落时，俯瞰舱外的风景，足够让你的心颤动起来：蓝天，白云，大海，湖泊，雪山。城市周围的座座山峰上，白雪盖顶，山峦间飘浮着几片絮云，还有那红黄绿交织的片片秋林，色彩斑斓，犹如彩锦铺向天边，随飞机而移步换景。最醒目的要数在高山丘陵中突出来的圆锥形独立雪峰，远远望去，雄伟壮丽，在阳光的照射下格外耀眼。如果说富士山是日本的象征，那么这座瑞尼尔雪山则无疑是西雅图的自然地标了。

瑞尼尔雪山面积954平方公里，自由顶峰高4392米，是喀斯喀特山脉的最高峰。瑞尼尔雪峰是一座休眠火山，几乎从一片山峦中拔地而起，因而高大壮美。它的存在，使四周2000米高的群山相形见绌；它的孑然耸立，让人们从各个方向都能见到它的雄姿。远远望去，洁白耀眼，雄壮如神山矗立。它与加利福尼亚州内华达山脉中美国本土最高峰4421米的惠特尼峰旗鼓相当。

我们出了机场，正是晌午，行进在市区的公路上，太阳光下的城市中心，太空针塔刺向天空，高耸入云的幢幢高楼，玻璃幕墙交错反射着强烈的阳光。公路两边三层的民居被高大浓密的树木掩映起来，丰厚的树叶成了秋天的绝对主角，红的、黄的、绿的，交相辉映，十分惹眼。车辆疾驰而过，落叶纷飞，一路染色，好一派飞舞的秋色。再看远处，蓝天上挂着朵朵白云，随风飘动。山峦层林尽染，松树、柏树、枫树、红豆杉、樱花树、白桦树，昂首在秋风中，赤橙黄绿青蓝紫应有尽有，随着山峦起伏，景色各不相同，像织锦铺向天边，在奔驰的车窗前闪动，美轮美奂。初到西雅图，碰上深秋，大海、湖泊、山水、林木与城市建筑浑然一体，城市的秋景就两个字——大美。

秋天的迷人色彩，强烈冲击着旅途的疲惫，5℃的气温，在保暖内衣的包裹下，感觉有点儿冷。秋阳高照，万丈霞光中的人们依然精神抖擞。临近冬天，四季轮回不可逆转。在这丰收的季节，人们更喜欢拥抱。异国他乡，我忽然想到，在这季节交替的时光里，在人生匆忙的旅途中，应该放慢脚步，纵情看看缤纷的落叶，听听瑟瑟的秋风，想想艳丽的春华。

在美国，高科技企业比比皆是，南有加州硅谷，北有科技大咖西雅图。在这迷人的地方，让我们看看世界一流的华盛顿大学，也看看这座有着波音、微软、亚马逊、谷歌、脸书、星巴克等企业的海滨城市。再回想与之缔结为友好城市的火热麻辣成都的华丽夜景，想想长沱两江边酒城泸州闪烁在波光里的万家灯火，构成一幅蓝色星球上雄伟壮丽的图画，让人迷醉。

面朝大海，仰望星空，聆听潮起潮落的音符，遥想变幻的山色，再深切体会大自然与生命的韵律，会更加深刻地感到这颗星球上人与自然融合的美妙。

西雅图的色彩是浓烈的，浓得化不开。

2019年12月29日修改

原载《泸州作家》2020年第1期

情满夏威夷

在无尽的遐想中，从西雅图登机，飞过5643公里，到达夏威夷。

飞机经过近5个小时的飞行，降落在夏威夷欧胡岛上的檀香山火奴鲁鲁国际机场。一位姑娘给了我一个特别的惊喜。姑娘戴着两串用当地美丽的花朵制作的花环，在见面的第一时间，热烈地拥抱了我们之后，把当地人接待贵宾的花环戴在我们的颈上，同时做了一个用手势，意为祝平安喜乐。我们还是第一次接受这样热烈浓情和时尚浪漫的欢迎仪式，搞得有点儿不知所措，心里却满是甜甜的滋味。

来夏威夷之前，我看了一些资料，对这座城市有一些粗浅的了解。

夏威夷地处北太平洋中部，东距美国西海岸的旧金山3857公里，西距中国上海8000多公里，由130多个岛屿组成。1000多年前，波利尼西亚人划着独木舟踏海数千公里来到夏威夷定居。18世纪末，他们建立了以檀香山为首都的夏威夷王国。1894年，一批外来的白人成立了夏威夷共和国。1898年，美国政府宣布夏威夷并入美国。1959年，正式把夏威夷列为美国的第五十个州。据说，夏威夷是多种文化融会的大熔炉。由于宜人的气候和旖旎的风光，夏威夷旅游业很发达，年均游客量达700多万人次。旅游收入占当地生产总值的60%。

久负盛名的夏威夷在我心中曾千万次被遐想。然而，走进夏威夷，我才感觉自己是那么才疏学浅，赞美的词语是那么贫乏，歌唱的音调是那么单一。最后只想默默地安慰自己：大爱无言！

美丽夏威夷

夏威夷是美丽的。坐汽车环火奴鲁鲁岛（檀香山）绕游一圈，可谓眼界大开，赞叹不已。清晨，太阳从大海上喷薄而出，万道金光在海面上波光粼粼，海天一色。蜿蜒的海岸线在菠萝树、棕榈树的点缀下依偎着崎岖翠绿的山路。说不出名的婀娜多姿的大树，犹如一把把撑开的巨型大伞，更像一堆堆巨型盆景，整齐地、有一定间隔地排在道路两旁，一望无垠，让人如入画廊，流连忘返。绚烂多姿的花朵，把城市打扮得五彩缤纷。成片的绿茵让你看不见裸露的泥土，只有满眼的绿色。不太高的小洋房与摩天大厦错落有致，看上去富足、温馨、私密。最美丽的还是那海天相连、一望无际的大海和银白色的沙滩。天湛蓝如洗，蔚蓝的大海时而波涛汹涌、碧浪排空、咆哮怒号，时而温情脉脉、滚滚烟波、微微私语、温馨可人。海鸥成群结队地翱翔在海天之间。人们海边游泳、冲浪、荡舟、滑翔、蹦极，展示着享受海滩的愉悦和征服海浪的自信。柔软洁白的沙滩上，人们尽享阳光滋润，有的在晒日光浴，有的在打沙滩排球，更多的孩子们在追逐嬉戏，尽享大自然的恩赐。傍晚，温柔的海面映射着绚烂的夕阳，散布在岸边的五彩洋伞下面飘散出异国美酒的醇香……

夏威夷有一个岛屿叫可爱岛。来到夏威夷，我们便乘坐飞机去那里。孩子们早已通过手机预订了民宿和租好车辆。

第二天清晨，我们在美丽的小岛沿海溜达一圈，希望能观看海上日出。我们顺着公园海滩欣赏风景。赤脚踩在银白的沙滩上，尽情享受沙子的柔软细腻。沿着海岸，遥望无边无际的深蓝色大海，一波又一波的海浪惊涛拍岸，发出巨大的响声。不知多少年的造型各异的树根、枯藤堆满了海岸线，在海岸展示。有点儿遗憾的是，我们没有看到日出的迹象。当我们背向大海踏浪回归的时候，一个晨练的妇女从海边跑来，轻轻拉了一下我的衣服，指向大海的远方。我转身，刹那间，只见一轮红日从大海里跳出，冉冉升起，那么近，那么大，那么圆，那么红，甚至能感觉到是那么热，仿佛我们跳起来奔过去就能拥抱住太阳。我们几乎尖叫起来，激动万分地赶快用相机拍下平生第一次看见的异常壮观的海上日出，留下珍贵的纪念。

当我们惊喜万分地赶回旅馆叫孩子们赶快起来看日出时，见惯不惊的他们却说："不稀奇，还有更罕见的美景等着你们呢。"

随后，孩子们说："领你们去一个超市里吃早餐。"

一路走，一路看，一路惊喜，一路赞叹。宽阔的大海，一望无际，海天相连，仿佛海水来自天际。海边不时飞跳着鱼儿等动物，一路走来，叫不出名的鲜花、嫩草，高大粗壮的伞形古树，让相机没有停止闪动。更有几只彩色的红头鸟，不怕人，跑到我们面前，啄食我们给它们的面包等食物，与人和睦相处。我们在惊奇地欢呼，鸟儿在欢快地啄食。这时，一个再准确不过的词语让我们不约而同地脱口而出：欢呼雀跃！

最有意思的是这里的野鸡，几乎遍地都是。没有人捕杀，没有人留意它们。它们在这里成群结队地欢叫、觅食。突然一群小鸡在鸡妈妈的带领下，尾随我们而来，对我们根本没有惧怕。我们问道："这里的人也养鸡？"孩子们说："你看看这些鸡与我们家乡的有什么不同？"仔细一看，没有什么不同，鸡毛、金冠、长相、大小都差不多，甚至咕咕叫的声音也像家乡的鸡，只是比较机灵。孩子们说："这是这里的野鸡，遍地都是，机灵得很。"我跟过去仔细看，这群小精灵竟然不怕人，在我的身边转圈，面包丢下就啄，跟随了我们好久。

可爱岛上有一个景点是必须去的，那就是纳帕利海岸。雄伟壮观的景象让我们印象深刻。沿着绵延的海岸线，一侧便是高耸直入海底的断崖。在海岸目睹那些无法步行前往的壮观美景，感叹大自然的鬼斧神工。据说，夏威夷原住民便在这样崎岖的断崖峭壁上搭建家园，过着原始的快乐生活。如今，也可以参观部分夏威夷远古时期的遗迹。在阳光灿烂的季节，这里可以搭乘游船或皮划艇观赏，但是参观此景的最佳方式是乘坐直升机。孩子们张罗着给我们购买直升机票。可是看到那断崖峭壁的危险和海涛拍岸的狂怒，我们的心怦怦跳动，哪里还敢坐直升机靠近呀！

夏威夷的彩虹特别震撼人心。由于这里四周环海，属于热带雨林气候，常常出现东边日出西边雨的情况，这里彩虹频现，人们见惯不惊。不仅随时随地可以看到，而且彩虹的色彩、形状变换让你瞠目结舌。它有时出现在遥远的天际，有时又近在眼前，把你罩在彩虹里。特别是近在眼前的彩虹，七彩缤纷，鲜艳耀眼，又粗又大，似彩虹拱门，仿佛我们身处其中，跳起来触手可摸。而且随着雨水的忽停忽下，彩虹此消彼长。刚刚在眼前消失了的彩虹，一转身换一个地方又梦幻般地出现，而且是一道、两道甚至三道重重叠叠地出现。真感叹这一方土地，大自然有如此美妙的神奇仙境。

幸福夏威夷

一年前，在火奴鲁鲁的一个海边公园，一个男孩对一个心仪的来自中国乐山的女孩说："我们交个朋友吧……"从此，两个青年男女相互倾慕走进爱河，万里相思一线牵，从西雅图到夏威夷。随后的日子，日出月落，雁来鱼去，手机传情，思恋之情与日俱增。一年后，男孩选择在感恩节这天，在同一个地方，向心爱的女孩求婚。

夏威夷带给我们惊喜。男孩让我们在其他地方走走，不要看他们的隐私。我们远远地躲在一棵参天大树下，怀着忐忑不安的心情，默默祈祷着，殷切期待着。谢天谢地，男孩发来了信息："爸妈，你们可以过来啦！"怀着激动无比的心情，我们一步一步地走近孩子们。比我们更激动的是小女孩，她万万没有想到，眼前的这个男孩会在这样的地方、这样的时间、这样的场合向她求婚。她禁不住热泪盈眶，紧紧抱住我们。我们拿出准备好的礼物，一一给她穿戴上。特别是我们精心挑选的情侣衫，一个女孩牵着一只爱兔，从此女孩不松手，爱兔跟着走，成双成对、形影不离，相亲相爱到白头。女孩一边说着"叔叔阿姨，感谢你们给我送来了亲爱的他"，一边流出了幸福的眼泪。最可笑的是男孩的老爸，他像侦察兵一样，匍匐在一个青草茂密的隐蔽的地方，拉长了相机镜头，把求婚的一幕悄悄地拍摄下来。夏威夷，一个成人之美的地方。

夏威夷一行是幸福的。

刚到夏威夷，我们便得到了孩子女友怡勤小姨一家的盛情款待。小姨一家来夏威夷定居多年，小姨是医务工作者，据说还为张学良先生提供过护理服务，在夏威夷小有名气。小姨父是当年威远县的高考状元，在清华大学毕业后留学美国。现在，包括怡勤外公、外婆等一家六口人定居在美国夏威夷。我们的到来，让他们兴奋至极。他们在家里准备了丰盛的海鲜晚餐，热烈欢迎来自中国的四川老乡。连一向不喝酒的家人，也买来了葡萄酒盛情举杯欢迎。随后，专门在夏威夷找了最出名的川味馆子为我们举行了隆重的欢迎仪式。一张巨大的龙虾照，定格了当时的美好。在夏威夷的几天，无论是车辆接送，还是早中晚餐的贴心安排，无论是推心置腹的交谈，还是书籍礼品的馈赠，从外公外婆、小姨小姨夫到两个侄女，甚至家里养的宠物狗，全家都热情洋溢地欢迎我们的光临。一句句耳熟能详的乡音，一顿顿异国他乡的家乡美味，让我们更多地想到了亲情、乡情、中国情。

王亮、白洁这个四口之家，也用他们最热情的方式款待了我们。王亮是孩子的学长，从宾夕法尼亚大学沃顿商学院博士生毕业，到夏威夷大学任经济学教授。白洁是夏威夷的公务员，搞计划统计工作。他们专门请了假在家里为我们做烧烤。这一天，最快乐的是与他们家两个小女孩的互动。两个天真可爱的小女孩为我们表演了她们感觉最棒、最好的节目，弹钢琴、跳芭蕾舞、唱歌、游戏……时而让人捧腹大笑，时而让人赞叹不已，时而让人感动万分，让我们感到他们对来自祖国亲人的热情和喜爱。

铭记夏威夷

我们驱车约一个小时来到太平洋战争遗址珍珠港纪念公园。1962年5月，美国总统肯尼迪指定亚利桑那号沉没处为国家陵园，并在此处的水上建立了亚利桑那号纪念馆，成为美国人民的爱国主义教育基地，也是每一个来夏威夷旅游的人必去的打卡之地，每年接待游客700多万人次。

十分幸运的是我们刚好赶上用中文解说的导游。在这里听到中文感到十分亲切。在他的带领下，我们开始了震撼心灵的一天。

我们正好赶上10点的船绕湖一圈，可以看到亚利桑那号纪念馆和抗战胜利时签署条约的军舰。走进纪念馆，首先看了一段影片，这是当时偷袭珍珠港事件的真实记录，据说是日本人拍的。幸好有孩子们的翻译，大概看懂了内容。战争真的很惨烈，我们目睹了太平洋战争留下的痕迹，至今水面上还露出被击沉的亚利桑那号军舰。纪念馆里有在战争中阵亡的1177名将士的名字，密密麻麻，令人难忘。纪念馆上方的旗帜永远降半旗，寄托着人们对死难者的哀思。

沿着旅游通道前行，有一位当时偷袭事件的美军幸存者，他佩戴美国国旗围脖，手中拿着照片等文字资料，免费向旅客介绍当时的情景，同时签名出售自己写的回忆录。这里也是美国青少年爱国主义教育基地，许多当地人聆听他的讲解，有的索要宣传资料，很多人听得热泪盈眶，还有美国老兵对着军舰敬礼致哀。

当我们随着导游走进一艘特殊的纪念艇，迎面而来的便是著名雕塑——《生死之吻》。在排列整齐、随风飘扬的各国国旗前面，一个少女与一个士兵在甲板上深情拥吻。我们也用手机拍下了具有深刻意义的雕塑。接着，导游带我们来到一艘285号军舰上，这是当年日本投降后签订投降书的舰艇，舰艇上有大量当时太平洋战争胜利的签字仪式照片、文件等。当看见中国国民政府的代表作为战胜方位列其中时，我们也有一种骄傲自豪的感觉。

2022年4月4日

第二辑

轿顶乡愁

JIAODING XIANGCHOU

麻辣鸡的味道

麻辣鸡的味道太美了，美得一想到它就要吞口水，就要回首往事，就要远眺故乡！也许有人会说，再好吃的东西也没有这样大的诱惑吧。但这确实是我真实的感受。

麻辣鸡最早是老家古蔺人聂敦敦（人称聂幺爷）创制的一道本土卤制美食，精华在那锅用20多味中草药、香料熬制的老卤水里面。鸡在大锅里经过20分钟左右的卤制，油亮光鲜，皮脆肉嫩又脱骨，再加上卤水调制的麻辣油水，真是美食。四川文化名人陈之光先生用诗形象地描述了吃麻辣鸡的场景：

> 绿羽红冠大叫鸡，汤锅卤来八味齐。
>
> 细娃抓爪横起啃，太婆细吮嫩鸡皮。
>
> 八双筷儿不息气，四座辣得汗津津。
>
> 须臾一钵见碗底，美哉古蔺麻辣鸡。

20世纪60年代，自我懂事以来，就知道古蔺小城的街上有一家"聂幺爷麻辣鸡"。刚开始生意一般，只是晚饭过后摆摊，当作小吃，三两只鸡上摊，而且还剁成中指长短的小块，拌上椒麻油，七分钱一块，鸡脚杆两分钱一个，鸡头一毛五一个，卖完收摊。麻辣鸡对小孩特别有诱惑力。大人牵着小孩路过，小孩闹着要买的时候，才有人买一小块哄娃娃。那时，小城人很穷，猪肉、牛肉等食品按计划供应，鸡、鸭等禽类都是各家自养过年过节用的，平时根本舍不得吃，用于赶场交换的也少得可怜。所以，聂幺爷的麻辣鸡虽渐渐受到人们的青睐，但鸡的供应也是有限的。物以稀为贵，麻辣鸡是那时在小摊上能买到的唯一的肉食品。

好吃到什么程度？难以言表。我小时候第一次吃麻辣鸡的情形：我与父亲路过聂幺爷的摊子前，我赖着不走，父亲无可奈何，只好买了一小块。因为不知道厉害，狼吞虎咽几口吃下，又麻又辣又好吃。吃完了，这下可不得了，麻辣发作，张大小嘴，心头发慌，两耳嗡嗡作响，实在受不了，倒在地上滚来滚去哇哇大叫起来。后来，一旦吃麻辣鸡，便撕着慢慢吃，让麻辣味慢慢扩散，肉吃完了，连骨头也嚼碎慢慢吞下，味道很悠长，还不过瘾，就把指头放在嘴里舔余味，甚至把指尖都舔白了还不松口，就像奶娃儿吃小指头一样，舔得津津有味。味道悠长啊，真是刻骨铭心！

想吃麻辣鸡，又没有钱，父母的工资少，享受不起那时的"高消费"，只有自己去找点儿小钱消费。怎么找？去捡废旧物品卖给供销社，什么废铜烂铁、废锑锅铁锅、公鸡三把毛、柑儿壳杏子米等，只要是能卖钱的东西都在收集之列，哪怕只能卖个两三分钱也行。牙膏皮两分钱一个，家里用完的当然是首当其冲，只盼着牙膏早点儿用完。有时候牙膏还没有用完，就悄悄挤出牙膏，把皮拿去卖了再说。铜丝铜片的价格最高，当然也是我收集破烂的最爱。有一次爬到粮站的保管室里偷灭火器上的废旧铜盖，被逮了个正着，免不了被父亲"斑竹笋炒腿筋肉"地用竹鞭教训了一顿。

为了吃到更多的麻辣鸡，我便让母亲养母鸡来孵小鸡，喂个半年多就可以加工麻辣鸡了。孵小鸡却是一个漫长的过程。孵小鸡的蛋要经过精心挑选。母亲说："鸡蛋圆一点儿的是母鸡，鸡蛋长一点儿的是公鸡。"孵小鸡的鸡窝也是有讲究的，一定要用柔软的饭米稻草，绝不能用糯米稻草。如果用糯米稻草做鸡窝，等小鸡孵出来时，母鸡就站不起来了。经过20多天的孵化，小鸡便用小嘴啄破蛋壳唧唧地出来了。一窝七八只毛茸茸的小鸡，母鸡每天一大早带着出去，在外觅食。每当看见能吃的东西，母鸡就要反复不停地啄给小鸡看，然后再吃一点儿，小鸡们便一窝蜂地来抢食。如果我喂食小鸡，便"咕咕咕"地一唤，母鸡就会带着小鸡飞快地奔来。母鸡是小鸡的保护伞，如果遇到天上有老鹰低飞盘旋，母鸡就会盯着不放，一旦有危险，母鸡立即展开翅膀，小鸡也会飞快地跑到翅膀里面躲起来。也许"老鹰叼小鸡"的游戏就是这样演绎出来的。一到傍晚，它们就自觉地回到窝里。小鸡在母鸡的呵护下渐渐长大。养鸡最大的天敌是鸡瘟，就是现在说的禽流感。每年春夏之交，鸡瘟最容易发病，不易治好，很多时候鸡瘟一来，一窝鸡就被"一锅端"了。鸡肉吃不成，麻辣鸡也就泡汤了。因为嘴馋，养鸡成了那时我生活中的期盼。所以，在饲养中收获快乐，期盼中懂得艰辛，麻辣鸡的味道自然就变得更加浓烈而悠长。

渐渐地，经济好了，物资丰富了，人们的生活水平提高了，麻辣鸡成了小城人的最爱。聂幺爷也开展了代加工业务，每只鸡收取5元的加工费，鸡爪和内脏则归聂幺爷所有，变成了聂幺爷摊子上的佳品。一到过节，聂幺爷忙得不亦乐乎，名气大了起来，以至于城里人流传着一个言子（歇后语）：聂幺爷的麻辣鸡——宰喽。用小城人的话来说，就是最有味道、最好吃的东西。

参加工作后，我每月28.5元的工资也要花许多买麻辣鸡吃。特别是结婚有了孩子后，麻辣鸡是家人解馋的好东西，父子俩尤其爱麻辣鸡。吃鸡头能补脑，吃鸡翅会梳头，吃鸡爪能抓钱。所以每到周末，路过麻辣鸡摊总会买上一点儿回家打牙祭。常常上半个月就把工资吃光了，下半个月只好到前后二家的老人那里去混伙食。一家人爱吃麻辣鸡，无形中又给孩子刻下了难忘的故乡麻辣鸡味道的印记。

2002年，我因工作调到了泸州。每次古蔺的亲朋好友来看望我，便带上一只麻辣鸡，作为最佳馈赠礼品。甚至有时早上一个电话，中午麻辣鸡就带到了，吃起来味道就更悠长了。味觉一旦受到刺激，便打翻了思乡的五味瓶，亲情、友情、故乡情交织在一起，浓得化不开，故乡的山、故乡的水即刻浮现在眼前、荡然于胸中。麻辣鸡的味道便成了故乡的味道。

后来，儿子到了大洋彼岸求学打拼，想家了就会想到麻辣鸡。可远在异国他乡，邮寄过去是不可能的呀！一天，儿子突然来电："麻辣鸡怎么弄？"我们只好去讨教，讨个制作配方发过去，让他到华人商场买材料，自己当大厨，把故乡的情味卤出来，散发出去，请朋友品尝故乡的美味。也许是童年的记忆，也许是钟爱，儿子发来一张卤出的麻辣鸡的照片，还真是像模像样。与国外朋友们分享，都说好吃得不得了。麻辣鸡的味道在不经意间就漂洋过海，成了故乡一张亮丽的名片。

麻辣鸡的味道，浓浓的乡愁，早已刻在故乡人生命的记忆中。

2018年3月14日

原载《泸州作家》2018年第3期

中秋月满双河谷

今年的中秋，对于我们家来说十分特别。除了因为中秋、国庆假期撞在了一起放假八天外，更因为儿子从大洋彼岸飞了回来与亲人共度中秋佳节。央视说今年中秋是"十五的月亮十七圆"，我们家团圆过节的味道更加浓郁。

掐指一算，儿子自从2006年离家上大学以后，全家就没有在中秋节团圆过，每逢佳节倍思亲，他感慨"独在异乡为异客"，我们叹息"遍插茱萸少一人"。一家人天各一方，只能各自"举杯邀明月，对影成三人"。浓浓的乡愁，今秋佳节倍感欣慰。

儿子回到故乡，在这个讲究吃好喝好玩好的麻辣空间，本来应该好好回味一下故乡的美味佳肴，可这次他却没有这个福分，水土不服，拉肚子，见了又麻又辣的大鱼大肉心里就发慌，既爱又怕。按理说，难得回家一趟，与亲人、同学、旧友见面叙旧是人之常情。可是多年没有回来，在盛情难却的故乡，见了面难免要整得个一饱二醉。想来想去，最好的办法就是少惊动别人，蜗居在家，或开着车外出看看山水。

恰巧，爱人曾经撰写的《山村女孩，一路走好》的主人公罗玉美再三地邀请我们到她的新家——贵州省遵义市绥阳县风华镇牛心村去，与我们的想法正好不谋而合。去贵州，既可以欣赏到美丽的山水和风景，又可以去看看这个山村女孩的新家，如走亲戚，一举两得。儿子说：

"这个主意很好，正好可以去看看这个能干的妹妹。我们是同龄人，我还清楚地记得她第一次到我们家时才10岁，一进门就不怕生，不停地问这问那，问得我很不好意思，便红着脸躲了起来……尽管她家里穷，但她开朗乐观，很有担当。"

罗玉美，一个我们曾经帮扶过的古蔺县丹桂镇白良村特困户家的山村女孩。那时小玉美一家四口人，她不满10岁，哥哥外出打工杳无音信，父亲去寻找哥哥也一去不回，妈妈摔断了腿躺在床上无钱医治，家里穷得揭不开锅，一家人的生产生活重担全部落在小玉美的身上。小玉美辍学在家。正值县上扶贫小组到丹桂镇慰问，见此情景，便发了一袋化肥和一床棉被给她，并嘱托罗支书给她背回去。小玉美擦干眼泪，连声道谢，坚强地说："不用！不用！我背得起，能背回去。"看着她背着化肥，提着棉被，一步一回头地向着回家的路走去，真的很感慨，穷人的孩子早当家啊！就这样，她成了我们家希望工程的助学生。由于身处贫困山村，生活十分艰难的她又被迫选择15岁外出打工。之后，她与一个同在上海打工的农民工青年恋爱、结婚、生子。经过几年的努力，她用勤劳智慧的双手在老家古蔺丹桂山沟里盖起了一座崭新的小洋楼，老公也在家乡贵州省绥阳县风华镇牛心村盖起独具民族风情的三层别墅式小洋楼。

从遵义沿遵绥高速20分钟就到了风华镇牛心村。玉美的家就坐落在美丽的湿地公园旁边。螺江九曲湿地公园展现在眼前：一条天然河流洛安江流过，两岸垂柳依依，多座造型各异的小桥横跨两岸。河两岸全铺上了木栈道，古朴典雅。花草、树木和草坪令人赏心悦目。据她介绍，螺江九曲湿地公园分为海棠花溪、花果林、彩叶林、紫薇园、梅园、柿子林、木槿园、红豆杉自行车道八大植物主题区，总面积达5000亩，绿化面积约2150亩。这里空气清新，景色迷人，一幅幅优美的山水画就展现在眼前，让人倍感亲切、流连忘返。

热情的小玉美推荐着这里的美丽风景——双河谷溶洞、红果树风景区、水晶温泉等。

第二天，玉美小两口又开车拉着我们一家人游览双河谷溶洞。

双河洞由地下河谷、天坑、石膏洞组成，拥有丰富的地下岩溶地貌，有"国内唯一地下河谷""中国天坑第一瀑""地下溶岩钙化梯田"等奇观。从1986年开始，中法洞穴专家实地考察，把这个跨越七亿年时光的中国最长溶洞展现在世人面前。已经探测长度约150公里，总长度可能超过200公里，目前是亚洲第一长洞。地下河谷是乌江最大支流芙蓉江的发源地。石壁造型多样、纹路美丽，河水碧绿深幽，洞内有盲鱼、野生娃娃鱼等洞穴生物。天坑四周的悬崖峭壁上植被茂盛，天瀑从坑顶直泻而下，气势恢宏。坑底四周溪水涓涓，巨大的原生芭蕉林和成片的刺竹林交互生长，风景如画。这里峡谷绵延，天坑幽深，地缝神秘，温泉滋润，是喀斯特地貌的经典呈现，是大自然的伟大艺术品。双河谷汇聚了洞、林、山、的生态组合，成为人间山水最好的体现。最近几年，又新开发出各种优质旅游资源。

眼见为实，我们不由得为贵州旅游开发的大手笔发出一阵阵惊叹。小玉美又滔滔不绝地描绘着他们美好的未来。她说，现在可好了，国家精准扶贫，贫困户的政策及时到位。美丽乡村建设和湿地公园基础设施建设已基本完成，这里近900米的海拔，是一个宜居纳凉的绝佳地方。他们准备把自家的三层小洋楼变成农家乐，接待全国各地的游客。他们将用良好的居住条件和热情的服务留住客人的心，让美丽的山水陶冶每个人的心灵。

在中秋十七月圆之日，我们一家及玉美一家，在她的新居门前，圆圆满满地照了一张全家福！

2017年10月8日

原载《泸州作家》2018年第1期

又闻兰花香

  故乡古蔺的兰花远近闻名，香飘四海。古蔺成为著名的中国兰花之乡，以至于古蔺的许多现代建筑都以兰花为名，如金兰大道、金兰广场、金兰宾馆、兰尊大酒店等。这里成了养兰人的兰花胜地，也曾经是许多人发财致富的聚宝盆。

  20世纪80年代初期，开放的春雨浸润着大江南北，广州、成都、昆明、南宁等花展成为展示兰花更加广阔的平台，曾经"养在深闺人未识"的古蔺兰花走出大山，在全国各大花市展现婀娜多姿的迷人风采。色香诱人迷人，赢得全国乃至海外许多朋友的青睐，在中国大陆掀起第一波"古蔺兰花热"。有了兰花，人们把它当成快速发家致富的捷径，山里人漫山遍野找寻兰花，把山山岭岭翻了个底朝天。那种地毯式的搜索、掠夺式的采集，让人心疼不已，急得众多环保人士振臂呼吁：保护野生兰，还我生态美！

  兰花惹得一些韩国、中国台湾的朋友常来这个大山沟里访花寻花……

  那时，被誉为亚洲"四小龙"（中国香港、中国台湾、新加坡、韩国）之一的中国台湾经济腾飞，人们生活富足。中国台湾人的经济头脑十分灵活，他们瞄准了开放的大陆市场潜在的巨大商机，不远千里，来到故乡采购兰花精品。然而毕竟自然资源有限，于是他们将奇花异草带回去运用科技手段进行规模化培育，两三苗一组，就可以一季培育出八九株的新苗。科学配置，营养施肥助长，在温室大棚里就可以快速培育出更加肥壮艳丽的兰花。随后把兰花的照片制成一本本精美的画册，展示兰花的斑斓色彩，销售和馈赠给大陆的朋友或爱好者，在国内广泛宣传，为兰花的市场炒作运势。

1997年以后，投机者又煞费心机地营造兰花商机，疯炒兰价。兰花易于炒作，是因为它的千变万化、千花千面，品种之多以至无穷。要炒作某一高档花，炒作园主首先投资收购此花，价格越收越高，先让利于售花者，然后控制待售，囤积居奇，等趋利的人们把此花炒到一定热度时，感觉能够流通的花已经在市场上少见了，炒作园主就高价放出囤积的花草，让人们疯狂地购买，高额利润也自然进了炒作园主的腰包。就这样，全国各地的炒兰族组成了一个营销系统，形成一个兰花致富的富人俱乐部。于是，有了花样翻新的种种炒作。瓣型花、色花、奇花和异草纷纷闪亮登台，金奖、银奖、铜奖一次次挂在那些精品兰花柔软的花枝上。"金荷鼎"在展台上捧回全国第一届兰花展的金奖，为故乡争得荣誉，惹得那些爱好者和追逐者垂涎欲滴。后来，花主们不断参赛选秀，稳坐钓鱼台，一路炒作，成为既得利益者，掌控着兰花的价格市场。花价人为炒作，一路飙升，从以蔸为单位逐步演变为以苗为单位，一苗几十元、几百元，有的精品兰花甚至炒到几十万元、几百万元、上千万元一苗。兰市犹如股市，炒作了起来。在兰花经济大潮中，追逐高额利润是人们追求高档兰花的核心。"黄金有价兰无价"成了投机炒作者们的口头禅。有人把兰花誉为"绿色股票"，成了输送利益的好由头，也在一定程度上成了滋生腐败的温床。兰花的幽香和高贵品质渐渐变了味，变得铜臭十足。

由于兰花的增值性和观赏性，许多人逐步开始把兜里多余的钱投入兰市，故乡成了兰花"回水沱"。贫穷的夹皮沟热闹繁华起来。有的养兰人养了几盆，图个清香，显示高贵；有的养兰人利欲熏心、一夜暴富，成了百万富翁；有的工薪人随波追逐，借贷银行款负债累累，据说仅双沙镇，2006年银行就贷出2000多万元供人们购兰花周转；更有养兰人因为守护兰花精品成了"刀下鬼"。古蔺龙山粮站的任二娃，护卫兰花与盗贼搏斗，年纪轻轻殒命兰花，成了全国刑事案中唯一的兰花殉道人。

从1983年起，在中国台湾人的引导下，国内兰花开始走向市场，以中国台湾人、韩国人、日本人介入推波助澜而热至2006年年底，国人把兰花炒得狂热，进入非正常状态。大陆兰花热，中国台湾的兰花大亨们趁机返销兰花，搜干了许多大陆兰花痴迷者的腰包。而众多的养兰人投入大量资金换回来的是满园青涩的兰花草，断送了许多人想通过兰花发财的梦想。直到2006年9月，中央电视台以《天价兰花》为题，深刻剖析了兰花市场的畸形，才让人们冷静地思考：兰市有风险，不知花落谁家？

反思兰花所形成的畸市，也许古人要笑话我们。中国兰花的高贵品质和独特香味，以香诱人、以花悦人、以叶动人、以韵冶人，是世间少有的人格化的花卉，自古以来深受谦谦君子喜爱。"庭院有兰，清香弥漫。居室有兰，幽香满堂。""兰生香满路，清芬倍幽远。"古人这些溢美的词句，充满了对兰的赞美。自古以来，人们栽培、欣赏兰花，使兰花与人们的生活非常紧密，文人墨客借物言志，咏兰画兰，中国人对兰花的欣赏已远远超出对兰花本身，而和文学、艺术、道德、情操结合在一起，成为中华文化的一个组成部分，形成了独特的兰花文化。

今天，在市场经济浪潮中的中国人，已经在兰市的起起落落中看清其本质，不再跟风弄潮，而是回归自然，欣赏兰花本身。人们能长期坚持不断发掘新品种，美化家园，秉持"绿水青山就是金山银山"理念，保护野生兰，科学培育和开发新品兰花，才是真正的品鉴欣赏家。那些只看重兰花的经济价值，想从兰花上一夜暴富的人，永远不是真正的养兰人。

经风雨才能见彩虹，兰花就是兰花，质本洁来还洁去，狂风暴雨之后依然在大山里油然而生。有诗云："不争百花艳，埋头草丛间。自喜幽山谷，暗香满春天。"

2018年6月18日

古蔺人的爱兰说

千百年来，兰花在乌蒙大山里自然生长，冬去春来，刚刚苏醒的山野弥漫着幽香。春天，兰花就这样妖艳着，看不见，摸不着，幽香飘，难寻找。古蔺人生活在这样的自然花园里真是有福气。

古蔺地处四川盆地南缘、云贵高原北麓，大娄山西段北侧，属四川盆地南缘山地低中山地貌类型区，海拔300至1848米，拥有同纬度线上罕见的原始森林——黄荆老林。重峦叠嶂、沟壑纵横，古蔺境内海拔高低悬殊，整个地势西高东低，南陡北缓。地质条件的特殊造成了古蔺气候四季分明，规律性强，日照充足，热量丰富，立体气候显著，特别适合兰花生长。"绝代奇花出古蔺"，源于古蔺得天独厚的气候条件和地质构造。古蔺兰花禀天地之气，集天地之灵，吸雨露而滋生，特别是春兰、春剑、送春、蕙兰等珍稀品种云集，散布在高山沟壑的山野中。

古蔺人钟爱兰花，白佳山的中国台湾老兵罗先聪先生写下了这样的诗句："不效杨柳弄轻柔，空谷幽香自在留。最是叫人钦羡处，孤芳雅洁不风流。"

在大山工匠的手中，兰花也留下了岩画的踪迹。古蔺城北海拔1300米的太平街柑子坳口，古时是通往合江和贵州的盐茶古道，在没有公路的年代，一直是人背马驮的重要通道。太平街距古蔺县城5千米，地处黄荆老林南麓，背靠红龙湖和龙爪河，面向古蔺城，方圆上百平方千米。据考证，早在宋朝年间这里就有了古街，明末奢崇明曾率兵驻扎自立王朝，取名太平街。当时居住的是彝族，主要是安姓和奢姓。在公路四通八达的今天，古道自然成了遗迹。在柑子坳口下步梯边的岩壁上，留下一幅当年修路时石匠雕刻的瓶插兰花图，线条简洁明快，时间为乾隆四十六年（1781年）三月十九日。这是在古蔺大山中迄今能见到的最早的兰花图案。在龙山镇石板溪王氏墓园里，也刻下了一幅咸丰七年（1857年）精美的兰花。这些石碑上的东西，给人们留下了许多想象的空间，也许那时兰花就进入了平常百姓的家里，也许工匠们在建造房屋和墓园时常常雕刻兰花。总之，兰花是山里人钟爱的花朵。

古蔺县城的人爱兰养兰。上街曾家大院杨四爷是个花痴，新中国成立初期，他家小院里就种了许多兰花，品种繁多。每到初春，兰花开放，院子里幽香四溢，特别醒脑，也惹得邻家小孩到院子里游玩，热闹非凡。

邓兴永，20世纪50年代中专毕业后分配到古蔺林业部门工作，喜欢上山找兰花，收集了许多优良品种养在家里，几十年如一日，直到80年代末期，他的兰花一夜间被狂热的兰花逐利者洗劫一空，从此断了兰花梦。

王德全，一个五金社下岗的工人，独栽一窝自己采集的兰花，后来在成都兰花展上荣获金奖，培育到1000余株，直到去世也没有卖掉一苗精心培植的奇花"神州麒麟"。

胡廷康，一个老地下党员，新中国成立前以彰德乡乡长的身份做掩护，从事党的地下工作，"文化大革命"时期被错划为反革命分子到家乡农村劳动改造。80年代初期落实了政策，他的心情舒畅起来，没事的时候便上山挖兰草，种在自家院子里。挖多了，他就坐班车到成都等地售卖，同时也买些好的品种回家养。他是古蔺采兰、养兰、买卖兰花第一人。

聂奇，从小爱好种花，1986年开始与罗文仲老师到水落山里找盆景材料，一次在老山学校山上，偶然闻到花香味，寻香找去，原来是兰花，告知罗老师后，就在周围来回找了好几遍，找到几苗红草，同时找到有兰草脚壳无杂色的好多苗，家养见花是素花。后又去了几次，都有收获，采集到的红花梅瓣被命名为"红孩儿"。一次罗老师挖到一棵奇花，后来被命名为"巨龙"，并在成都兰花展上荣获金奖。友人送聂奇诗一首："一身褴褛脸发霉，行为可疑反常规。村民近前查询问，从容笑答'采药人'。"

罗文仲，第一个把兰花文化引入古蔺的人。他在一个外地朋友那里得到一本中国台湾出版的兰花照片图谱，常常邀兰友们品读，时时挑动和刺激着养兰人的神经，由此，小城人的兰花梦越做越大。就这样，他们开始养起兰花。常常有人到他们家里赏兰花，有的人被打动了，愿分株购买，一传十，十传百，小城里的人涌起了买兰养兰的潮流，兰花在小城里悄悄地交换起来，也因此变成了商品。人们的发财梦从一株株小小的兰花开始，于是潮水般进山采兰。兰花交易的圈子也向外辐射。贵州人也不甘示弱，把他们采集和收购的奇花异草送到古蔺销售，也获取了高额回报。

20世纪80年代后期，古蔺兰花的优秀品质和附加的经济价值凸显，养兰成了人们的一种生活情趣，兰花渐渐被热捧。古蔺人养兰爱兰，经过数代人的栽培呵护，古蔺兰花深受国内外兰花爱好者的喜爱。在这一过程中，养兰大户罗文典凸显出高超的市场营销能力，收藏精品，养销一体，拓宽市场，为古蔺兰花走出大山立下了汗马功劳。彭良正，兰界人称彭老二，从古蔺马蹄滩走出的兰花营销高手，师从邓兴永，面向大市场，几乎把古蔺周边地区的下山兰揽入怀中，送入养兰人家中，后来又盯住那些刚刚富裕起来的有钱的爱兰人，投其所好，定位对口直销。当然，追逐高额回报是他们苦心经营的终极目标。他们带着古蔺兰草走南闯北，有兰展必去，把古蔺兰花的优雅与艳丽口若悬河地宣传出去，充实人们精神的生活，发展成为人们创收致富的生财之道。兰花成就了古蔺养兰人家中的百万兰户、千万兰户。

在高额回报的兰花经济潮流中，奇花异草被兰市炒得火热，坑蒙拐骗、盗窃现象时有发生。古蔺养兰人甚至为之付出生命，为兰花殉道。龙山粮站的下岗职工任二娃，视花如命，养兰多年，却没有出售一苗兰花，精心呵护着自己钟爱的几百苗多舌多瓣的奇花，还专门喂了两条大狼狗防盗。可是"家中有金银，隔壁有等秤"，惹得趋利者眼红。2002年2月，正是兰花含苞欲放的时节，成都彭州三个盗贼到了古蔺龙山镇上，在一个漆黑的晚上，先把两条大狗毒死，然后进入兰棚行窃。不料，主人被惊醒，前往查看，与盗贼扭打成一团，却被盗贼用刀捅倒在现场，窃贼劫得兰花逃离，后来被公安机关全力侦破，盗贼被绳之以法，杀人偿命。

一直到2006年10月28日，中央电视台以《天价兰花》为题，深刻剖析了兰花市场的畸形，才让人们冷静地思考：兰市有风险，不知花落谁家？一度炒得火爆的兰花开始降温。

古蔺兰花产地广阔，品种繁多，幽香长久，色彩丰富，囊括了春剑、四季兰、春兰、送春兰、剑兰、台兰、虎头兰、套叶兰、硬叶兰、线叶兰、莲瓣兰、寒兰等数十个品种。漫山遍野、高山壑谷，比比皆是。一年四季，月月有兰香，从12月香到次年3月，春兰、春剑、莲瓣交相辉映；3月香到5月，送春、蕙兰、二八蕙、虎头兰、羊耳蒜、万代兰争相绽放；5月香到10月，有夏兰和兔耳兰；10月香到12月，又有寒兰。"月月有兰香，无山不生兰"是古蔺兰花最好的注解。全国养兰专家到古蔺视察，惊叹不已，称赞古蔺是"产兰圣地"。

古蔺兰花瓣型丰富、秀美优雅。荷瓣、梅瓣、水仙瓣，色花、素花、复色花，叶艺、形艺、水晶艺，应有尽有。代表品种有龙凤呈祥、金满堂、凤叶飞、凤冠、玉麒麟、绿绒球、金荷鼎、双女图、巨龙、花仙子、绿宝荷、红霞飞、醉美人、蕊蝶、红玉等。

色彩丰富、姹紫嫣红是古蔺兰花最大的特色。红、黄、绿、白、黑各色俱备，红色又有朱红、鲜红、桃红、嫣红、曙红，黄色有金黄、铁黄、芽黄、鹅黄、橘黄，复色则有黄、兰、白、黑兼色。不少珍品均以色正名，红色正名的有马蹄红、太阳红、金鹅红、红玉、红霞飞等，黄色正名的有大黄袍、皇冠、金荷鼎、醉妃、金满堂等，白色正名的有花仙子、玉麒麟、玉蝶等，绿色正名的有绿绒影斑球、绿宝荷、翡翠冠等，真可谓色彩斑斓、美不胜收。这就是古蔺兰花能够走向全国的根本。

1990年，古蔺兰花由成都兰友捧到厦门参加中国第三届兰博会，荣获金奖，一举成名。1992年，古蔺兰友带兰花前往深圳参加中国台北、中国香港第三届兰展，"风叶飞"再获金奖。1993年3月，在成都举办的第四届国博会上，古蔺兰草"神州麒麟""少女蝶"等一鸣惊人，囊括金奖、银奖、铜奖，还斩获一个新品种奖。第六、第七届兰博会上获金奖的"金荷鼎""巨龙"都是参展者自己上山采集的。古蔺兰花先后获全国博览会金奖的还有"复色飞"、缟草缟花等。如今，古蔺的下山兰在外地获金奖的不胜枚举。据不完全统计，古蔺兰花在全国兰展中获金奖7个、银奖20个、铜奖17个、特别奖1个；先后获各省、市兰展金奖33个、银奖43个、铜奖30个。除了已确认的珍稀名品外，还有"牛郎织女""双谧彩梅""外星来客""水晶复色梅""赤河娇""仙女下凡""玉皇冠""天之骄子""九州牡丹""碧水珍珠""形玉琼花""三元会""子母辉映""琼蝶欣飞""玉带琼花""丛中笑""红孤""飞宇朝霞""玉面冰心""九重玉树""笑傲江湖""春剑荷瓣""春剑红花梅瓣""春剑双艺""二十多瓣蝶花""花中花"等花中珍品从未参展。还有不少佳品和新下山的期待品隐藏在养兰户的兰苑中。更丰富的资源还在古蔺的森林中草丛下慢悠悠地冒出新芽，野生兰花资源尚待有效保护和开发利用。

曾经的古蔺兰花被专家称为"旷代奇花""川南一绝"。古蔺因此被誉为"春兰之乡"。成都、重庆、中国台湾、韩国、日本的兰花使者也纷纷拥入古蔺，让古蔺兰花蜚声海内外，让奢香故里锦上添花。

曾经的古蔺兰花也和其他资源一样一度得到很好的开发利用。"我从山中来，带着兰花草，进入楼台亭园中，让它花开好……"它首先由农民带出山、走市场、搞交易。由20世纪80年代中期几角1斤的品种培育成后来的精品兰花，炒到成千上万元一株，成为山民的致富财源。许多名品佳花过去被兰商买去倒手赚大钱，养兰人得小钱，"不识是草，识者是宝，黄金有价，兰花无价"之说风靡一时。后来古蔺人也聪明起来，自养自产自销，参加兰展。兰花可以增值，三苗草一年可发三五苗，是自然增值；买卖双方讨价还价，出口千金，人为炒作，可谓"周瑜打黄盖，一个愿打一个愿挨"。兰棚陡增，亭台楼阁，房前屋后，少则十几盆、几十盆，多则成百上千盆，而且植料、花钵还十分讲究。兰花变成了盆景，奇异名品成为典雅、高洁的象征。工作劳动之余观花望草，令人赏心悦目。兰友相聚，大侃"兰经"，极大地丰富了人们的精神生活，陶冶了人们的情操。兰花那时成了时尚之花、经典之花，是"活文物"，也是馈赠亲友、交流情感的好礼品。

爱兰者不怕冷落，依然寻找和呵护着古蔺的奇花异草……

2022年6月3日

操场头、大草房、豪华楼

2019年春节，我又回到了故乡古蔺。

一大早，从建设桥右拐过去，这里是小城人习惯上称的上街。从上街到上桥桥窝子的农贸市场，早已被拆为平地。满眼的废墟中间或还立着几间木板砖混房，依稀还看得出那些房屋久远的故事。特别是杨开华家的木板老屋，木柱上还有火灾炭化的痕迹，焦木为柱，砖块为壁，成为一堵难得一见的残垣断壁。斑鸠、麻雀在房顶上飞来飞去。一只猫在喵喵地叫着，像是在寻找它的家。一只小狗一步一回头，念念不忘地看着那片废墟。几棵近百年的老梧桐树枯树般立在街道两边。农贸市场的七层钢混大楼结束了历史使命，36户人家早已人去楼空。桥窝子操场头又要变了。

旧城改造，古蔺县棚户区改造从2014年启动，县城改造的7个区域主要集中在老城区，涉及改造面积60余万平方米，7300户、3万多人，约占县城总人口的三分之一。以上街、上桥为中心，方圆1.5平方公里的旧城又将产生小城的新貌。

站在上桥，望着人去楼空的农贸市场大厦，感慨万千。这个大大的桥窝子一茬茬地变化着，美妙的风景也在人们追求美好生活中不断地变幻。这个桥窝子，从操场头、大草房到城西农贸市场，几度风雨几度春秋，给小城人们留下了不可磨灭的印记。

操场头原本是小城的一块风水宝地。从西南面老王坳奔来的大山余脉在这里戛然而止。南来的麻渊河与西来的德跃河在这里交汇成落鸿河，形成一块小小的三角洲，落鸿河北岸则是开阔碧绿的落洪坝，麻渊河东是古蔺城。1892年，麻渊河口建起了永济桥（人们俗称上桥），连接东西的街道和小路，原来的石拱桥宽3米、长20米、高13米，上街过桥就西出小城。沿上桥麻渊河逆流而上，百米之内，还有上游的板板桥，原来是3根2尺粗的原木跨河而成，上面铺木板加上护栏，桥宽3.2米、长14米、高7米，直到1982年才把板板桥改建为现在的水泥桥。河的东岸是鳞次栉比的居民板壁瓦房，中间段夹着蒋家的水磨坊。河西岸边沿着麻渊河，一块宽敞狭长的河滩长满垂柳，树荫蔽日，是小城人夏日乘凉的好地方。河西背靠的陡坡上，斜挂百步阶梯，高台上是小城1908年建县以后才建起的文庙——墨宝寺。建庙子的地方一定是风水宝地，在这块宝地上，小城的人们见证了这里的百年变迁。

新中国成立后，小城人口增长，1954年和1959年，政府先后建成下桥东新街和胜利桥居民点的公租房。上桥的桥窝子操场头中间便建成了一幢大草房，这是当时小城最引人注目和最别致的一道风景。有人调侃说："这是古蔺城唯一能够称得上'世界之最'的民居建筑。"大草房长60米、宽30米、高15米，要建这样高大的草房，设计和建造技术要求很高，防火通风、透气采光都要达到很高的标准，房面下水坡度必须达到60度以上，所以在北面大草棚盖下中间纵向留有一条长20米、宽4米的单向公用道，犹如四合院的"天井"。草房下面四周住有28户居民。那时每家每户四五个孩子，如果按每户平均6口人计算，足足有170余人在这个大草房里生活。从1958年建成到1985年拆除，大草房在墨宝寺脚下的操场头河边独自耸立了近30年。可以说，这是那个年代标准的茅草房、标准的贫民窟。

住在里面的人五花八门，有拉牛车、板板车搞运输的，有修房造屋的石匠、木匠、泥巴匠，有卖擀面的，也有好几家人利用宽敞的敞坝纺麻绳、棕绳的，也有诗人和文化人蜗居在此。

　　我们家住在大草房后山高台上墨宝寺里的中城粮站，是县城居民的粮食供应中心，沿百步石梯而下就是大草房。大草房里的娃娃多，他们是我的好伙伴，给了我许多儿时的快乐。

　　那时候，贪玩好耍的小孩就喜欢跑到操场头看热闹、找乐趣。记得1967年亲眼见证了上桥的改造重建。原来的老桥桥面是石梯上下，桥的两端因桥拱相隔互不相见，石梯阻隔了车辆的通行。于是，县里便决定把高桥改建加宽成能够通车的平桥。修建社负责拆建，经理熊凤君是建桥的工程师，拆桥完全靠人工把桥石拆下。那时没有民用炸药，拆桥拱是最危险的。石匠先从桥拱正中间的杀尖拱石开始，向两边扩展，用手锤錾子打掉一块后，再用相应的圆木墩卡住，又用錾子把第二块石头碎拆，直至最后一块石头拆掉，桥拱依然不会垮。然后在卡木上绑上烂棉絮，浇上煤油燃烧，让其自然垮塌。可是烧到最后，中间的卡木没有烧完，桥拱仍然没有垮。最后，一个工人手持二锤上去，飞快地几下把卡木打掉，拔腿就跑，跨下桥拱的瞬间，一座矗立了近70年的桥拱轰的一下砸向水面。水中许多白鱼翻着肚皮向下游漂，这下可乐坏了娃娃们，纷纷下河捡鱼，回家用清水一煮便可饱餐一顿。新建的石拱平桥两次才建成。第一次正是洪水季节，桥拱快封顶了，一场洪水把拱石连同厢木一起吞没，工人们半年的血汗付诸东流。吸取了教训后，第二次才建成，经改拱降坡，拆去两端石阶，与街面平行，才有了今天上桥的样子。长28.6米、宽6.85米的两孔桥贯通了城西的五桂桥到城东的下桥。

　　大草房的南边，最早是小城的猪市，城周农户的小猪都在这里交易。特别是"文化大革命"期间，每到赶场，天猪市格外热闹，卖猪的、买猪的和看热闹的都有。小猪崽和四五十斤的架子猪是交易的主要对象。那时，我们家每年都要喂一头年猪，每到十一二月，就要到猪市上买回一头猪崽来替代行将被宰的年猪。有经验的买猪人相猪的标准一是要看骨骼大，这样猪才长得大；二是要嘴筒短且下唇与上唇一样齐，这样的猪肯抢食，长得快；三是不买架子猪，更不能与肥猪喂在一起，俗话说"槽内无食猪拱猪"，主人稍有疏忽就要打架。架子猪胃口好、抢嘴快，肥猪抢不赢，会跌膘。小猪食少，慢慢喂，所以小城居民一般买小猪崽的多。每年，买小猪、杀年猪是小孩们最高兴的时候。买了猪崽喂，一年到头都要到山上打猪草，可在山上玩耍游乐，尽情地享受着山里的野趣；冬至以后杀年猪，是一家人辛勤劳动的成果，高兴得不得了，小孩们一个星期之内可以天天守着吃全锅汤，一年的瘪肠寡肚就在这期间被油腻得满满的，胜似过大年。

不知哪年哪月，一个叫邓砂锅的人租住在朱子舟街长家，在大草房旁边墨宝寺百梯步下的空地上搭起了一个窝棚，成了一个小小的砂锅厂。邓砂锅在小孩的眼里可是一个了不起的人物。他孤身一人，生产的砂锅产供销一条龙。每天都有小孩围着看他做砂锅、砂瓢、砂罐。其实生产制作工艺很简单：先把选来的细泥巴去掉颗粒，用脚不断踩踏泥团，直到踩软，制成最基本的原料；然后把泥团弄到旋转的模具上成型；经过晾干后，在砂锅里面刷上釉水，开始煅烧；用一个大铁锅把煅烧的砂锅盖住，里面的砂锅烧红了，揭开把砂锅弄到垫有糠壳的地方，然后又罩住，烟熏后，产品就出来了。有许多居民就地选购，余下的产品，邓砂锅就用大稀篮背篼背起走乡串户销售。到了乡下，邓砂锅走到哪里黑就在哪里歇，十天半月都不回。后来，大草房里的人就给他编了一段顺口溜："邓砂锅下农村，又有儿又有孙，一背砂锅换新婚……"

毛栋梁家那时应是大草房里最富裕的人家了，喂了两头黄牛，有两架牛车，专门在县城与德耀关之间运输货物。对小孩吸引力最大的要数为牛蹄换铁掌了。每次换掌，先用大绳缠住四脚，然后用力一拉，只见壮牛瞬间一个四仰八叉倒地，固定四蹄后开始操作。先把旧铁掌取下，然后用锋利的弯刀削平蹄甲底，安上新的铁掌后，再用铁钉在蹄甲外沿钉穿固定。四蹄八掌换完后解绳，牛一下就跳了起来。

大草房里住了一些有才华的平民。何世红，后来成了小城里的红色文化专家，他的数百篇作品为后人研究赤水河北岸的古蔺地下党斗争史和红军"四渡赤水"奠定了坚实的基础。还有住在自家吊脚楼上出口成诗的诗人朱子舟，人称朱街长，他算是那个时代大草房的名人了。他端个杯子，嘴里哼着小调，每天在大草房周围转来转去，每次他经过吊脚楼下，便会仰着头说："天花吊脚楼，半截在天头……"他家门口还有一块小黑板，一天换一首自创的小诗让人品读。凡是到粮站买米或背粮交公粮的都要经过他家门口，每到夏天，门口就有一大缸凉茶，供路人解渴。在"深挖洞"的年代，他家茅草房背后的风化石岩壁竟在街道主持下挖出了一个10多米深的防空洞。医专肄业的板车王胡廷魁则是小城里最有影响力的段子高手，他的"七十二行，板车为王，上坡颈子拉长，下坡推进杀场，平地心心慌慌"形象地描绘出一个常年以拉板车为生的社会底层人的艰苦劳动场景。

1985年，大草房被拆除，结束了近30年的使命，建起了六楼一底的框架钢混大楼和农贸市场。1989年，我也搬进了这里的豪华新居。楼下成了县城的城西农贸市场。

草房是比较原始的民居，操场头的大草房则是小城的茅屋之最，人们怀念它。从板壁、夹壁、土墙的茅草房到砖瓦房、砖混房、钢混楼，不同形态的房子，是人安身立命的根本，也是时代发展、变化的印记。住房形态的一次次改变，浓缩了一个个时代发展的形象。大草房、板壁房甚至一些砖混楼房，走过了辉煌的时代，已在小城民居的舞台上隐退。然而，作为一种地方民居特色，却有着不可替代的独特风格。如今，许多百年老屋被拆，将重新打造亮丽的上街新城，几幢16层高的钢混豪华楼矗立在墨宝寺高台上。墨宝寺、大草房和那些人们熟悉的上街的高小巷、煤炭巷、蹄形巷、水巷子等小巷及板壁瓦房，给人们留下了深深的岁月印记，成了人们心中抹不去的乡愁。

2019年2月8日

再见了，古蔺商业街

大年过后，又回到古蔺，忽见公告："为改善旧城人居环境，提升居民生活品质，加快棚户区改造进度，经县政府研究决定，将商业街小商品市场统一搬迁至健环路。"商业街将结束以往的繁华，开辟成新的天地。作为曾经的老街坊，我激动之余，却生出几分不舍之情。

清晨，我独自漫步在这清静的商业街上，想再看看街上独有的风景，把它们记在心里。晌午，我仍然心有不舍，又背着相机出来，不停地拍着这里的一切，总想把这里即将消失的风景永留下来。

这条街我太熟悉了，参加工作就在这街边的县供销社大楼里。日复一日，年复一年，留下许多深刻的记忆，见证了这里的落后、繁华与变迁。

这条街原本不叫商业街，最初是一条小城人买煤炭泥泞不堪的路。记得20世纪60年代以前，古蔺县城从上桥往下桥就是一条独街，称为上街、中街、下街。在下街新华书店，有一个大街生枝的丁字路口，顺着生枝路口左拐，就是一条泥石路。顺路数过去，左手边罗家与许家中间夹着一个大灰包，下面是观音塘、煤炭公司坝子、商业局、外贸局、县供销社联社、联社商业的仓库群，然后往右拐，就是一个大灰包连到下桥，右手边排列着新华书店、日杂废品公司、二轻局小楼、盐业公司、搬运社、法院等。那时，这条街基本上是商业局、县联社的物资集散地，是一段上桥到下桥的城中连接小岔路。

到了80年代，随着经济的发展，这条泥石路两边渐渐发生了变化，四五层、五六层的砖混楼房拔地而起。交通局、电力公司、土产果品公司、棉麻烟（烟草）公司、食品公司、县供销社、外贸公司、商业局、日杂公司、城关供销社、农资公司、糖酒公司、新华书店等临街而立。后来，经过进一步整治和路面水泥硬化，变成一条城里最宽敞亮丽的大街。

街以兴市，市以街兴。随着街面硬化和变宽，有商业头脑的小商贩渐渐集中在这里摆摊设点，卖一些工业品、小百货等。久而久之，摊位越来越多，商品越来越丰富，人气越来越旺，形成了古蔺工业品、手工业品和各种小商品的经营中心。90年代以后，为了适应市场经济的需要，更好地引导个体经济良性发展，政府就把这条街叫作商业街，让个体户集中在这里摆摊设点，规范市场秩序，促进古蔺商品经济的繁荣和发展。

商业街正式命名后，便不断繁荣兴旺起来。从商业街西面的新华书店左拐，往东面的下桥方向走，摊面一个挨着一个，有的打着遮阳伞，有的搭着雨棚，有的干脆摆在地上，密密麻麻，人头攒动，熙熙攘攘。300多米长、6米宽的街面被两边的摊位挤在中间，成了只有摩托车和人缓缓行进的狭窄通道。布摊、成衣摊、书摊、农具摊、针头麻线，凡是在乡场上赶场能看到的小商品，这里应有尽有。

因为它的兴起，小城人不再赶场。农副土特产品到农贸市场去，工业小商品到这里来，这里一下变成了赶"百日场"的地方，每天都有川流不息的人流。那时古蔺人的消费水平不高，还没有出现诸如专卖店、超市等现代化的购物场所，这里几乎成了所有古蔺人购物的首选。农民进城要到这里逛逛，城里的居民要到这里采购。即使不买东西的人，路过也会绕行到商业街逛逛，看看有没有什么新奇的东西。许多国有商店没有的商品，这里也应有尽有，甚至卖跌打药的、卖假冒伪劣东西的也盯上了这里。一时间，这里成了城乡小商品的集散地。热闹的商机又带动了这一地段餐饮业和文化娱乐业的发展。各种小吃，特别是腊蹄花、酸菜肘子、砂锅米线，还有卡拉OK，如雨后春笋般在这里出现！就这样，商业街便繁华起来。直到如今，也是城里最热闹的地方，堪比20世纪六七十年代的商业中心——大巷子口。

随着改革开放的进一步深化，集体经济萎缩，原来的国营和集体商业企业改的改、垮的垮、散的散，供销商业仓库群也变得空空荡荡。职工们为了谋出路，利用现存优势资源，把小街尽头的仓库群开办成游乐园，随后又变成"亲人堂"，把小城告别亲朋的人们全聚集在小街里，更是增加了这条街的人气，中午、晚上那些送"人亲"的像潮水般涌来，热闹非凡。

这里的摊子有一个奇怪的现象——不收摊。用塑料编织膜盖上，用绳子扎一下，摊主就可以回家吃晚餐了。按理说，因为这条街的深处有个游乐园，晚上来往的人很多，即便没有盗贼，也不敢保证没有"顺手牵羊"的人。有一天，正好看见一个成衣摊摊主收摊子，我便与他聊了一下。"你们的摊子怎么不收回家？不怕被偷啊？""不怕！这条街的两头都有摄像头，谁敢来偷。""现在的人喜欢的是钱，谁要这些东西哟！"

这里的摊位还有一个有趣的"躲猫猫"现象。为了更好地引导个体经济良性发展，规范市场秩序，政府让个体户集中在这里摆摊，一个商贩占用一个棚子，摆上自己的商品，亮证经营，工商局也收取一点儿市场管理费。可是有许多商贩逃避监管，无照经营，甚至卖假冒伪劣产品。工商局的人一来检查，路口放哨的一声呼叫，那些无证经营的摊主或者卖假冒伪劣商品的人便像"躲猫猫"一样藏了起来。工商局的人一走，他们又在摊位上叫卖起来。

20多年来的繁荣也给城管、工商部门带来一些难以克服的困难，脏、乱、差现象也十分突出。原来统一规范的摊位不够用了，摊主各自为政，街面随意搭建摊位布棚，搞得像乡场上的窝棚，甚至让外来人感到不像商业街区，更像个货场。同时，也给这条街上单位的上班族带来了许多不便，人们常常怨声载道。

如今，古蔺县城发生翻天覆地的改变，商业街已完成了它以街当市的历史使命。政府以棚户区改造为有力抓手，将商业街棚户区改造作为全县惠及民生、改善城市功能、提升城市品位、加速推动新型城镇化发展的民生工程。5万多棚户区居民将彻底告别脏、乱、差，迎接他们的是更加美丽舒适、文明和谐的幸福家园。

再见了，商业街！你是古蔺改革开放的一个缩影，你见证了小城的贫穷落后与繁荣发展，见证着小城人们奔向幸福的未来。

2018年3月31日

原载《泸州文艺》2018年第4期

回　归

　　春节刚过，我们驱车去江阳区江北镇，去农村看看亲戚朋友。淳朴热情的乡下亲友给我们送了公鸡、母鸡、阉鸡、鸡蛋等礼物。乡下人的一片深情，又是原生态的鸡，不要还得罪人，只好领了心意，把鸡运了回家。

　　我们来到泸州以后，由于居住环境的改变，早已不再喂鸡，都嫌那是又脏又臭又费神又得不偿失的事，而且现在的市场十分方便，物资丰富，品种繁多，什么时候都能买到你需要的食物。所以，每逢家乡有亲朋好友问是否需要古蔺土鸡时，我们都婉言谢绝。这次我们抱了好几只鸡回来，还真有点儿束手无策。一边给泸州的亲戚抱去，一边也趁着过年，有亲朋好友来家做客，杀了做"百鸡宴"，凉拌鸡、棒棒鸡、白斩鸡、红烧鸡、小煎鸡、蒸鸡、炖鸡等，都进行了尝试，还留了一部分放到冰箱里。直到两三个月后，才把那一大批鸡处理掉。

　　5月，到古蔺参加一个同学儿子的婚礼，顺便到乡下看望一个同学。临别前，同学说什么也要送我一只鸡。同学情真意切，盛情难却，只好抱回家来。吃又不想吃，杀了又没地方放，冰箱里还满满的，只好把它暂时放在楼上的卫生间里，养几天再说。

　　第二天，我上楼去看，只见那只鸡不知从什么地方叼来许多废旧布条放在盥洗盆里，做了一个鸡窝，里面竟然有一个又鲜又黄又大的鸡蛋！我一阵惊喜，啊，这鸡怎么一来就下蛋了呢？真是好兆头，招财进宝，吉祥如意，这样的生灵真舍不得把它杀了。于是，我说服自己，安心喂养吧！没有想到，这只我们当初嫌弃的母鸡，日后居然给我们带来了许多的乐趣和财运。

我仔细观察了这只母鸡，小小的身体看上去比一只和平鸽大不了多少，金黄色的锦衣配着黄黑相间犹如孔雀开屏的鸡尾，昂扬的鸡头，红红的鸡冠下一双炯炯有神的眼睛，让你能感觉到它的灵性。这只来自大山里的鸡很有个性，食物倒进盘里，它要先看看，凡是不喜欢吃的食物，就用爪子刨得满地皆是。碗里没有水了，就把几个饭盘掀翻，再踢上几脚，哐哐作响以示抗议。它居然刁嘴到不吃大米饭，最喜欢吃的是鸡蛋壳、蔬菜。食量也特别大，一天要吃两三块钱的蔬菜。我们给它吃剩菜剩饭，开始它不吃，后来我们把剩饭剩菜进行加工，有滋有味了，它终于喜欢吃了。而且吃的时候用爪子使劲地刨，选择自己爱吃的先吃。慢慢地我们发现，它也跟人一样，喜欢荤素搭配，上午蛋壳、蔬菜，下午肉皮、肉渣等，吃得甚欢。

也挺奇怪的，以往我们喂的鸡，每当有人靠近的时候，它总是惊恐万分，四处躲藏，仿佛怕你捉了它伤害它一样。而这只鸡与众不同，它不是远远地躲着，而是只要听见我们的脚步声，便会咯咯咯咯地和你打招呼，想你给它说几句话。开门进去，它便迎面向你跑来，十分温顺地趴下翅膀，停在那里，咯咯咯咯叫个不停，意思是希望你把它抱入怀里。当你把它抱在怀里顺着鸡毛，从头到尾一遍又一遍地抚摸它的羽毛时，它像孩子一样欢快地轻轻叫着，幸福地陶醉着、享受着。在我的记忆中，鸡和人如此亲近的情景少有。而今天这只母鸡，它的灵性，它的亲近，给我们全家带来了很多话题，我们都十分珍惜这个精灵带给我们的快乐和好运。

更加让我们惊喜的是，这个小精灵自从来到我家后，几乎每天都会下一个蛋，已下了50多个蛋了，鸡蛋大小一样，没有"落贝尔蛋"（最后的蛋），至今没有成为"抱鸡婆"。这只鸡下蛋的过程也让人喜爱。下蛋之前，不知是打招呼还是为了引人注目，它的叫声是咯——咯——咯，悠扬而缠绵，仿佛告诉主人我快生产了，我快生产了。当她顺利下蛋后，叫声便变了，咯噔儿咯噔儿，声音是那么清脆响亮，表现它是那么幸福喜悦、那么骄傲自豪、那么欢快炫耀！一直要叫到主人上去看它，表扬它"乖乖，又生蛋了哈"，主人拿走鸡蛋后，它才平静下来。

时间久了，我们和母鸡也有了很深的感情，每天换着口味给它喂食，还给它打扫卫生。外婆每天上楼和它说话，通报下蛋消息。我也每天去抱抱它，抚摸它的羽毛，问候它，有时也呵斥它又把食物撒了一地。

每年夏天，我们都要到黄荆老林去避暑。今年又要去黄荆了，可是这鸡怎么办？自从它来到我家以后，连续给我们送了50多个蛋了，它很努力地把它最精华的东西奉献给了我们，真不忍心看它滚在汤锅里面！可是城里有谁能帮我喂鸡呢？思前想后，还是物归原主，回归自然，把它送回老家，回到它出生的地方，和它的父母兄弟姐妹们欢聚在一起。朋友，不知这样做你是否介意？也不知是否有这样的先例？我不是嫌弃你的礼物，我是真的爱上它了，真舍不得让那么富有情感、那么通人性、那么爱奉献的生灵成为刀下物，怎么能忍心看它成为我饭桌上的美餐呀！于是，在一个风和日丽的上午，我们又专程来到母鸡的故乡，回到火星山下，把它送回到它的同类之中。它欢叫着，奔跑着，跑向了它的鸡群，跑向了养育它的山水，跑向了它的天堂。它不时回头看看我们，又跑到我们身边，两只翅膀趴下来，希望再抱抱它，再抚摸它，再跟它说几句听得懂的心里话。

再见啦，小精灵！感谢你给我们带来了人与自然和谐相处的快乐，感谢你带来了人性的回归！

2018年7月18日

白蜡村的杨梅熟了

每年6月正是白蜡村杨梅果熟的季节。

应"赤水河六县市作家茅溪采风和文化交流"活动的邀请，我又来到了杨梅之乡——古蔺县茅溪镇。

白天，火辣的太阳挂在头顶。傍晚，一场突如其来的大雨把山林洗刷得干干净净，在海拔1200米的大山里，空气格外清新。第二天一觉醒来，山青雾绕，让人感到清凉爽快。

大凡到了茅溪镇的人，一定会去体验杨梅采摘的快意。今天就要到白蜡村的杨梅林，转转杨梅林，采摘杨梅，品尝亲自摘下树的新鲜梅子那酸酸甜甜的味道。沿着白加黑的乡村道路蜿蜒前行，上坡下坡，盘山拐弯，不一会儿就见一个岔路口边摆满正待销售的杨梅。爬上小坡就是白蜡村的村党群服务中心和村委会。放眼一看，村委会被四周长满杨梅的高山围在中间，一个两三个篮球场大小的停车坝子，村委会坐落在杨梅山下的半高台上，台前中央"酱酒源地，清凉茅溪"八个大字和通红的"庆祝中国共产党成立100周年"幅横端端地坐在坝子边沿的立壁上，十分喜庆。坝子右边的不远处，一户村民瓦房坐落在青翠的杨梅林里。

我急忙沿着右边的小路钻进了杨梅林，一是仔细观察一下树上青黄紫绿的梅子，拍拍照，不被人打扰；二是呼吸那梅林中浓浓的负氧离子。小路石板上长满苔藓，一不小心便会滑倒，越往上爬苔藓越厚，雾气越浓，林子越厚。大汗淋漓之后，我站在两棵10多米的高大杨梅树下，一对飞鸟噗噗地飞了出去。

回到了村委会，只见坝子边一个姑娘卖杨梅正卖得起劲。一个十二三岁的男孩嬉皮笑脸地吆喝着："快来哟，我们的杨梅西施来了，刚刚才从树上摘来的新鲜杨梅。"这一吆喝引起了我浓厚的兴趣，我立即打开相机，对准杨梅和姑娘，准备拍几张照片。不料小姑娘头一扭，双手摆了摆说："不照不照！"即刻跑到一辆红色轿车的后面躲了起来。小男孩追了过去，一边跑一边喊："姐姐，来照相呀，照了好上网打广告啊，你这个杨梅西施就宣传出去了！"小男孩拉着姑娘的衣角连推带拉，终于把姐姐弄到杨梅篮子前，同意我拍照，我这才拍了几张照片。也许是小男孩的呼声真的起到了广告效应，引来了许多人，等我回过神来，杨梅已经销售一空。我便问："还有杨梅吗？"姑娘含羞道："有啊，只是昨晚下了雨，树是滑的，不好摘。我妈还在树林里摘呢！"不一会儿，她妈妈提了两篮梅子过来，一会儿又被抢光了。

我这时才仔细地打量姑娘。她上着一件白色的T恤，下穿牛仔裤，脚蹬一双拖鞋，1.67米的个头，匀称的身段，红润的脸庞还微微带点儿稚气，给人朝气淳朴的感觉，像一颗挂在树梢上熟透了的水灵灵的杨梅。我想，美女维纳斯不过是一尊雕像，西施也只是中国历史中的大美女，留下"西施泪洒杨梅"的最佳广告词，我们都没见过。唯有站在面前的这个姑娘，没有粉饰，清纯朴素，美丽可爱，额上的汗珠也显得晶莹剔透。她卖的杨梅也很可口，真可谓杨梅养出西施来！

"你没有读书吗？""读呀，刚高考回来。"我突然灵光一闪，便脱口而出："还有现存的梅子吗？我想带点儿回去送朋友。"她左手指着那梅林中的小瓦房："这一片房前屋后和那半山腰的100多棵都是我们家的，马上去摘。""你们家的杨梅一季下来能收入多少？""两万多元吧。"她妈妈只是站在旁边笑个不停。"那我们一起去摘好吗？"我问。其实我哪能上树，只是想为她们拍照而已，把她们采摘杨梅的风姿留在镜头里，挂在网上，让更多的人知道茅溪镇有个白蜡村，白蜡村有漫山遍野的杨梅林，知道这里的梅子，更知道这里还有美丽的杨梅西施。

"杨梅摘完后又做什么呢？出去打工？"我问西施妈妈。

"不出去！家里养的近20头牛还等着要吃要喝呢。"西施妈妈笑眯眯地回答，自然流露出一种在家门口就能赚到钱的快慰。

"那你们家的钱够花吗？女儿上大学困难吗？""没问题，现在的农村，只要你勤劳，好找钱。我们家的日子好多了，每年的收入都在10万元左右，农村生活花不了多少钱，够用了！"

接着，西施妈妈又上树，把一颗颗心爱的梅子摘进篮里。女儿骑着电动摩托信心满满地上路了。

我望着母女俩的身影，心中莫名生出了几分敬意、几分感慨、几分祝福……

2021年7月21日

轿顶沧桑

JIAODING CANGSANG

仰望红龙湖

红龙湖很高，坐落在古蔺最高峰1843米虎头山东走向的山腰间。它隐秘在黄荆老林南侧的崇山峻岭中。在月光皎洁的夜晚，站在古蔺城的任何一个角落向北仰望，北斗星下的群山里隐藏的就是红龙湖。

红龙湖很高，不仅因为它的地理位置高，更重要的是人们对它的敬仰。

——

在古蔺生活工作几十年，从知青时走路去红龙湖慰问民工，到通公路后去红龙湖观光、钓鱼、避暑、拍照，不知去过多少次。每一次都震撼心灵，每一次都要向天高歌！

2022年初夏，一个阳光明媚的日子，我又到了红龙湖。与以往不同，这次是陪同成都交职院的陈蕾、周舫教授及几个大学生去红龙湖考查，寻访那些早已被历史云烟淹没的艰辛岁月里的动人故事。他们带着四川省社会科学重点研究基地民间文化研究中心课题《古蔺红龙水利工程建设口述史》而来。陈蕾教授告诉我："我们要通过考查采访，原汁原味地记录这段肩挑背扛的浩大水利工程的建设历程，全面展示红龙湖水利工程的修建背景、过程、日常维护、用水制度等文化，还原当时热火朝天的建设场景和传承子孙后代的温情故事。记录、宣传、保护好这一具有时代意义的水利工程，弘扬当地人民不畏艰辛、积极向上的开山凿土精神，让更多人知晓建好水利工程功在当代、利在千秋的重大意义。"陈教授的一席话让人心潮澎湃。我看了看眼前几位朝气蓬勃的年轻人，深深感到真是后生可畏！

来到红龙湖大坝，热情的当地人早已在湖堤上等候我们。只见78岁的沈登尧老人抚摸着大堤右岸红龙水库建设牺牲者的纪念碑，眼里闪烁着泪花。沈老沉思许久，说话也有些颤抖："那时，建红龙水库工程无比艰险，所以在工程修建的过程中，共牺牲了19个民工。后来在水库旁边为他们修建了纪念碑和墓碑，让后人永远记住他们。他们都是与我一起奋战的战友，早已化作红龙湖的保护神。现在由于封山育林、保护水源，其他人不能随意上红龙湖了，今天有这个机会到水库大坝边，就是想再多看看他们。"

沈老是古蔺县彰德街道成龙村人，家在红龙水库脚下，是我们这次采访参加红龙湖建设的代表人物。我们认真拍照、录音、记录，生怕漏掉一字一句。

红龙水库，现在的人给它起了个美丽的名字——红龙湖。红龙水库水利工程的所在位置是原古蔺县龙爪公社，因为大坝选址原来有个陡崖，当地人称这里为红靴子，大概有180米的垂直高度，当地人把这个陡崖叫作舍身崖。修建红龙水库的时候，就是因为水库大坝建在红靴子、舍身崖这里，再加上周边有龙爪、飞龙、转龙、兴龙四个地名，所以叫红龙水库。

古蔺河北面的高山地区，即彰德公社的部分地区、飞龙公社、杨柳公社，晴天一把刀，雨天一包糟，经常干旱缺水、粮食紧缺，所以社员和政府修建红龙湖的积极性很高。1965年，沈老参加了红龙湖水库修建，因为懂测量的技术，被派去做测量工作。由于当时上山无路，就先砍树修一条便道，方便背仪器、拿尺板上去，以保证测量准确。随后，沈老又被派去为工人修建工棚，分了12个民工给他。修完工棚后，又带着他们为水库建设做了三年半的木工。他干过很多种修水库的技术活，领导很信任他，又让他带一个10人组成的爆破班，为修水库打前锋。当时建设的条件非常艰苦，工具也十分有限，他们用自己搓的麻绳吊在悬崖上，用钢钎、二锤在岩石上打隧道，先打出了一条235米的渠道，后面又陆续打了几个隧道，最长的有600多米。

那时艰苦得很，天晴太阳晒，落雨被雨淋，生活困难，粮食也少。搞技术工作的稍微好一点儿，一天能有半斤粮食和5分工分的补助，一般的民工更少一些。由于没有公路，水泥河沙全部靠人工背到山上。有些建设的材料可以就地取材的，也需要打窑子烧或者用二锤锤。当时没有任何机器设备，全靠人工。工地上成立了由20多个妇女组成的"打筛排"，用二锤打石头，用筛子筛细砂。成立了"运输队"，专门负责从山下背建材到工地上，一趟至少要背40斤，有些要背80斤。还请了几个石匠教大家打石头，一年培训3期，每期培训40个人。修建这样的水利工程，不是一般人能干得出、干得好的，只有在中国共产党的领导下才能行。

县水务局韩先毅总工对沈老的讲述也听得出神。我说："韩总没有经历过吧？"他感慨地说，红龙水利工程建成以后，给灌区人民生产生活带来了改变，特别是科学地管理红龙水库后，把水合理充分地引到了灌溉区，不仅解决了老百姓吃水的问题，而且解决了灌溉问题。现在，山上有了水库，很多曾经因为天干而光秃秃的坡头变成了良田，老百姓能够种水稻吃大米了。

旁边的赵宗修总工补充了几个数据：红龙水利工程的影响有两个方面，一是灌溉方面，红龙水利工程建成以后，灌溉面积是12400亩，整个灌溉区的粮食、蔬菜每年都获得了丰收，特别是这里的水稻非常好，彰德坝子大米人们都很喜欢。二是人畜饮水方面，红龙水利工程不只解决了灌区人民和牲畜的饮水问题，现在又与龙爪河库容619万立方米的水利工程配套连接，还是古蔺县城近10万人饮用水源的生命工程。现在，县水务局对龙爪河水利工程和红龙水利工程联合管理，红龙水库里的水一般不用，因为红龙水库很高，有1600米，而龙爪河水库的海拔只有1080米，采用低水先用高水后用的方法，先用龙爪河水库的水，再用红龙水库的水补充，每年向古蔺河补水5000万立方米以上，保证县城及灌区人民的用水安全。

二

深度采访，航拍美景，震撼着我们每一个来访者。在阳光的照射下，蓝天倒映在湖面上，湖水清幽幽的，红龙湖在万千青山的拱卫下，恰似一条青色巨龙正欲腾飞。

迷人的景色让我陶醉，我拍了许多照片，与好友们分享。忽然，一个熟悉的名字从我的微信中被搜索出来——罗坪，一个在20世纪七八十年代为古蔺水利建设事业立下汗马功劳的人。于是，我便把在红龙湖上采访的照片发给了罗坪老县长，他十分高兴地回复道："发来的照片全部收藏了！看到自己曾经参与建设的红龙湖水库壮美的照片，更喜采访课题组年轻人的朝气，特别高兴！"看来采访罗坪副县长是必需的了，他知道的红龙湖故事更多、更精彩。课题组的人们一下兴奋起来。于是我们一行人顶着酷暑赶到宜宾，采访了退休在家的罗坪老县长。

罗坪今年81岁，是古蔺县二郎镇黄金坝人，1961年从蔺中高中毕业以后，考到武汉水利电力学院。由于当时经济困难，他在武汉读了6年书，毕业后分配到贵州贵阳水电部第九工程局。1972年，他申请调回家乡古蔺水电局工作，主要任务是修水电站和修水库。1981年，任古蔺县副县长，分管农田、水利、林业和科技。

罗坪老县长身体健康、精神矍铄、思路清晰，十分热情、激动地与我们侃侃而谈。

"那时，古蔺是自然条件比较恶劣的一个山区县，水土流失严重，每年都干旱，粮食经常减产，群众生活比较困难。县委、县政府交给我们那一届水利干部的任务是，不仅要想办法进一步完善古蔺已建好的水利工程，发挥其效益，而且要增建一些水利工程。那时古蔺的干部群众都有一个共识：如果没有蓄水工程，太阳一晒，水就蒸发了，山坪塘干了，沟渠也就干了；一下暴雨，河水暴涨，很快又流走了。所以县委、县政府强调要赶快建设蓄水工程。作为县级水利局的主要技术骨干，我参加修建了小一型以上水库，主要是500万立方米以上的水库。在古蔺县委、县政府的领导下，三四年修建了50多个山坪塘和红龙、玉龙、胡家沟、安基屯、观文、双河6个水库。红龙水库在从古蔺县城西北面的彰德公社经飞龙公社到杨柳公社中间这一段，降雨量大，每年达到1600毫米以上，雨水汇集后主要流向龙爪河，下游流往贵州，流域面积大，而往古蔺方向的流量却很小。所以当时按照县里的规划，修建红龙水库便可北水南截，通过堰渠引入古蔺。"

罗坪老县长深情地回忆道："当时上山勘测的时候，我第一次看到古蔺有这么好的森林，整个库区周围的山上全部是大树，树大到两个人都合抱不住，树下全是淤泥，一脚踩下去会陷至小腿。我的第一感觉就是这里是一个集雨的好地方，降雨量大。然后觉得这个地方条件艰苦，从县城到这里几十里没有公路，进山全是泥土夹淤泥，要上山只能拉着树枝、藤网爬上去。走到筑坝的地方，觉得这里的地形非常好。"他回去就跟县里做了汇报，县、区、乡（公社）都强烈要求尽快修这个水库。大家认为这个水库修好以后有两个好处：一是能把流到龙爪河的水引过来流入古蔺河，扩大水源；二是这个水库建在山上，不占农田。但是，山的旁边是悬崖，要把水引到易干旱的杨柳公社、飞龙公社和彰德公社，需要修建13公里多的渠道，很艰险也很辛苦。修建方案确定以后，县里就抽技术人员抓紧测量、设计，到底是在悬崖边修明渠还是打洞子都争论了很久。最后采取的是用树吊起绳子沿着悬崖放人下去，在凹进去的地方打洞，修建了13.1公里的主渠道，洞子打了22个，共计10公里。

红龙水库大坝选择了重力式浆砌石拱坝。修建的时候，用沙、水泥、钢材非常困难。当时物资非常紧张，县里的物资局专门负责管理钢材、水泥、炸药等物资，老百姓家里做一个水缸要一二十斤水泥都需要物资局批。在这种情况下，县里想尽办法保证了修建水库需要的水泥、钢材、河沙等。上山没有公路，只有靠当地老百姓用肩扛上去、用板板车拉上去，特别是临近山顶的那一段路十分陡峭，垂直高度有100余米，前面的人走着，跟在后面的人一不注意脑袋就会撞着前面人的脚。再加上上山的路又陡又烂，一不小心就会掉进深渊。

作为工程的技术负责人，必须每一个细节都严格把关。当时大家想用当地的石头碾成砂来调混凝土，他检查了以后，觉得不行，碾出来的砂是泥制砂岩，黏度不够，用于筑坝存在漏水的风险。所以他当机立断，必须用太平渡的河砂。河砂要用板车先从50多公里的太平渡拉到飞龙公社，然后动员老百姓背上山。那时候，每天有上千名社员参与背送物资，送上山后能得到半斤粮食和8分钱的补助，还可以在山上吃一顿饭。当地老百姓的生活本来就非常困难，还有许多社员义务帮忙背水泥、河砂，有些饿着肚子走不动了都还在背，有的实在背不上那陡峭的山顶，背上去的汉子又回来帮忙。当地老百姓十分淳朴，他们都是本本分分、脚踏实地地干活，对水的渴望，足以撼动大山。为了加强领导，县里、公社里的干部轮换上山，保证随时有3名干部住在山上。

红龙水库是重力式浆砌石拱坝，工程成功的关键，第一要装得住水，才能形成灌溉系统；第二在施工中民工打石头要规范，因为水库大坝是半拱形的，堆砌石料比一般大坝的建设难度高。要做好这些，一是在设计上要把握大坝的安全系数，确保万无一失；二是水泥、河砂等用料要符合国家安全标准；三是渠道的修建用浆砌条石。当时的水泥、河砂都是从山下背上去的，有些水泥被淋湿了，民工们舍不得废掉，还想继续用，而技术上坚决制止，必须严把技术关，绝对不能够让大坝粗制滥造。对民工的技术培训也十分重要。当时参与修建的民工中，有一些是做过一些农村工程的，但对于修三十几米高的水库大坝，也是第一次。于是，技术人员边实践边教学，教他们如何把石头缝里面的砂浆弄严实、如何把条石砌好等，如此一边培养工人一边保证建设质量，水库的修建很快就走上了正轨。红龙水利工程是古蔺第一个完善的自流灌溉水利工程。

当谈到建设中最令他感动的事情的时候，他说："当时古蔺县县长王开业最令人敬佩。他现在还在，已经96岁了。修红龙水库的时候王县长已经50多岁了，他既不抽烟又不喝酒也不喝茶，走到哪里只谈工作。他每个月都要上山，那个时候也没有车，只能走路上去。上山后及时了解红龙水库的建设进度，解决干部群众反映的问题，还特别关心技术人员和当地民工，希望大家严把质量关并注意安全。在他的支持下，水电局还办起水泥厂，在修建水泥厂时所需要的木材，都是王县长亲自到老林里给指定的。所以，他是让我非常感动的老领导。"

三

当时中城区组织了一大批知青和回乡青年成立了"毛泽东思想宣传队"，到水库建设现场进行巡回慰问演出。知青们采取自编自演的方式，把建设工地上的好人好事编成快板、舞蹈和歌曲，结合当时流行的各种歌舞，比如《洗衣舞》《丰收乐》《采茶歌》等进行表演。宣传队一旦演出，大家都来看，有些还要走很远的山路来。"毛泽东思想宣传队"对宣传党和政府的声音，鼓舞民工士气，丰富民工的精神文化生活功不可没。

红龙湖，一个永载史册的工程。据相关资料记载，整个工程是20世纪五六十年代主要由彰德、龙爪、飞龙、杨柳4个公社出钱出力修建的。

工程包括红龙大堰和红龙水库工程。红龙大堰通水工程于1975年年底建成，主干渠长11公里（其中隧洞14个），穿越在海拔1600米的悬崖上，支渠7条，总长9.8公里。

红龙水库始建于1975年，1978年12月竣工，位于县境北面海拔1843米的斧头山山腰，整个山峦片区集雨面积43平方公里，联通菜子坪（库容17万立方米）、尾坝井（库容13.5万立方米）、大烂坝（库容29万立方米）。4座水库由红龙大堰串联，由长49公里的7条支渠连接158口池塘（总容水量107.73万立方米）。红龙水库建成后，增加库容水面229亩，削减古蔺河洪峰24.1立方米/秒，有效灌溉面积1.24万亩。

红龙水库大坝高31米、长100米，库容700万立方米，水库的集雨面积是4.85平方公里，形成库、塘、田相互沟通的自流灌溉体系，使整个24.6平方公里灌区的缺水问题得到了彻底解决。

整个红龙水库水利工程共完成土石方51.35万立方米，总投工202.4万个（其中技术工71.2万个），总投资368.48万元，其中国家投资98.7万元、集体投资269.78万元。

红龙水利工程的建设，是勤劳勇敢的古蔺人民历经20余年"奋起回天力、山中建平湖"的壮志与决心的践行。红龙水利工程的建成，是古蔺人民战天斗地创造的奇迹，为县城及多个乡镇居民用水、农田灌溉及周边旅游发展做出了巨大贡献。工程周边还形成了库区小气候，一泓清水碧波荡漾，群峰环绕，湖光山色秀丽多姿，名震川南黔北。现在，在红龙水库周围40多平方公里的土地上，森林植被覆盖率达到98%，是国家级森林公园、四川省自然保护区，也是地球北纬28度线上迄今为止保存最好的原始森林带。

2022年12月1日

龙爪河工程，古蔺人民的生命工程

　　2016年12月2日，是一个值得87万古蔺人民欢呼雀跃、欢欣鼓舞的日子。这一天，古蔺县首座中型水利饮水工程，被誉为全县人民的生命工程——龙爪河引水工程迎来省级竣工验收。专家组在《古蔺县龙爪河引水工程竣工验收建设管理工作报告》中写道："四川省古蔺县龙爪河引水工程已经按照批准的设计内容完成了建设任务，设计的功能已经实现，工程质量合格，财务管理基本规范，竣工财务决算已通过审计，工程已通过相关阶段验收和专项验收，大坝变形观测和渗流观测均无异常现象，工程已经过6年试运行，运行正常，发挥了明显的社会和经济效益；运行管理机构明确，管理人员和养护经费落实，制度健全；竣工验收各项准备工作已完成，具备竣工验收条件，同意通过竣工验收。"随着验收委员会委员和被验单位代表的签字完成，龙爪河引水工程宣布竣工，标志着古蔺县水利基础设施建设跃上一个新的台阶。

　　这一天，参加竣工验收的领导和工程技术人员流下了热泪。这一天，我正好回到故里，得知这一来之不易的喜讯，我用口杯接满一杯清冽甘甜的自来水，咕噜咕噜直送喉咙，任凭泪水和清水流进衣衫，洒向大地。太过瘾了，太激动了！

　　怎么不激动呢？龙爪河引水工程是以灌溉、县城供水为主，兼有发电和旅游等综合利用的古蔺首个中型水利饮水工程，是泸州市重点建设工程项目之一，被誉为古蔺县的"生命工程"。从1991年古蔺政协提出"重视古蔺县城水荒"提案到1998年9月12日开工典礼，古蔺人民翘首以盼的生命工程终于胜利完工。在漫长的建设过程中，国家水利部，省市水利、发改、财政等部门的领导和专家多次莅临古蔺检查指导、关心帮助。数以千计的建设者不分春夏秋冬，克服万难，拦河筑坝，开山劈渠，他们顶寒风、踏泥泞，讲奉献、肯牺牲，经历了多少艰难困苦、酸甜苦辣，终于完成了具有生命意义的水利建设历史使命，创造了贫困地区水利建设辉煌。今天，在祖国70年华诞之际，在泸州市水务局"壮阔70年，水利谱新篇"征文活动中，我有幸得到泸州市水务局、古蔺县水务局、古蔺县政协等有关单位的充分信任和鼎力支持，采访了当年工程建设的部分功臣，阅读和聆听了他们鲜为人知而又感人至深的故事。"吃水不忘挖井人"，我必须浓墨重彩地留下龙爪河工程建设中那些不能忘却的纪念。

古蔺，十年九旱贫困县

古蔺县位于四川盆地南部边缘山区，赤水河流域大娄山褶皱带西段北侧，东、南、北三面与贵州省相连，西面与叙永县相接，总面积3182平方公里。受云贵高原余脉的影响，县域地势高峻，山峦起伏，河谷深切，沟壑纵横，地形起伏较大，最低点太平镇小河口海拔300米，最高点的斧头山新街坪海拔1843米，相对高差达1543米，属典型的中山地貌类型。受地形地貌的影响，具有明显的亚热带季风气候特点。与叙永县交界的红梁子山脉，横亘在桂花、大寨、箭竹、双沙一线，阻断了由西向东进入古蔺的降雨，大部分成为坡面雨落在叙永县境内，因此形成"打不湿的古蔺，晒不干的叙永"的历史事实。常有冬春旱相接和夏伏旱相连的旱象发生。盛夏秋初连晴少雨，干热温高，日照时间长，形成强蒸发现象，年发生干旱频率2.6次，素有十年九旱之称。受大气环流季节变化和季风活动异常影响，降水时空分布不均，旱灾频率增大且灾情严重，使全县溪河断流，池塘干涸，县城间断供水，分片供电，人畜饮水困难，给工农业生产造成严重损失。由于大环境水源补给大幅度减少，地面蓄水和地下水日趋枯竭，水环境日趋恶化。以往干旱仅有气象干旱、水文干旱，随着社会经济发展与人口增加，耕地和灌溉面积扩大，出现了农业干旱、城市干旱和生态干旱等多种干旱类型。

古蔺县又是一个工程性缺水比较严重的贫困县。古蔺县的水库、沟渠大多修建于20世纪六七十年代，设计标准低，全县无一个中型水利工程，仅有的多为土建工程，病害较多，年久失修，工程老化和毁损严重，效益不能充分发挥，水资源开发利用供需矛盾十分突出。十年九旱的气候特点、雨停水消的喀斯特地形使全县蓄引提水能力较差，工程性缺水制约着县域经济社会的发展。而作为古蔺县经济社会发展的中心城区，也常常受到水荒的困扰。随着改革开放的深入推进和城市建设的不断发展，用水量与日俱增，全县人民期盼修建一座上规模的水库，以改善县城用水条件。

人大代表、政协委员的呼唤

1991年在古蔺县召开人大、政协两会期间，县自来水公司副经理、政协委员邓森林，根据当时古蔺每到夏天就经常停水，缺水成了市民街头巷尾热议的民生大热门话题状况，提出一个希望修建二水厂，解决城区人民用水问题的建议。随后，县政协组织了专题调研。那时古蔺城区常住人口3万多人，生活用水主要靠2个取水点：一个在小水河，一个在麻渊河，日产水量不足5000立方米。每到春耕季节，都会有农民争水闹事。古蔺又是小水电孤网运行，夏季缺水经常停电，停电就停水。当时古蔺城的人大都自备设备，即停电宝、大水缸。有的居住在高楼的人家，经常要半夜三更起来接水储存。放眼未来，随着县城的扩大、人口的增多，古蔺要发展，必须突破水和电两大瓶颈。县政协在大量调查研究的基础上，以《写在古蔺水荒到来之前》为题目，给县委、县政府写了一篇调研报告，将建议与意见送达县委、县政府领导，首次提出龙爪河引水工程，并提高到龙爪河引水工程是古蔺人民生命工程的高度。古蔺县委、县政府高度重视、审时度势，认真分析研究了全县水利建设现状，深刻认识到随着社会经济的不断发展，对水资源的需求会越来越大，全县水资源供需矛盾将更加突出，若不能合理解决，这一矛盾将会制约全县工农业生产和社会经济发展。随着改革开放的深入推进和城市建设的不断发展，用水量与日俱增，修建一座上规模水库，以改善县城用水条件被提上了日程。在全县人民的日夜期盼中，1992年，中共古蔺县委、县政府决定规划建设全县人民的生命工程——龙爪河引水工程。

艰苦卓绝的建设历程

"樱桃好吃树难栽，不下苦功花不开。"要将蓝图变为现实，这中间有太多的艰难困苦。然而，我们的决策者和建设者立下为民造福的铿锵誓言，千磨万击还坚劲，任尔东西南北风，在龙爪河工程建设中，谱写了一篇篇感人肺腑的壮美诗篇。

立项难，真情感动省委书记。由于自然和经济的历史因素，古蔺的水利工程在省市有关部门那里几乎上了黑名单。当时古蔺有座双河水库工程，在20世纪50年代就开始修建，由于多种原因，40多年仍然有部分支渠不通，效益不能充分发挥，属胡子工程、烂尾工程。省上有关部门明确表态，双河水库不完善，不发挥效益，就别想上龙爪河工程及其他工程。古蔺县几届县长、分管副县长及县级有关部门和工程筹备组的同志，以"世上无难事，只要肯登攀"的精神，抱定志在必得的决心。他们一边一次又一次跑中央、跑省市，阐明工程对贫困县人民的重要，争取立项；一边出实招，下苦功，努力完成双河水库渠系配套工程，以改善上级对古蔺的印象。与此同时，古蔺县历次参加省市人代会、政协会议的代表委员们也强烈呼吁立项。其间，在古蔺成长起来的县长孙应成可以说为立项立下了汗马功劳，值得古蔺人民永远铭记并为他点赞！他认准了这件事对古蔺人民的重要性，抱定了不达目的不罢休的决心。有一次，他在凉山西昌参加全省扶贫工作会议，为了跟省领导汇报，他和分管副县长胡登强在会场大门口直接堵住了当时的省委书记谢世杰，要求给五分钟汇报工作。县领导饱含深情的汇报感动了谢书记，他让秘书找省计委，会后专题听取了古蔺龙爪河工程汇报。从此，龙爪河工程立项工作得以顺利推进。

1994年12月26日，省水电厅以川水发〔1994〕规743号文批复《古蔺县龙爪河引水工程可行性研究报告》。1995年5月11日，省计委以川计〔1995〕550号文批复《古蔺县龙爪河引水工程可行性研究报告》。1997年，省水电厅以川水建管〔1997〕47号文批复《四川省古蔺县龙爪河引水工程初步设计报告》。龙爪河引水工程终于迎来了建设的春天。

资金难，砸锅卖铁也承担。龙爪河饮水工程在国家级贫困县古蔺山区建设，按照第一次工程概算规定，总投资10535万元，其中省投资5087万元、市投资960万元、县自筹3191万元、申请贷款1297万元。当时，上级的政策是地方资金先到位，上级才能匹配到位。然而，古蔺作为国家级贫困县，财政十分困难，20世纪90年代，县财政收入仅在1亿元左右徘徊。为了龙爪河工程，县上各单位压缩预算开支，甚至采取县级职工、干部集资等办法，但也是杯水车薪。古蔺财政真做到了砸锅卖铁、如牛负重的地步。配套资金不能足额到位，水利建设宣传经费、项目建设"以奖代补"经费和考核考评资金、激励资金等不足，全面完成农田水利重点项目建设还有相当难度，影响了干部群众的积极性。自农村取消"两工"后，农田水利基本建设工作无财力支撑，农民自愿投工筹资机制尚不健全，全面完成年度农田水利基本建设任务难度更大，形成"头重脚轻"的工作形势。农村税费改革后农建少活力，水费计收更加困难，灌区工程管护工作严重滞后。这些因素都影响了上级对古蔺的好评。龙爪河工程当时还未列入中央资金补助计划，工程建设资金全靠县财政承担，每年仅挤出10多万元维持工程建设。因项目资金缺口太大，真的到了山穷水尽的地步，只好一次次地向上级反映、争取。在省、市、县的共同努力下，项目终于列入中央财政预算。中央财政对国家贫困县的投入占40%，省、市各出15%，县出30%。由于资金问题得到解决，工程加快了建设步伐。截至2016年9月，收到中央、省、市、县已到位工程建设资金23546万元，其中中央级资金8264万元、省级资金5786万元、市级资金960万元、县级资金8536万元，为工程的完成提供了资金保障。

协调难，千言万语只等闲。龙爪河工程涉及许多协调问题，如征地补偿及移民安置、水土保持设施、环境保护工程、龙爪河流域跨省的协调等。工程永久用地征用892亩，其中水库淹没区占地286亩、枢纽工程建设区占地62亩、渠系工程建设区占地378亩、进场公路占地166亩，临时占地1464亩。由于水库淹没区内没有住户、工矿企业、文物古迹及其他工程设施，不存在库区拆迁和移民安置问题，干渠、左右支渠工程没有移民。渠系水工建筑物、弃渣场等永久占地及临时占地有林地、耕地及荒山等，几乎没有太大矛盾。龙爪河引水工程征地补偿，按县政府公布的征地补偿标准进行费用计算，2014年，全部建设征地补偿、征地资金430万元已全部支付给农户。最困难的协调是龙爪河流经川、黔两省，是一项跨省的引水工程，将赤水河左岸一级支流龙爪河的水引到另一条支流古蔺河流域，以解决古蔺县城及附近地区的用水问题。水库建成后对下游贵州省习水县联合大堰天然来水过程有影响。经过省、市、县有关部门多次与贵州省相关单位对接，终于达成了调剂补用水协议，并且每年按照协议向贵州省调水，解决了这一最大难题。

建设难，艰难困苦志更坚。龙爪河引水工程位于四川盆地南部边缘的古蔺县县城北部高山林区，枢纽工程位于古蔺县黄荆乡龙爪村两河口。这里是一片原始森林，海拔1700多米，一年中有近4个月冰冻期，方圆数公里荒无人烟。工程建设首先要完成进场公路25公里、10千伏输电线路13公里、通信线路12公里等"三通一平"准备工作。修建进场道路难。枢纽工程距县城25多公里，且地处黄荆老林深山之中，工队进场必须修建专门的进场公路。25公里进场公路中，有8公里是在万丈深渊的峻峭悬崖上凿出的，施工难度可想而知。工人们不畏艰险，头戴安全帽，身系安全绳，与雨雪搏斗、同艰险抗争，不知流了多少汗，吃了多少苦，分寸掘进，耗时5年才最终打通一条奇险山路。勘测设计者们在荆棘丛林中数次翻山越岭规划设计工程蓝图，为工程建设提供了坚实的科学技术支撑。施工是难上加难，由于工程地处高海拔山区，水库工程施工多在枯水季节的冬季进行。然而这一地区一到冬季，几个月都是雨雪纷纷，滴水成冰，施工环境、气候成为一道道难以逾越又最终跨过的沟坎。材料运输基本靠人背马驮，但参建各方克服了一个又一个困难，开山取料、基础处理、大坝安砌、检测验收，每一道严谨的建设工序都没有落下。26.73公里引水渠道隧洞占比95%，10个隧洞8年掘成，减少了31.8平方公里的生态破坏，无数的艰辛凝聚在工程之中，对黄荆原始森林给予最大保护。工程建设工期跨度长，施工环境条件恶劣，但10多个工程参建单位、部门和数以千计的建设者们以"建好水利工程，造福古蔺人民"为己任，硬是在黄荆原始森林中冲破重重艰险，高标准建成水利工程，创造了古蔺水利工程建设史上的奇迹。

竟工验收这天，还有一个人特别激动，他就是古蔺县水务局原副局长、高级工程师、古蔺县龙爪河开发有限责任公司总经理余仕佳。他是工程的策划者之一，自始至终参与或直接领导了工程建设，见证了工程建设的全过程，深知工程来之不易，其中的酸甜苦辣他心里最清楚。他对工程建设如数家珍。如果说牺牲时间、亲情、爱情和欢乐都是不得已，那么牺牲生命就是对龙爪工程建设的超然奉献。余仕佳给我们讲述了一个令人潸然泪下的故事。2002年6月的某天晚上，在龙爪河引水工程大坝枢纽施工现场，电闪雷鸣，风雨交加，漆黑的夜晚伸手不见五指，施工员李全友和王用菊夫妇正在工棚里休息，突然工棚后的山体滑坡，巨大的山石自几十米高的山崖上滚落下来，正好砸到了他们，二人当即命丧龙爪河。这样的牺牲是何等的悲壮和惨烈！在工程建设中，建设者们流汗、流泪、流血甚至牺牲生命，在贫困山区、革命老区水利建设史上用生命谱写了一首可歌可泣的壮丽赞歌！

千秋功绩留人间

在竣工验收的现场，人们热议着、回顾着、总结着。在近20年的漫长建设过程中，是什么样的合力让这个当初根本不可能完成的项目变成了现实？是什么样的动力鼓舞着建设者们完成了具有生命意义的水利建设历史使命，创造了水利建设的辉煌？

领导重视机构健全。古蔺县委、县政府领导高度重视。1993年，古蔺县人民政府以古府函〔1993〕16号文，由县长任指挥长，县级相关部门和乡镇等单位一把手为成员，组建了古蔺县龙爪河引水工程指挥部，负责工程的组织、指挥、协调，积极开展工程前期上报立项工作。1997年10月，古蔺县人民政府以古府函〔1997〕35号文，批准成立了古蔺县龙爪河开发有限责任公司，为龙爪河引水工程项目法人，负责工程施工期的建设、管理和竣工后的运行管理。1999年6月，以古府函〔1999〕66号文，由县长谭文劲任董事长，县级相关单位领导参加，组建了7人董事会、3人监事会。2008年1月，以古府函〔2008〕8号文，及时调整了董事会、监事会成员。董事会负责筹措建设资金、协调解决工程建设中的重大问题，为工程创造良好的建设条件和外部环境。监事会负责对工程的实施情况和资金使用情况进行监督管理。

各级领导专家关心支持。龙爪河引水工程从工程立项到成功建成，得到了水利部、省政府、省发改委、省财政厅、省水利厅以及泸州市相关部门的关心与支持，各级领导和专家多次莅临工地现场视察指导工作，对工程顺利建成起到了非常重要的作用。水利部原副部长、水利系统书法家敬正书还亲笔题写"龙爪河引水工程"。亲切的关怀和鼓励，给了建设者们巨大的勇气和信心。同时，在龙爪河引水工程建设的全过程中，古蔺县委、县政府领导高度重视，把龙爪河引水工程建设列入县委、县政府的目标考核和工作督察工作。县委、县人大、县政府、县政协的领导和县发改局、县财政局、县水务局等相关部门的领导多次到现场调研，深入一线了解工程进度和遇到的困难，落实对口支援、部门帮扶、乡镇协助等措施，协调解决工程建设过程中的具体问题。

严格工程管理。工程前期，由于没有实行招投标制，工队是比选产生的，有的工队没有经济实力，施工队伍靠拼凑，是典型的游击队，对工程进展造成极大影响。工程后期，按照项目法人责任制的要求，建立健全了各项规章制度，严格实行项目法人责任制、招投标制、建设监理制和合同管理制，进行规范化管理。在有关部门的监督下，与参建各方签订了合同，明确各方权利义务，以合同为主要依据对工程建设和参建各方进行管理。工程质量由建设、设计、监理、施工、质量监督等单位按照国家质量管理体制和体系各负其责。项目法人对工程质量负主要责任，是工程质量的重要管理者。工程由施工单位按照设计文件具体实施，施工资质、管理水平及人员素质对工程质量起决定性作用。

建设与管理紧密结合。实行建管一体的建设管理制度。开发公司全体人员既是工程建设的参与者，又是工程运行的管理者，从公司领导到工程技术人员全程参与水库工程的施工建设，积累了经验，掌握了工程建设第一手资料，为今后的运行管理、养护维修提供了便利，奠定了基础。由于实行一块牌子、一个机构、一套人马，全程全面负责，建设与经营管理按照建管统一的模式运作，避免了建管脱节的许多弊端，实现了工程建设和管理的有机结合。

选择优秀参建单位。只有选择优秀的施工队伍，才能确保工程工期和质量，保证工程建设进度要求。从招标队伍考察、标的控制等入手，吸纳了一批有经验、有实力、信誉好的队伍参与投标。在工程建设过程中，监理单位和人员，特别是总监认真负责、坚持原则、敢于斗硬，确保了工程质量。

积极筹措资金。资金是工程进度、质量的重要保证。龙爪河引水工程前期建设因资金严重短缺，1998年至2008年年底，平均每年投资约1000万元（包括渠道），造成工程工期延长，工程投资不断增加。2009年至2014年，工程资金得到保证，工程进度明显加快。工程建设资金的保证是工程建设顺利进行的关键。

营造良好外部环境。重视外部环境协调，处理好工程建设与周围群众的关系。业主单位设有专门机构同地方政府及有关部门形成联动机制，为施工创造良好的外部环境，保证工程顺利推进。

展望未来更美好

龙爪河引水工程经过近20年的建设，如今已全面完工。建成坝底宽88米、坝高71.4米、坝长141.6米、坝顶宽6米的砼砌条石重力坝；建成全长26.73千米的主干渠、左支渠和右支渠；建成装机2×320千瓦的坝后电站，装机2×3200千瓦的轿子顶跌水电站；建成县城供水厂。工程建成后已发挥出较大的经济、社会、生态、应急效益。县城10万余人日常生活供水完全得到保障。建成的2座电站年平均发电量达2500万千瓦时，创造产值700余万元。工程控制灌溉面积6.47万亩，灌区建立用水户协会23个，成立种植养殖专业合作社5个。古蔺镇香山村果蔬专业合作社依靠龙爪河引水开发观光农业，数千亩蔬果规模建制，人均增收5000余元，《四川水利报》、四川水利网和泸州水利网以《小农水催生出幸福香山村》为题报道。特殊的气候条件使古蔺不确定灾害时有发生，2008年百年不遇冰冻灾，2011年特大旱灾，冰冻灾时全县绝大部分供水站的供水管网冻裂，特大旱灾时全县溪河断流，供水水源枯竭，给抗救减灾工作带来极大考验，然而龙爪河引水工程巍然屹立于高山之中，隧洞占比95%的引水干渠保持了恒定温度，战胜了严寒冰冻，县城供水始终没有受到任何影响，为古蔺县城提供了供水保障，有力地支持了抢险救灾的最后胜利。龙爪河引水工程每年向古蔺河补水5000万立方米以上，不仅水源天然无污染、水质优良有保障，而且有效改善了古蔺河的生态环境，润泽着古蔺87万人民的心房。

如今，行走在风景如画的龙爪河水库大堤上，不禁让人对古蔺以水库群为主题的高山旅游开发充满憧憬。以龙爪河为中心的高峡出平湖原生态旅游将是古蔺黄金地段旅游的宝库。龙爪河水利工程建成后，形成了一个与红龙湖、黑串岩、廖灌岩、龙爪河连接的人工高山湖泊群。以现在的龙爪河路渠为基础，将几座水库连接起来，再接黄荆老林、桂花斧头山、大寨苗寨新村、德耀清风岭梯田、箭竹大黑洞风景区，必将形成独具特色的旅游大环线。这是水利工程带动全县旅游发展的典范，功在当代，利在后世，是我们翘首以盼的水利事业美好未来！

2019年8月23日

原载《中国老区建设》2021第7期增刊

水库，镶嵌在乌蒙大山上的绿宝石

古蔺是一个国家级贫困县，经过几十年的奋斗，特别是国家实施脱贫攻坚战略以来，2019年12月，古蔺县终于宣布全县脱贫，甩掉了"国家级贫困县"的帽子，奔向小康之路。

古蔺县坐落在乌蒙山与大娄山相交的夹角里，一条赤水河从两座大山之间淌过，川南黔北就在这里分界。

全县共有流域面积在50平方公里以上的河流28条，其中赤水河绕县境东、南、北三面116公里。千百年来，滔滔的赤水河就在这高山深谷中由西向东北方向环绕着古蔺汇入长江。高山上的居民只能望河兴叹。缺水是导致山区贫困的一个重要因素，靠天吃饭成了这里的常态。雨多了则成灾害，天旱了则无收成。兴修水利工程是大山摆脱贫困的重中之重，山里人用艰苦奋斗的精神谱写出一幅幅壮丽的画卷。

一

2020年5月31日，观文镇人民政府关于观文水库试蓄水的封库公告称："根据古蔺县人民政府安排，观文水库于2020年6月1日起开始进行试蓄水……"这一喜讯无疑是古蔺87万人民的福音。观文水库从1976年规划建设以来，期盼了44年的愿望终于实现，人们当然也不会忘记那些为此付出辛劳和智慧的建设者们。在他们当中，罗坪老大哥便是先行者和代表之一。2018年5月，我有缘与他同往观文水库，获得了一段古蔺水利建设史的珍贵资料。

2018年端午节，本该涨端阳水，却艳阳高照，是出门游玩的好天气。朋友相约，去观文镇永安村百鸟沙泡古树（观文水库上游）观看大沙泡树上老鹳百巢和千鸟朝拜的美景。

我只身单车从泸州前往，半路上朋友们催得紧："我们早上6点就出发，都到了。你快来，风景美得很哟！"到了民乐，沿云庄山谷缓缓而下，至观文水库的上游，很远就看到那棵高大醒目的沙泡树，独木成林，树冠硕大，周围有许多鸟围绕树冠翩翩起舞，白鹭、池鹭、乌鸦、喜鹊，有白的、灰的、黑的、黄的，蔚为壮观。走近一看，大树直径约1.6米，高约35米，树上的古树保护牌标明树龄250年。树上白鹭、池鹭鸟巢无数，数不清的绒毛小鸟让人惊喜。

更让我惊喜的是遇见了25年没有见到的古蔺曾经的父母官——罗坪。80岁的罗坪老大哥专程从宜宾赶来，精神矍铄，热情地带我到拍摄树和鸟的最佳点位，拍那飞翔大鸟的各种姿态。拍完鸟和大树，我们一行的杨茂林、喻永刚及我兄弟俩合影留念后，又赶往下一个目的地——观文水库大坝。

到了水库大坝上，罗大哥急忙向大坝内侧左边10多米的地方走去，指着离库内坝底左岸20余米高的石灰岩壁说："那里就是当年我们开挖坝基时，发现古脊椎动物化石的地方。"言谈间，当初的惊喜还溢于言表。他说后来还请来了贵州某地质队的专家，带走了化石，现在也不知去向。这不禁让我想到距此20公里鱼化水洞坪李政林陈列的古生物化石。水洞坪出土了剑齿象、貘、大熊猫、鬣狗、华南虎、犀牛、云豹等20余种古生物化石，数量达300余件，后经专家考证，年代可追溯到100万年前。也许，罗大哥他们当年在观文水库的发现与水洞坪的发现都是同时期的古生物化石。

观文水库位于古蔺县南观文镇德安村的土灰坝，海拔1055米，集雨面积25.5平方公里，库区占地480亩。1976年开始规划设计，最初设计库容1060万立方米，有效库容792万立方米，设计刚性坝，高32.7米，底宽65米，顶长120米。罗大哥绕着大坝走了一圈，仔细察看坝体、泄洪道、放水设备等。望着空荡荡的水库，他深情地回忆起当年修建工程的情景："这个水库1976年开工建设，至1980年已筑坝高25.6米，可蓄水45万立方米左右。后四川省水电厅决定暂停、缓建。因为当时双河水库与观文水库都是县内在建的两个大水库，省上只能保证一个水库的建设，必须缓建一个，县上就保留双河水库的建设，观文水库就停了下来。2013年10月，由国家投资建设。"现在完工的大坝及水渠是国家投入扶贫资金4.87亿元续建扩建工程的杰作，是工程建设者辛勤劳动的成果。水库坝下的标牌显示："水库坝高46米，总库容1348万立方米，控制集雨面积26.1平方公里。"总干渠长7425米，白泥分干渠11049米，椒园分干渠13655米，可以解决观文、白泥、椒园、金星4个乡镇5.43万亩农田灌溉和灌区4.37万人口的饮水安全问题。

听了罗大哥的介绍，我不解地问："这坝都筑好了，怎么还不蓄水呢？"他说："库区的方方面面还没有协调好，比如坝底的清理、淹没区居民的搬迁等。那棵几百年的古树，在库区淹没的范围中，怎样保护古树，都还要制定相应的措施，要竣工验收合格后才能蓄水。"我听了很是期盼。而他清晰的记忆，对观文水库长久的关注，真是让人深切地感受到他对这里山山水水的厚爱与深情。这是他参与勘测设计的工程，也是他的心结，一个在大山里孕育了40多年的浩大工程，今天终于露出美丽的笑容，他释怀了。

2016年观文水库大坝完工后，国家总投资5251万元对观文水库淹没区公路进行复建，建成全长11.9公里、宽6.5米的沥青混凝土公路，形成环湖公路。正在建设的四川古蔺至贵州金沙的古金高速公路经观文镇且有出口。

　　观文镇海拔1000米至1627米，镇内山清水秀，自然风光独特，有可供开发的草坡非耕地5.5万亩。碧波荡漾的观文水库把官田坝水库和邻近的狮龙"一把伞"水库串联起来，令人神往，夏季25℃左右的气温特别宜人。红军"四渡赤水"攻打的地主庄园——云庄，已成为爱国主义教育基地。历史悠久的五桂牌坊气势恢宏，清代石刻艺术尽显其中。德安神秘的沙泡树常年栖息着上千只美丽的白鹤，是罕见的大型水鸟家园。青山大溶洞景观独特。纳元、尖山苗寨的苗族风情别具一格。因得天独厚的自然风光，观文镇还有巨大的旅游开发潜力，是古蔺山水游、红色游的又一张新名片。

　　罗坪是一个1966年毕业于武汉水利电力学院（后并入武汉大学）的高才生，1972年从贵阳调回家乡从事水利建设工作，从技术人员干起，凭着苦干实干，成为古蔺水利工程的专家，对水库情有独钟。20世纪80年代初，他担任分管水电、林业工作的副县长，1984年年底调至宜宾水电局工作。退休后他一直关心着古蔺的水库建设，他说："古蔺缺水，山高沟壑深，靠天吃饭，十年九旱。水多的时候就成了洪灾，天干的时候人畜饮水都十分困难。水库可以蓄洪补枯，水多的时候蓄起来，水枯的时候放出去，抗洪保水，这对在古蔺大山里生活的人们太重要了。"我说："罗大哥，你应当把你这段宝贵的经历写出来，把你在修水库中见到的感人故事、遇到的最艰难的事情和那些记忆深刻难忘的东西整理出来，以激励后人啊！""想写，但年岁大了，脑子不好使，写不好。"

　　在我的再三恳求下，罗大哥终于答应了。10多天后，一篇精彩的《古蔺县"百库"建设运动的回忆》文章终于传到了我的QQ里。看了罗大哥的文章，我有强烈的共鸣，让我又回到了那个火红的年代。古蔺人民战天斗地的精神在文章中完整地表现了出来。罗大哥的回忆记录了一个时代，记录了那一代水利人与山区人民在党的领导下艰苦奋斗的丰功伟绩。干部不畏艰难、深入一线、与民工同吃同住同劳动，带领群众战天斗地、艰苦奋斗的意志和精神，值得后人借鉴、传承和歌颂。看到这些，我十分感动，我可以很自豪地说："水库是古蔺水利工程建设史上的一座丰碑。"

我们在观文告别后，罗坪大哥下一段旅程是玉龙水库、双河水库、红龙水库、龙井倒流水水库等，去看看当年那些为之付出心血和汗水的水库，去看看那里当年并肩战斗的父老乡亲们。

如今，水库工程建设已经不再是过去的模式，国家投资，大型机械操作，只见机械不见人，过去那种"人海战术，肩挑背磨"的时代一去不复返。现在，古蔺扩建新建的刘家水库、朝门水库、石梁子水库正在热火朝天地进行中。但是红龙水库、玉龙水库、双河水库、龙井倒流水水库等这些肩挑背磨扛出来的浩大水利工程，至今仍然发挥着自流灌溉、人畜饮水的巨大作用，成为一个时代的经典，犹如镶嵌在古蔺乌蒙大山里的一颗颗绿宝石，装点着青山绿水。

二

回顾新中国古蔺水利建设发展的历史，真是让人感慨，功在千秋！

资料显示，古蔺于1954年10月动工修建长20里的龙山大堰，至1956年年底，全县建成山湾塘1141口、引水堰渠2265条，灌溉面积98950亩。由此，古蔺拉开了新中国水利工程建设的序幕。

1958年，贯彻"以蓄为主，小型为主，社办为主和大、中、小结合"方针，采取动员群众的方法，建小型水库和较大型引水堰工程，集中技术力量勘测设计龙台、双河、玉龙、卫星（时称四大骨干工程）等30座水库。10月全部动工。全县35座小型水库、33条堰渠先后动工，至1960年年底，30座（土坝，蓄水10万立方米以下）塘库、28条堰渠基本建成，可蓄水、引水。

三

20世纪70年代中后期，古蔺开展的水利建设"百库"运动，一下动工新建、扩建、续建水库工程104处，同时还开始兴建中城区的新岩、长滩等一批引水大堰工程。特别是1976年11月，县上召开有1500多人参加的四级（县、区、公社、大队）干部会，交流水利"百库"建设经验，表彰了3207个先进集体。会后，全县组织投入冬季水利基本建设的上工人数达数十万人。

经过3年多的艰苦努力，截至1979年5月，先后建成或基本建成各类蓄水工程100余处，其中小二型水库48座、小一型水库8座（双河水库、红龙水库、玉龙水库、胡家沟水库、正丰水库、火马水库、烂坝水库、上游水库）。双河水库、玉龙水库、红龙水库的设计库容都在500万立方米以上，一举改变了古蔺县无500万立方米以上水库的历史。上述8座小一型水库的有效蓄水量之和，1979年为2265万立方米，是1975年的近6.7倍。至1979年年底，全县累计建成塘、库、堰、渠等各类水利工程6800多处，水利工程灌溉面积达到26万亩，保灌面积达到21万亩，成效十分显著。那些热火朝天的场面，刻在大山里，铭记在人们的心中。

组织发动

1975年9月下旬，县上召开县、区、公社、大队参加的四级干部会，传达全国农业学大寨会议精神，提出各行各业都要把工作重点转移到以农业为基础的轨道上来。1976年1月，县上再次召开有5000多人参加的四级干部会，要求加强领导，全面动员，迅速掀起水利基础设施建设高潮。

成立古蔺县农田水利基本建设指挥部，县委副书记王开业为指挥长，指挥部办公室设在县委办公楼内，从农工部水电局等单位抽人到办公室工作，县委办主任刘洪济兼任办公室主任。办公室设置水利工程规划建设进度等统计表，对规划工程名单，设计进度、开工时间、上工人数、完成进度等实行电话统计、考核上墙、及时汇报和简报表彰。

很快，各区、公社也按县上要求，成立相应的指挥组或小组，健全办事机构和人员，及时考核报告数据，各级农田水利基本建设指挥机构的完善推动整个建设工作健康有序开展。

由于各级党政领导高度重视，县、区配合，大大加快了工程规划进度，至1976年9月底，陆续完成工程规划并组织实施。

工程设计

工程规划的完成仅是工程设计的第一步，及时组织完成工程勘测、技术设计和报批等工作，不误工程开工时间才是关键。面对当时县水电局专业技术力量薄弱等困难，动员县水电局全体工程技术干部，部分人员重点负责500万立方米以上重点水库工程的设计和报批工作，工程的地质勘查任务请宜宾水电设计院专家负责。另一部分技术人员负责其他水库工程的设计和施工指导。由于责任明确，工程设计和报批工作进展顺利，工程得以及时开工。

1977年1月，四川省水电厅基建局、四川省水利设计院和宜宾水电局基建科的专家到古蔺审查双河水库工程设计。当时石宝大雪封山，黑竹林公路冰封，无法到达水库工地现场，专家们暂住县委二招待所。王开业副书记亲自到住地看望专家，专家们十分感动。

抓点带面，全面推动"百库"建设

1976年冬，掀起了一场轰轰烈烈、战天斗地的水利"百库"建设运动，在缺粮、更缺钱的特殊历史条件下，全县干部群众喊出"要人我们上人，要物我们出物，口粮自己带，重新安排旧山河，为子孙后代造福"的口号。这是战天斗地的豪言壮语，也是推动水利工程建设的精神支柱。在工程建设管理中，选领导班子强、善于工程管理的工程先行一步，摸索经验，以推动整个建设。

玉龙水库工程的指挥长王兴政是个精明人，他观察到在大坝的土坝部分填筑施工中，有的民工出工不出力，偷工耍滑，背篼大，装得少。为此，王兴政亲自参加背土上坝称秤过磅测试，实干8小时，背上坝土方3200斤。制定背土上坝，过磅净重达到2000斤，就计1个工日，补半斤细粮，补0.3元菜金，可以超方多计，多劳多得的制度。5路运土民工，设5把磅秤，一下就调了民工背土筑坝的积极性，土坝上升速度明显加快。但土坝后面的石坝建设又跟不上了，继续调研，制定新的定额标准。

玉龙水库加强管理的经验：一是领导带头，深入实践，解决影响大的问题；二是工程指挥部设1000至1200人的基干民兵常驻队伍，实行军事化管理，统一指挥，服从调动，能打硬仗，完成突击任务；三是广泛制定符合实际、能调动民工积极性的各种定额，实行定额管理，鼓励多劳多得；四是开展综合经营，经请求批准，开办了一个煤厂，补充日常开支；五是修通玉龙水库对外公路，便于上级领导检查指导，又便于有问题及时汇报；六是设法使用履带拖拉机等机械，提高工效质量。

王开业副书记身先士卒，解实情、功夫深。在冬春水利工程施工旺季，基本上每个星期至少要到玉龙水库工地一次。公路不通时，就走路去。太忙时，经常都是晚餐后坐212小车到工地，鼓励实验、总结经验，领导"百库"建设健康发展。

县水电局办水泥厂

随着水利"百库"建设运动的深入发展，缺水泥的矛盾日益突出，放水设备、溢洪道、引水干渠等建设工程都离不开水泥。当时，水泥、钢材、木材、炸药等是国家统配管物资，归县物资局管，限额少，距离远，严重影响施工进度。王开业副书记了解后，要求县水电局办个水泥厂。

明知山有虎，偏向虎山行。经研究，当时严重缺电，责令在建的瓦窑电站加快施工，提早发电。铁索桥左岸有石灰石矿、黄家沟有黏土矿，具有在铁索桥建小规模水泥厂的条件。在向王副书记汇报后，得到批准，瓦窑电站工程加强管理，由罗光照部长负责，罗坪常驻施工现场。抽调赵吉祥（军转干部）、万泽林（水电局）、吴启元和彭传孝（石屏碛厂）负责该水泥厂的筹建，其中彭传孝为技术负责人。要求瓦窑电站（装机2×250千瓦）必须在1978年8月31日前竣工供电。经过一年多的艰辛努力，瓦窑水电站和瓦窑至铁索桥的输电线路（10千伏）工程按期完工，1978年8月31日剪彩发电。

为了使瓦窑水电站发电剪彩现场万无一失，早上6点半，罗坪就组织人员下厂房，再试发电。电机转了，电灯亮了，大家都很高兴，可是突然出现一个致命的事故。罗坪他们把带动发电机的水轮机关了，准备去吃早餐，还未走出发电厂门，突然听到飞轮的尖叫声。罗坪立即不要命地飞奔过去关死水机事故闸门。尖叫声逐渐减小，飞轮慢慢停了。事后得知，他们关水机后，飞轮转动减慢，但因为惯性，飞轮不会立即停转。一位好心同志擅自再次关水机时，因用力过猛，水机安全销断了，飞轮出现飞车。达到几千转的转速时飞轮就会爆裂，甚至机毁人亡！当时罗坪不顾生命危险，及时处理，现在回想起来还心有余悸！

水泥厂克服了工期紧、设备安装调试难等诸多困难，于1978年9月底完成建设，1978年10月试生产，当年就生产出合格水泥1600余吨，逐渐缓解了水利工程缺水泥的困难。

该水泥厂的厂名定为黄家沟水泥厂，注册商标为铁桥牌水泥。这是古蔺县首个水泥厂。赵吉祥、黄伯伦（水电局）、吴启元为首任正副厂长，刘宗楷、安美祥是第二任厂长、副厂长。

黄家沟水泥厂筹建中，王开业副书记除了经常到厂检查外，还为该厂解决了很多实际困难。例如水泥厂需要建泥土烘干的大棚，急需在黄荆购买较长的圆木，多次购买无果。王开业副书记知道此事后，亲自到黄荆伐木场，帮助买到了杉圆木，厂里十分感谢和敬佩。

"百库"建设绣出两"龙"姊妹花

"百库"建设中，首先建成的玉龙水库位于古蔺县城南22公里的护家乡上坪村，集雨面积12.47平方公里，海拔1050至1510米。1976年开始扩建，1978年建成，之后又进行了后坝坡加固和溢洪道完善工作。大坝为土石坝，高31.5米，总库容544万立方米，溢洪道设计过洪水深2.4米，最大泄洪能力81.32立方米/秒。干渠分左右干渠，右干渠长4.5公里，过水能力0.3至0.5立方米/秒。左干渠24公里，多隧洞、渡槽、倒虹管，较大的嫁妆岭渡槽长165米、高12.5米，瓦子坝倒虹管长832米，为内径600毫米的预制钢筋混凝土管，鸭公河倒虹管长2×560米。玉龙水库整个工程完工土石方60.2万立方米，总投工144.6万工日，其中主体工程72.7万工日、渠系工程71.9万工日；共投资333万元，其中群众自筹143.8万元，灌溉面积6400亩。在"百库"建设中，玉龙水库首创广泛使用定额制度提高劳动生产率，节约成本，实现大坝、干渠建设三年任务两年完成投资、工期、投劳三减半的优良成绩，获得嘉奖。如今的玉龙水库库区山清水秀、风景优美，是镶嵌在古蔺城南的璀璨明珠。

古蔺县城北的虎头山下，南至古蔺河，西至金家沟，东至杜家坡，总面积24.6平方公里，由于干旱缺水，1965年之前当地群众自力更生，投工投劳，建成山湾塘53口以及太平、联合、胜利、羊司岩等大堰7条，但因溪短水源少，仍然改变不了"雨来水长流，天旱水断头"的困境。之后，当地干部群众又修建大烂坝、菜子坪、尾巴井3座小二型水库，因蓄水少、调蓄能力差，仍是下雨水外流、无雨用水愁，十年九旱的困境依然没有得到根本解决。要一劳永逸地彻底解决，必须修建红龙水库。

红龙水库工程位于高程1800多米的虎头山下的原始森林，距古蔺县城约15公里。当时县城到库址完全没有公路，仅有的人行小道山高坡陡、小路崎岖，近库区边沿有的路段有近五六十度的坡度，要手脚并用攀爬，十分困难。旱区干部群众毫不畏惧，在一无钱、二缺粮的条件下，决心修好红龙水库，造福子孙后代！

红龙水库工程开工之初，没有房屋做饭，水利战士挖土坑放锅做饭，没有住房就露天宿营，没有工棚自己搭，盖房没有草就上山割野草，没有资金就社队投工自带菜，石工不够就以老带新、拜师学艺培养等。

红龙水库工程包括大坝（浆砌条石重力拱坝）和干渠工程。除了打条石、凿隧洞的技工以外，每天从山下运材料上山的达1000多人。上工高峰时，每天山里运送材料到水库和大堰工地的有几千人。工地用的河砂是从赤水河太平渡段采的，请车拉运到古蔺城侧的顺丘田（送秋亭），再人工背运到水库工地。往工地运的还有水泥、炸药、蔬菜、粮食等，旱区人民不知付出了多少艰辛！

红龙水库工程是古蔺人民创造的奇迹。经过3年多的艰辛努力，建成红龙水库大坝，坝高31米，库容量651万立方米，水库面积700余亩。红龙水库主干渠13.1公里，穿过崇山峻岭，其中凿隧洞22个，总长10公里。红龙水库的主干渠联通菜子坪水库（库容17万立方米）、尾巴井水库（库容13.5万立方米）、大烂坝水库（库容29万立方米），使红龙水库灌区实现长藤结瓜的自流灌溉体系，水库蓄水总调蓄能力达到710万立方米，灌区缺水问题从根本上得到了解决。

红龙水库地区还形成了库区小气候。一泓碧波，群峰环绕，以秀丽多姿的湖光山色名震川南，成为古蔺县的宝石级名片。

四

新中国成立以来，在古蔺历届县委、县政府的坚强领导下，全县人民和水利人一任接着一任干、一代接着一代干，水利事业从无到有，一个又一个创造奇迹，一次又一次改写历史。在水源建设、城乡供水、农田水利、生态建设、防洪减灾、河长制工作等方面不断取得新成绩，基本形成防洪抗旱减灾、蓄水供水灌溉、水土保持及生态环境保护等比较完整的水利基础设施体系，战胜了频繁发生的水旱灾害，有力地保障了防洪安全、粮食安全、供水安全和生态安全。

古蔺县从1984年开始解决农村人畜饮水难问题，2005年启动农村饮水安全工程。"十二五"以来，累计投入资金8亿余元，建成千吨万人集中供水工程36处，分散供水工程1.3万余处，安装管道2万余公里，76万农村人口饮水困难和饮水安全问题得到解决。

水利是农业的命脉。70年来，古蔺县通过兴修水库、堰渠工程、烟水工程、"五小水利"工程等水利建设，实现有效灌溉面积38万余亩，其中节水灌溉面积9935亩，产业发展用水得到基本保障。

水土保持是中国的一项基本国策，在历届县委、县政府的坚强领导下，相关部门协调配合，强化水土流失预防监督、水土流失综合治理，有效遏制人为水土流失，生态环境得到保护，为促进生态文明建设和县域经济发展提供了重要支撑。根据卫星监测数据，70年来，累计治理水土流失面积914平方公里，占全县总面积的28.7%；建成各类水利工程1.5万处，其中中型水库1座（观文水库）、小型水库58座，蓄引提能力达1.35亿立方米；中型水利工程2处、连通工程2处，基本形成"东西互补、南北调配、中部调蓄、全面覆盖"的全域供水保障体系；治理中小河流36.5公里，除险加固病险水库43座，防汛减灾能力显著提升。

龙爪河饮水工程是古蔺人民的"生命工程"，被评为"泸州市十佳水利工程案例"。坝底宽88米，坝高71.4米，坝长141.6米，坝顶宽6米，总库容615万立方米，每年向古蔺县城供水2500万立方米以上。

如今，以观文水库（古蔺县第一座中型水库，坝高46米，总库容1348万立方米）、红龙湖水库（目前古蔺县最大的一座小一型水库，总库容650万立方米，坝顶海拔1609米）、玉龙水库（一座小一型水库，总库容544万立方米）、朝门水库（建于古蔺县赤水河二级支流倒流河上，总库容543万立方米，最大坝高37.5米）、刘家水库（石屏场镇及周边地区用水水源，总库容120万立方米）、鱼洞水库（太平场镇及周边地区用水水源，总库容140万立方米）为典型代表，59座大大小小的水库交相辉映，星罗棋布地分布在古蔺的高山深壑中，像一颗颗绿宝石镶嵌在磅礴的乌蒙大山里。

2020年6月14日修改

获泸州水利征文三等奖

原载《古蔺文艺》2019年第4期

见证古蔺交通变迁

　　2019年5月28日，有朋友在微信朋友圈发出一条特别的信息：坐落在赤水河畔，连接古蔺至习水高速公路的赤水河特大桥将于5月30日上午10点30分合龙。能在这一时刻亲临现场，采访大桥建设者，能帮助我完成交通扶贫文章，我必须到现场！29日晚上，我与母亲商量："明天我们要去太平渡的赤水河特大桥采访，你就在家里，我把饭菜都准备好，你热热就可以吃。我们下午就赶回来。""那不行，我也要去！"老母亲不容商量地说。"不行呀，那里还没有完全竣工，桥在半山腰，进场路又陡又窄，汽车不一定开得上去，还要步行许多山路，你走不上去的。""我也想去看看赤水河特大桥合龙，你们必须带我去。如果走不上去，我就在车里等你们。总之一句话，我要去！"拧不过老母亲，只好把她带去。没想到，这一路，她竟然成为我见证古蔺交通变迁的最好采访者。

　　5月30日凌晨，母亲早早起床，换上她最喜欢的红绿相间的鲜艳服装，拎上她认为最时尚的手包，在镜子前把头发梳了又梳，一副走人户喝喜酒的样子。不到7点，就问我们什么时候动身。就这样，7点30分，我们的汽车已奔驰在通往古蔺的厦蓉高速公路上。

　　也许是满足了母亲的要求，一路上她的心情特别好，话也特别多，而且多得有水平、有价值、够精彩！

行驶在叙蔺高速路上，是多么舒坦惬意呀！宽阔平坦的公路，像一条玉带缠绕在崇山峻岭间。时而穿过隧道，时而越过桥梁。窗外的青山，重重叠叠，如翻滚的绿浪，连绵起伏，秀丽俊美。母亲惊奇地问："我怎么感觉当年我们行驶在叙蔺公路上，看见的山是那么高、那么险，而且光秃秃的。现在的山变矮小了，变绿了，像小山丘一样。"

我说："老母亲，你想想看这是什么原因呢？""不知道，我总觉得叙永到古蔺这条路变得越来越美了，不仅公路美，山水也变得更加山清水秀了，四周的青瓦白墙农房新居像电视里的房子一样漂亮，比城里人住得还舒适。"

我们哈哈大笑起来，向她解释说："过去的公路是在山脚下沿河建造的，在山脚下行走，所以你看到的山是高耸入云的山。过去的山因为盲目开采，森林被乱砍滥伐，所以你看到的是千疮百孔、光秃秃的山。过去的农村多数是草房土巴墙，而且分散在各个山岭田坝间，所以你没有在意农村的房屋。如今新农村建设，扶贫搬迁集中修建中心村，农房就变得十分抢眼，农村居住条件大为改善，令许多城里人都羡慕不已。习近平总书记提出了'绿水青山就是金山银山'理念，所以现在的生态保护很好，山也青了，水也绿了。现在的高速公路是在山顶上开出来的一条条'天路'，所以你看到的山是小山包似的绿浪翻滚。毛主席说乌蒙磅礴走泥丸，你看这山势山形，我们像不像走泥丸呢？""对对对，用毛主席的这句诗来形容真好，如今我们在高山上行驶，犹如乌蒙磅礴走泥丸一样浪漫！"

母亲像打开了话匣子，给我们讲述了许多古蔺交通变迁的往事。

"古蔺解放前没有公路，货物运输全靠人力，是非常艰难困苦的。记得20世纪50年代初期，古蔺刚解放，我参加了工作，分在白沙区马蹄乡。马蹄到古蔺是110多里路呀！那时古蔺还没有通公路，我们每次到县城开会，都要步行110多里路。我们的领导是工作狂，以只争朝夕的标准要求每一个人员，近乎不近人情。我们作为女同志，一天行走110里非常痛苦，十分希望头天晚上走40里在白沙住一晚，第二天再赶70里路到古蔺县城开会。可是就这么一个小小的要求，领导都不答应，要求我们必须一天走110里赶到古蔺。我们只好硬着头皮，天不亮就起来，穿上草鞋，带上干粮，风雨无阻地向县城走。快到县城的时候，脚起泡了，疼得不能沾地。就这样，开完会后又要行走110多里路，重新返回马蹄。现在想起还心有余悸。"

是呀，110里，崎岖山路，女同志，粗草鞋，吃红苕，一天走完，这一串串特定的词语，对今天的青年人来说，也许是不能想象的呓语。而在新中国成立之初，没有公路、没有交通工具的年代，那时的人们确实就这样一次又一次地走过。所以，修公路、通汽车是那代人的美好梦想和追求。

古蔺的通车梦是1957年1月15日实现的。母亲讲："通车典礼的那天，古蔺城热闹极了，人们走到彰德甚至有的走到德耀关去迎接第一辆汽车。公路上人山人海，老百姓在新修通的公路上锣鼓喧天、鞭炮齐鸣、载歌载舞地庆祝了三天三夜。"

古叙公路通车了，乡镇也陆续通车了。但是由于路况差，坐车也是件令人头痛的苦差事。当年那种晴天一身灰，雨天一身泥，坐车抖得人头昏眼花、呕吐不止的情景至今想起来都令人叫苦连天。古蔺到泸州崎岖不平的170公里路，汽车走一整天甚至更长时间，很多时候还要在叙永歇一夜，而且车祸不断，经常听到翻车死人的消息。现在好了，高速公路通车后，一个多小时就到古蔺了，而且坐车不苦不累，舒服极了。

不知不觉间，我们已经到了叙永灯盏坪立交处。我们找了一个视野好的位置停下来，让母亲看看几条高速路交界的壮观美景。这里有321国道、309省道、纳黔高速公路、叙古高速公路等，仿佛一条条天路直冲云霄。母亲感叹公路建设的奇迹："只有在新中国，在共产党的领导下，才能创造出这样的人间奇迹。"

10点钟，我们来到赤水河九溪口畔，只见赤水河特大桥展现在眼前。母亲急忙询问："这就是今天要见的特大桥？怎么像一根红色的独木桥挂在天空？""不急，上桥看看再说。"通过那条临时修建的崎岖陡窄的工地施工道路后，我们在公路尽头的隧道锚洞口停了下来，到达目的地。站在赤水河特大桥古蔺一端的桥上，凝望着正在等待准时合龙的大桥桥面，热闹无比。只见一幅幅红底白字的庆祝标语"热烈祝贺赤水河大桥钢桁梁胜利合龙"张贴在桥的不同地段，工人们不时传来一阵阵劳动号子声和欢呼声。据说中央电视台等许多媒体都来了，央视将现场直播。10点30分工地沸腾了，锣鼓喧天，鞭炮齐鸣，工人的欢呼声一阵阵传来。三架无人机在天空盘旋飞翔，摄影镜头把大桥合龙的盛况传遍大江南北和世界各地。

母亲激动了，说什么也要去桥上看看。施工人员对她说："老人家，那里很危险的，桥还没有修好，路面不平，工地上满是杂物，不好过。两边的护栏还没有修建，有恐高症的人连看都不敢看。你这么大的年纪了，摔着碰着都不好，所以我不能让你上桥。"母亲说："先前我们的老人说，桥修好后都要先请当地最年长的老人踩桥，预祝这座桥是长寿桥。我从泸州赶来，就是专门来看大桥合龙的。我年纪虽大，但我的身体很好。我今年87岁了，我这个长寿老人上你们的桥踩桥，你们的桥也一定是长寿桥啊！"几个工程师听后哈哈大笑："老人家，借你的吉言，就让你上去踩桥吧，让我们的大桥长寿万年！"

也许是母亲的真诚和吉言感动了小伙子，母亲在他的搀扶下上了桥。小伙子热情地向她介绍道："老人家，这座桥悬空高350米，比上海的第一高楼还要高。桥长1200米，宽27米，你是站在世界第一高桥、亚洲山区第二跨度桥上的第一个老人呀！"母亲不好意思地说："刚才在下面看这桥像一道彩虹，没想到上来看却这么宽、这么长、这么高，太震撼了！"望着这一眼望不见头、望不见底的大桥，看着工人们艰辛劳动的样子和一副副幸福自豪的笑脸，耳边回荡着一声声整齐振奋的号子声，特别是在场的人员拉着横幅振臂高呼"我参与，我骄傲，我自豪"，老母亲激动万分，情不自禁地说："我一辈子还没有见过这样的场面。这么宏伟壮观的大桥在我们古蔺、泸州、四川都没有见过，真的是大开眼界，这一趟来得值！"我也赶快用镜头记录下母亲上桥踩新的瞬间。

回来的路上，母亲仍在亢奋之中，妙语连珠，信心满满："我这一辈子值了！今天上了这座大桥，大开眼界，真是三生有幸，终生难忘！祝愿我们的古蔺建造更多、更好、更大的大桥。我要好好保养身体，以我高龄长寿老人的福分为更多的桥踩吉祥，让我们的每一座大桥都万古长存！"

磅礴乌蒙飘玉带，天堑通途幸福来

——泸州贫困山区交通建设巡记

2016年9月28日零时，叙古高速公路叙永正东立交至古蔺县城正式通车。25公里，16分钟，翻开了古蔺山区与外界联系的新篇章。高速公路的通车，将古蔺纳入泸州1.5小时交通圈，结束了古蔺不通高速的历史，泸州进入全域高速时代。

第一个通过高速到达古蔺的自驾客王艳激动得神采飞扬。"好激动哦，50多里20多分钟就到了！好安逸，很舒服呀，这是我们山里几代人的梦想，今天终于实现了。最要感谢党和政府！感谢修路建桥的工人们！相信我们古蔺的明天会更加美好！"

是呀，怎能不激动呢？多少年来，祖祖辈辈生活在穷乡僻壤的山区人民，他们做着通往外界的梦、让外地人来到这山清水秀的大山区观光旅游的梦、脱贫致富奔小康的幸福梦。磅礴乌蒙飘玉带，天堑通途幸福来。泸州多少代人的交通梦，多少人为之奋斗的理想，在以习近平同志为核心的党中央的领导下，在脱贫攻坚的大决战中实现了。

翻开泸州的交通史，承载着大山深处祖祖辈辈人走出去的梦想。波澜壮阔的建设历程，让我们看到大山儿女的期盼和奋斗。看到各个历史时期，大批仁人志士的善行和义举。看到民族危亡时刻，中华民族万众一心，用血肉之躯铸就拯救家园的交通生命线。看到新中国党和政府为人民谋福祉、求发展的坚定决心。看到"全面建成小康社会，打赢脱贫攻坚战"的大决战中，交通建设一日千里，铸就辉煌。我们有理由自豪地说，泸州交通是时代进步的先行者，是脱贫致富的急先锋，是老百姓心目中通向幸福的神圣天路！

乌蒙山　赤水河　路难行

泸州地处四川盆地南缘与云贵高原的过渡地带，其中有古蔺、叙永2个少数民族地区待遇县，8个民族乡，342个民族村寨。地势北低南高。北部为河谷、低中丘陵和平坝。南部连接云贵高原，属大娄山脉北麓乌蒙山区。泸州南部乌蒙山区、赤水河流域峰峦叠嶂、山高林密、河流深切、河谷陡峭。由于特殊的地理位置，地处乌蒙山区、赤水河流域的古蔺、叙永、合江3县自然条件恶劣、土地贫瘠、交通闭塞，造成当地人民生活的贫困与艰难。古蔺、叙永为国家级贫困县，合江为省级贫困县。

这一带是一片深度贫困的土地，是山高坡陡路难行的大山区，是泸州脱贫攻坚的主战场。曾几何时，许多人家几辈子没有走出过大山，过着日出而作、日落而息自给自足的农耕社会生活。有的人生病因路途遥远艰难，不能及时就医而过早离世。有的村落的姑娘成人便远嫁他乡，村里只有光杆男子。还有大量自然资源及农林经特等作物因交通不便，无法卖出去，人们守着金山饿肚子，受穷受苦。他们祖祖辈辈渴望走出大山，渴望修桥铺路，渴望开通走向外面世界的康庄大道。

公路大动脉的诞生与嬗变

历史记载，泸州公路建设的先河，是1938年始建的抗日救国川滇公路。1938年，国民政府决定修建川滇公路，即今天的321国道。几十万名劳工在没有任何现代机械的条件下，全凭肩挑背扛，钢钎二锤，昼夜不停地施工建设，仅用16个月的时间，成功地穿越崇山峻岭、江河泥沼，建成长203公里的川滇公路，经泸州泸县、纳溪、叙永至赤水河镇，继而修通滇缅公路，成为抗日救亡的运输生命线。这是新中国成立前泸州唯一一条公路。

新中国成立以后，泸州人民迸发出建设家乡的热情，在一穷二白的土地上掀起了公路建设的一个又一个高潮。

1957年1月15日，叙永至古蔺76公里公路开通，结束了古蔺不通公路的历史。通车典礼的那天，古蔺城万人空巷，公路上人山人海，古蔺数万名老百姓在新修通的公路上锣鼓喧天、鞭炮齐鸣、载歌载舞地庆祝了三天三夜。

1958年，叙永至云南威信63公里的叙威公路开始建设。随后，叙永至贵州镇雄41公里的公路建成。

1959年3月3日，全长27公里的泸合路胜利修通，开启了合江公路建设的新纪元。随后，合江至重庆域内的31公里公路于1965年建成通车。

1992年12月26日，全长279公里的大纳路胜利竣工。这是乌蒙山区公路建设史上最值得书写的一个篇章。

时间回溯到1983年12月29至31日，一个令乌蒙山区人民永远不会忘记的日子。时任中共中央总书记的胡耀邦同志重走长征路。他老人家冒着冰雪严寒，从泸州坐汽车到叙永，途经古蔺最后抵达毕节。当时大雪纷飞，天寒地冻，321国道不少地段因为冰冻无法通行，人们用煤灰、麦草铺垫才勉强通过。胡耀邦同志深感道路设施落后对西南地区经济社会发展的严重阻碍，他对老区人民艰难困苦的生活和恶劣的交通条件感慨万千。在沿途视察期间，胡耀邦同志以政治家的气魄和战略家的眼光，用红笔在四川省纳溪县和贵州省大方县之间郑重地画了一条线，勾勒了乌蒙山区人民通往山外的宏伟蓝图，开始了人们所说的"耀邦工程"，即大纳路的建设。

大纳公路即贵州大方至四川纳溪，全程279公里，途经贵州毕节、大方和四川的古蔺、叙永、纳溪，其中泸州境内190公里。这条公路是帮助贫困地区人民致富的综合性运输公路，对于开发沿线地区煤、铁、硫、大理石等地下矿产资源，促进城乡工农业发展和川滇黔三省物资交流具有重要的意义和作用。遵照胡耀邦同志"从毕节、大方修一条宽公路，直达泸州通向长江，开发地下资源，尽快使人民富裕起来"的指示，1987年7月18日，交通部以（87）交计字511号文件下达大纳路修建任务。工程于1987年12月15日正式开工建设，到1992年12月26日宣告完成，历时5年。大纳路的竣工，实现了乌蒙山区人民通江达海之梦，成为西南出海的一条重要辅助通道，是国家扶持老少边穷地区经济发展的有力措施。今天，当我们驾车行驶在大纳公路上时，禁不住思绪起伏，追思这位可敬可亲的伟人。

新中国成立以后，古叙合的公路每年都在不断延伸，国道、省道、县道、乡道，一个个通车喜讯不断传来，让偏僻落后的山区人民坐车出行成为现实。据统计，1999年新中国成立50周年，泸州市公路通车里程已达8866公里，其中叙永县961公里、古蔺县816公里、合江县819公里。古叙合3县都达到了乡乡通公路。

今天行走在宽阔舒适的高速公路上，贫困山区的人们对比感叹！人们还清楚地记得，当年在古叙合的碎石路上，那种晴天一身灰，雨天一身泥，坐车犹如跳迪斯科，抖得人头昏眼花、呕吐不止、叫苦连天的情景。古蔺到泸州崎岖不平的176公里公路，汽车走一整天甚至更长时间的事例不胜枚举，甚至常常传来公路上发生车祸的噩耗。

如今，国家投入巨资加速扶贫开发步伐，蓉遵高速、厦蓉高速、泸渝高速、习古高速大动脉穿越乌蒙大山，与321国道、叙威公路、泸合公路等公路对接，形成庞大的高速路网，把毛细血管的县道、乡镇道、村道串联起来，良性循环，提升速度，引领山区人民在小康路上奔跑。

县级公路有了，解决了一部分居住在县城、场镇百姓的行路难问题。然而，大量居住在大山深处的村民受交通闭塞的困扰，受穷受苦，走不出大山似乎成了村民们挥之不去的梦魇。

在古蔺县双沙镇陈坪村下辖的一个小村庄——蜂岩村，现有69户人家、300多口人，几乎都是姓吴的人家。这是一个人称"桃花源"的国家级传统村落。之所以称为"桃花源"，是因为这个村子在崇山峻岭之中，太偏僻闭塞了，几乎无人前往。村庄里大多数人都未去过镇上，祖祖辈辈在此过着日出而作、日落而息、与外界近乎隔绝的小农生活。当我们问及他们的心愿时，淳朴的老人说："我们最想出去看看外面的世界，也很想让外面的人来我们这里看看我们的桃花源，凑凑热闹。"

山里人也有渴望，他们也曾努力过。然而，许多时候，"手长衣袖短，作揖很困难"。村民说："种两窝红苕，五天一场上城里去卖，角把钱一斤。要走30多里大路，60里小路。三天才卖十来块钱。哪里有钱修路呀？"

是啊，要想富，先修路。新中国成立后，经过几十年奋斗，特别是改革开放以来，中国实施大规模扶贫开发，使7亿农村贫困人口摆脱贫困，取得了举世瞩目的伟大成就，谱写了人类扶贫历史上的辉煌篇章。

精准脱贫的点穴之举

进入21世纪以来，中国经济快速发展，人民生活水平不断提高，但脱贫工作依然面临十分艰巨而繁重的任务，已进入啃硬骨头、攻坚拔寨的冲刺期。这一特殊的国情，对党和国家的脱贫工作提出了新的要求和挑战。党的十八大以来，以习近平同志为核心的党中央，从全面建成小康社会、实现第一个百年奋斗目标出发，把脱贫工作纳入"五位一体"总体布局、"四个全面"战略布局，做出了一系列重大部署和安排，全面打响了脱贫攻坚战。总书记深刻指出："全面建成小康社会，最艰巨最繁重的任务在农村、特别是在贫困地区。没有农村的小康，特别是没有贫困地区的小康，就没有全面建成小康社会。""新时期脱贫攻坚的目标，集中到一点，就是到2020年实现'两个确保'：确保农村贫困人口实现脱贫，确保贫困县全部摘帽。""小康路上一个都不能掉队！""农村贫困人口如期脱贫、贫困县全部摘帽、解决区域性整体贫困，是全面建成小康社会的底线任务，是我们党的庄严承诺。"

要想富，先修路，改扩建乌蒙山区扶贫道路建设，正是泸州精准脱贫的点穴之举。

在《中共中央、国务院关于打赢脱贫攻坚战的决定》的指引下，2016年，泸州市人民政府按照"决胜全面小康，建成区域中心"的目标要求，提出《2016—2019年实施交通扶贫攻坚大会战的意见》，以高速公路、国省干线、农村公路、旅游通道和渡改桥为重点，集中力量，加快建设，开展交通脱贫攻坚三年大会战。泸州交通审时度势，抢抓机遇，决心谱写脱贫攻坚中公路建设的壮丽诗篇。为此，制定了公路建设三年奋斗目标：

新建成通车高速公路150公里，建成"一环八射一横"高速公路网，争取列入规划高速公路183公里，力争再新开工75公里。

完成升级改造国省干线445公里，二级以上比重达到83%。

完成新改建农村公路6200公里，加快县乡道改善提升，建制村公路硬化、农村公路窄路加宽及安保工程建设。

完成渡改桥攻坚建设任务，彻底消除江河渡运安全隐患。

目标明确了，任务却十分艰巨而繁重，可以说已进入啃硬骨头、攻坚拔寨的冲刺阶段。随着国道、省道等骨干线路的形成，乡村道路建设的重要性和必要性日益凸显。乡村道路连接国道、省道、县道等公路，延伸到乡村组户，是公路网络的基础，是直接服务于农村、造福于农民的基础设施，是公路经济最终得以形成的关键环节。公路不能进村入户，村级经济将始终无法组成乡镇区域经济，形成新的市场。农村公路事关脱贫攻坚，事关乡村振兴，事关"最后一公里"，是交通脱贫的重大政治任务。打通最后的毛细血管，建好村级公路，让祖祖辈辈居住在大山深处的山里人走出大山，走向外面的世界，走向脱贫致富的康庄大道，这是山里人的呼唤，是泸州落实总书记精准扶贫的重要举措，也是泸州交通向全市人民立下的脱贫攻坚军令状。

磅礴乌蒙飘玉带

2016年5月28日，泸州精准扶贫的标志性工程——赤水河环线公路开工仪式在古蔺县水口镇举行。古叙贫困山区人民翘首以盼的乌蒙山区环赤水河公路扶贫工程建设拉开了序幕。

赤水河环线公路大部分沿着当年红军长征四渡赤水的赤水河，公路起于叙永县水潦乡三岔村与云南省威信县的鸡鸣三省大桥，途经叙永县石坝乡、赤水镇和古蔺县马蹄乡、椒园乡、白泥乡、石宝镇、水口镇、丹桂镇、土城镇、二郎镇、太平镇。项目全长291公里，其中利用原路段95.8公里，改造路段195.2公里，按四级公路标准改造，路基宽6.5米，混凝土沥青路面。渡改桥攻坚建设16座。

古蔺县、叙永县是集革命老区、民族地区、边远山区、贫困地区于一体的国家级贫困县，而赤水河沿线地区是古、叙两县交通基础最薄弱、贫困程度最深、贫困村和贫困人口最集中的区域。赤水河环线公路和渡改桥项目全部建成后，让沿线的乡、村、组、户，阡陌交通，连成网状，将惠及沿线群众25万人，其中包括72个重点贫困村的4万多口人。这条农村扶贫公路的建设，是改善沿线群众出行条件、优化沿线交通路网结构、解决区域性整体贫困问题的重要举措。项目建成后，沿线乡镇区位优势逐步凸显，人流、物流、信息流逐步汇聚，将有力推动特色优势资源的开发利用，促进沿线地区经济社会加速发展、群众实现增收致富，为如期打赢乌蒙山片区脱贫攻坚战提供更加有力的交通支撑和保障。

如今，我们欣喜地看到，叙永县境内的公路已验收交付使用，古蔺县境内的170.8公里已基本完成。预计2019年10月，赤水河环线公路将全线竣工，以泸州公路脱贫攻坚的骄人成绩，向祖国母亲70华诞献上一份史诗般的厚礼！

路通了，经济活了，百姓富了。赤水河畔的马蹄镇兰花村坐落在四川与贵州交界的大纳路湾潭大桥旁的大山深处，原来通往马蹄镇政府所在地仅有一条10多公里的羊肠小道，一些地段要人手脚并用才能勉强通过。借赤水河环线公路修建东风，村支书组织村民修筑通往各村民小组和千家万户的公路8条，形成一个村级公路网，兰花村实现了村组通、户户通。公路沿线修建起楼房，不少人购置摩托车、农用车跑起了运输。原来全村没有一辆机动车，如今已有农用车4辆、面包车1辆、摩托车50多辆。交通方便了，伴随着源源不断的车流一同涌入的是各种各样的商机。外面的人开着汽车进村收购生猪、水果，生猪的收购价从原来每公斤4元上升到10元。兰花村的李子、甜橙、椪柑等优质水果还出现了供不应求的情况！公路通了，村民沿线修筑水渠，新增了一片片水田……他们还规划着乡村旅游的美好蓝图。

一桥飞架南北　天堑变通途

在交通建设中，桥梁建设成为古叙脱贫攻坚的又一个壮举。

石厢子是云贵川三省交界的一个地方，赤水河和渭河相汇于此，形成赤水河鸡鸣三省大峡谷，云南省镇雄县、四川省叙永县、贵州省毕节市位于悬崖的三侧。有记载以来，此地都是地理死角，交通闭塞，来往极度困难，人们鸡犬之声相闻，却老死不相往来。三省的老百姓奔走呼号，多么希望一桥飞架南北，天堑变通途！他们呼吁、奔跑，希望在石厢子革命老区建一座鸡鸣三省大桥。他们的呼吁引来了各方关注和重视。

1982年，国务院交通部转云贵川三省交通厅文件，第一次官方提到修建鸡鸣三省大桥。

三省各级人民代表大会代表、政协委员在每一年的全国人代会、政协会上不停地建议、提案等，引起了国家有关部门的高度重视。

各官方媒体、新闻记者和著名作家不停地为革命老区建设呼吁。2011年3月28日，《人民日报》刊载纪实长文《有一个地方叫"鸡鸣三省"》，提到群众急盼修建鸡鸣三省大桥。2013年，泸州市作家协会组织石英、邱华栋、曹纪祖等30余名全国知名作家深入鸡鸣三省大桥选址处大峡谷采风，撰文呼吁修建大桥。

然而，三十四载的呼吁，都因资金、技术、管辖等因素，没有列入建设规划。直到习近平总书记发出脱贫攻坚的号令，鸡鸣三省大桥迎来了诞生的佳音。

2012年，鸡鸣三省大桥以川滇黔大桥的名字，纳入国务院连片扶贫开发项目。2013年，国家旅游局乌蒙山片区旅游发展规划调研组在云南省镇雄县、贵州省毕节市和四川省泸州市分别召开鸡鸣三省旅游开发洽谈会，洽谈从"四区""一样板"上加以定位，即国家生态旅游示范区、旅游扶贫试验区、文化产业示范区、核心AAAAA级旅游景区和乌蒙山片区跨区域合作的示范样板。从生态旅游扶贫的角度把大桥的建设提上日程，开启了三地人民修桥筑路的新里程。

2016年7月3日，老区人民盼望已久的鸡鸣三省大桥终于开工了。根据设计，路线全长1041.3米，桥长262米，桥型为主跨180米钢筋混凝土上承式拱桥，桥梁宽度为11.5米，双向两车道。这一天，两岸百姓穿上节日盛装，喜上眉梢，奔走相告，跳起锅庄，热烈庆祝大桥开工建设。国内各大媒体竞相报道，引起热议，刷遍朋友圈。经过3年的艰苦奋斗，建设者们克服了千难万险和许多世界级难题，也创造了大国工匠的许多奇迹，终于在2019年7月主体工程胜利合龙。

像这样的大桥，在脱贫攻坚大决战中，除了蓉遵高速、厦蓉高速、江习古高速穿越乌蒙大山，越过赤水河架起的高速公路桥梁外，还建成了古蔺二郎赤水河大桥、古蔺太平渡高速公路赤水河红军特大桥、古蔺土城赤水河大桥、古蔺椒园镇鱼塘河大桥、叙永水潦铺大桥、叙永苗香坝大桥、合江九支大桥、合江赤水河大桥等10座大桥。

修兴业之路　奔幸福小康

更加令人欣喜的是，古叙合贫困地区农村不仅通了公路，而且农村公路的建设，按照习近平总书记"把农村公路建好、管好、护好、运营好"的"四好农村路"要求，因地制宜、以人为本，与优化村镇布局、农村经济发展和广大农民安全便捷出行相适应，立足老少边穷地区，着眼于乌蒙山连片开发实际，与脱贫攻坚工作有机结合，与产业结构调整、产业园区建设、旅游资源开发有机结合，逐步消除制约农村发展的交通瓶颈。实现中心村有水泥村道，有安保设施，有标志标牌，有指路牌，有公示牌。道路环境优美，村村有特色，正在向着"四好农村路"迈进，为广大农民脱贫致富奔小康提供更好的保障。

2018年，全市改建农村公路1101.48公里，占计划1000公里的110.15%；完成投资11.46亿元，占计划10.8亿元的106.1%；完成渡改桥项目8座，占计划5座的160%；完成投资3.42亿元，占计划3亿元的114%。

到2018年，全市现有农村公路总里程12687公里，是1999年3003公里的4倍多。其中，合江1876公里，是1999年的2.29倍；叙永2955公里，是1999年的2.38倍；古蔺2858公里，是1999年的3.5倍。乡镇通车率100%，建制村通车率100%。已基本实现全部乡镇和建制村通硬化路，彻底改变了农村交通的落后面貌。

这不是一组简单的数据，这组数据的背后，有来自各级党委政府在进入21世纪以来集中火力决战脱贫攻坚决心，有社会各界的爱心援助，有一个个愚公移山的动人故事，更有山区人民满满的获得感和幸福感。

不忘初心　砥砺前行

3年过去了，市委、市政府确定的交通扶贫项目交出了圆满的答卷。其间，各级党委政府和造桥筑路者克服了艰难困苦，做出了巨大的贡献！

2019年5月30日，对于江习古高速公路古蔺太平渡高速公路赤水河红军特大桥的建设者和四川路桥的员工来说，是一个大喜的日子。这一天，他们承建的连接川黔渝的特大扶贫工程——赤水河特大桥成功合龙。这是当时世界上山区峡谷同类型桥梁中的第一高塔，亚洲山区桥梁中跨径最大、施工条件最复杂的悬索钢桁梁大桥。我有幸在这个特殊的日子，采访了大桥建设单位四川路桥的一位年轻的工程师曾强。在被问到工程建设中最需要克服哪些困难时，曾强说："工程建设要克服三大困难。一是修建地地形复杂，山高坡陡路窄，我们在此拼难度。进场修建工程便道、隧道锚时，都是在70度、80度甚至90度的垂直悬崖上进行施工，稍不注意就会掉下去。在300多米的高空作业非常危险，特别是风很大，最高达10级，超过6级就不能施工，风险太大。工人们都通过培训和体格测试，有恐高症的不能进工地，而且上工地都必须佩戴双保险索。二是工作要求高，工作量特别大，我们拼精度，拼进度。公司提出'新快好省'的建设要求，为了既保证质量，又提前工期、减少成本，我们都是两班倒。每天早上7点至晚上7点，第二班晚上7点至早上7点。我们工程师每天在工地上指导检查监督工人们的操作，一点儿不能马虎。赤水河大桥钢桁梁的结合精度要求相当高，精确到毫米级。梁体焊接变形量必须控制在2毫米以内，高强螺栓精度误差超过1毫米将无法连接。而全桥需要拧的高强螺栓数量高达80万颗，一颗都不能出错。晚上从工地回来，还要继续查阅资料，解决技术难题，做方案学技术，每天工作都在14小时以上。三是精神生活枯燥，我们拼意志力。如今的修桥筑路工程技术人员都是大学学士、硕士等高学历的知识分子，物质生活艰苦可以克服，但精神生活比较单调是他们感觉最大的困难之一，成天面对高山峡谷、钢铁水泥，太想家，想亲人了。公司每月放4天假，但任务太重，根本不能回去，以至于回家的时候都找不到回家的路，要借助导航才能找到家。"当问及这样辛苦值吗，小伙子动容地说："我们比拼奉献！我们的管理团队有70多个人，大都是30多岁的年轻人，工人高峰时有500多人，在此工作除了谋生的需要外，我们也是学以致用，为国家、为贫困山区的老百姓造福，修桥铺路是善德善举！"他指着对面的宣传栏说："我不太会说，你去那里看看吧，你要的答案都在那里。"

我赶紧走过去看。"发展交通，造福社会"是他们的神圣职责，"建最美大桥，创投建标杆"是他们的理想追求，"攻坚克难，甘于奉献，勇于胜利"是他们的优秀品质。这岂止是"四川路桥"一个企业的心声？这是脱贫攻坚决战中，日夜奋战在修桥筑路第一线交通人的共同心声！

我的一个网友在看到环赤水河工程竣工的信息后感言道："筑路人辛苦，一年半载就会修起宽敞的道路。我们忘不了那些筑路功臣为人民带来福音。其实，深层次的原因，是时代的发展和决策者的远见。赤水河环线是泸州市委、市政府振兴乡村的战略部署，是叙永、古蔺县委、县政府的务实脱贫举措。这是一条观光、旅游、扶贫、民生之路，直接受益的是环线周围的老百姓。感谢创造了伟大时代的中国共产党，感谢有远见的决策者：泸州、叙永、古蔺的领导们，感谢泸州交通，感谢所有的筑路工人！"

这位网友道出了山区人民的心里话！是啊，这条脱贫路凝聚了市委、市政府和各县党委政府、交通部门及沿线干部群众不忘初心、集智汇力、锐意拼搏、砥砺前行的坚强决心。为了把市委画出的蓝图变为现实，为积极推动赤水河环线农村扶贫公路及乡村公路建设，建设者们克服了基础设施差，地理环境恶劣，修建公路成本高、难度大、资金缺口大等困难，采取强有力的措施确保工程顺利推进和工程建设质量安全。市交通运输局制订《泸州交通扶贫专项工作方案》，强化组织保障，完善体制机制，增添办法措施，确保项目资金到位，工程如期推进。古蔺、叙永两县县委、县政府高度重视，成立赤环线农村扶贫公路建设指挥部，由县长亲自担任指挥长。制定赤水河环线扶贫公路建设工作体系表，把工程建设的每一项目标任务落实到每一个部门和责任人。建立工程建设安全生产和质量监管的长效机制，实行问题清单制、跟踪督促整改制、严格考核问责制、现场办公制、应急处置机制等。建筑工人们克服许多难以想象的艰难困苦，全力以赴，精心组织施工，创造了路桥建设的中国速度和世界奇迹。由于各级高度重视，精心组织，措施有力，保障到位，有序推动了以赤水河环线农村扶贫公路建设为重点的全市乡村公路建设，确保如期高质量建成全市扶贫公路网络。

集智汇力　众志成城

发挥制度优势，集中力量办大事。中国减贫取得举世瞩目的成效，其中一条重要经验就是，坚持党的领导，发挥社会主义制度可以集中力量办大事的优势。同时，坚持政府主导，把脱贫纳入国家总体发展战略。在交通脱贫攻坚战中，一串串交通投入的统计数据，让我们看到了社会主义制度的优越性，看到了动员全社会参与和援助的力量，看到了政府、社会、市场协同推进的脱贫攻坚格局在每一个贫困地区的落实。

2017年7月，受组织委派，泸州市合江县航务管理处副处长刘爱凤来到叙永县江门镇向坝村担任驻村第一书记。两年时间里，他通过自己的各种关系，找脱贫政策、找下派单位、找财政金融部门、找企业老板、找单位同事、找亲戚朋友……凡是能向贫困村集资的人和部门他都去找，得到了各级的支持和爱心人士的援助。两年间，他争取了各种资金数百万元，带着村民修道路、改危房、建阵地、铺水管、兴产业……使向坝村逐渐脱贫摘帽。村民们一致点赞说："我们村有这样大的变化，还要多亏村里来了好书记，多亏党和政府的好政策，多亏社会各界的援助！"

这是整合社会力量脱贫攻坚的一个典型。像这样的第一书记不胜枚举。据统计，2016年以来，泸州市全力开展交通脱贫攻坚三年大会战，累计投入资金132.5亿元，其中2018年投入交通扶贫专项基金68.63亿元，这当中，有中央级资金2.92亿元、省级资金4.59亿元、市县级资金21.37亿元、社会资金39.25亿元、债券资金0.5亿元，还有更多的是农民自力更生、投工投劳。这些资金的集中使用，只有在我们这个新时代，共产党领导的国家才能做到，这正是社会主义优越性的集中体现。

骄人成绩　再绘蓝图

经过多年的苦战，到2018年年底，泸州交通脱贫得到了一份骄人的成绩单：

年末境内公路总里程13799公里，与1999年新中国成立50周年时的8866公里相比，增加了0.56倍。高速公路里程455公里，实现了从无到有、7个县区全部通高速的历史性突破。农村公路里程12687公里，比1999年的3003公里增加了3.22倍。

抓好四川省"四好农村路"示范县创建工作。创建"四好农村路"示范路740余公里，古蔺、叙永、合江先后通过省级验收。

超额完成通村硬化路建设。合江、叙永所有建制村100%通硬化路，古蔺98%建制村通水泥公路。同时，正在对现有农村公路进行提升改善。

扎实推进重点扶贫公路建设。扶贫公路的标志性工程环赤水河公路已建成开通。

超额完成农村渡改桥建设。为彻底消除全市江河渡口安全隐患，打通瓶颈路、断头路，助推脱贫攻坚，泸州市于2016年起率先在全省实施渡改桥试点示范工程。计划总投资约60.68亿元，建设49座渡改桥梁（其中赤水河流域17座），建成后将全面撤销江河渡口154个。目前已建成15座，加快推进31座，其中2018年完成渡改桥项目8座，占计划5座的160%。

开通全部旅游景区脱贫专线。全市34个星级景区，绝大多数都在古叙合贫困地区。随着省级旅游强县和旅游扶贫示范区、示范村的创建，古叙合已开通所有AAA级旅游景区扶贫专线，古蔺至黄荆、古蔺至二郎、古蔺至古郎洞、叙永至画稿溪、合江至尧坝古镇、合江至福宝古镇等一批精品线路，正成为助推脱贫攻坚的致富路。

全面推进村村通客运工程。全市所有中心村公交客运村村通。其中，江阳区、龙马潭区实现241个行政村100%通公交，纳溪区、泸县实现98个中心村100%通公交，合江县、叙永县、古蔺县实现131个中心村100%通客运，全市所有行政村客运班车通达率98.28%，正在向全部行政村通客运迈进。

更加可喜的是，古叙贫困地区结束了没有铁路运输的历史，隆黄铁路隆昌至叙永段已投入货运，客运化改造项目已经启动，有望尽快结束铁路无客运的历史。叙永至古蔺大村的叙大铁路已经建成，为古叙贫困地区的各种资源通达四方提供了运力保障。同时，高速铁路也进入规划争取阶段。相信不久的将来，一条条巨龙能为古叙经济发展插上腾飞的翅膀。

交通先行有力地助推了全市脱贫攻坚的步伐。2018年，农村居民全年人均可支配收入13670元，又有58775人脱贫，86个贫困村退出，贫困发生率降至0.9%。合江县成功脱贫摘帽，古、叙两县正在全力冲刺，决心以脱贫攻坚的骄人成绩，全面迎接脱贫摘帽检查验收，为小康路上一个也不掉队做出积极贡献。

幸福的路在不断延伸，宏伟蓝图在继续描绘。展望未来，泸州交通正在唱响新世纪、新担当、新作为的建设"三字经"：补短板、扬优势、破瓶颈、强网络、提档次、畅血管、提服务……

2019年7月24日修改

原载《巴蜀史志》2019年增刊第1期"庆祝中华人民共和国成立70周年特刊"

原载《泸州文艺》2020年第6期

红军大桥，赤水河上第一跨

在川南黔北间，沿叙（永）古（蔺）高速向太平渡方向行进，穿过太平渡隧道便飞奔在赤水河红军大桥上。隧连桥，桥连隧，出了隧道，眼前便是赤水河大峡谷的壮美景色。环顾四周，笔直的大桥被两边的悬索平挂在河面高峡上，峡谷底下是蜿蜒汹涌的赤水河。踩油门，眨眼工夫车便飞驰到了贵州的习酒镇，把乌蒙山与大娄山紧紧地连在一起。一步飞越赤水河大峡谷，快感、惊险、刺激、雄壮一起涌上心头，山里的人们为这里日新月异的变化感到骄傲和自豪。

赤水河红军大桥于2019年9月30日剪彩通车，位于川黔交界的乌蒙山区和中国工农红军"四渡赤水"的革命老区。为了纪念红军"四渡赤水"，大桥被命名为"赤水河红军大桥"。两端西连四川古蔺县的太平镇、二郎镇，东接贵州习水县的习酒镇，江（津）习（水）古（蔺）高速与古（蔺）宜（宾）高速公路连接，横跨赤水河天险，紧扼川黔咽喉，并与蓉遵高速、厦蓉高速、古（蔺）金（沙）高速公路互联互通。大桥为双塔单跨钢桁梁悬索桥，桥长2009米，主跨1200米，四川岸主塔高228.5米，贵州岸主塔高243.5米。距谷底503米，桥宽27米，桥面距河面高差近300米，古蔺桥端太平渡隧道3210米，贵州习水桥端隧道300余米，整个大桥桥隧相连5500余米。

铁桥横空，天堑变通途。赤水河红军大桥是世界上山区同类型钢桁梁悬索桥梁中第一高塔、第二大跨的峡谷大桥，在赤水河上众多的桥梁中是绝对的第一，在引领乌蒙山区人民脱贫奔小康前进的道路上也是第一。这座大桥正建在1935年红军"四渡赤水"时古蔺二渡四渡太平、二郎的中间地段。

作为故乡人，我不是大桥的建设者，但见证了大桥合龙的那一刻，了解了建设者们建设一流大桥的决心、艰辛与意志。

2019年5月30日，天刚蒙蒙亮，我们一家人怀着激动的心情，驾车沿着叙古高速一路狂奔，赶去见证江习古高速赤水河特大桥最后一块钢桁梁合龙。10点钟，我们按时赶到。到桥上一看，工程人员早已把那块202吨的巨型钢桁梁从右河岸提升到200多米高的合龙位置。

10点30分，一块像积木一样的钢桁梁在索吊的帮助下终于拼装到位，1200米的大桥主跨部分在贵州习水一侧成功合龙。顿时，桥下鞭炮齐鸣，桥上欢呼震天——成功了！胜利了！两架无人机在桥上桥下飞快地拍摄，央视对这次合龙进行了全程直播，把乌蒙大山里的喜讯及时传遍五洲四海。我相信，全中国乃至全世界的人们都在为目前世界山区峡谷同类型桥梁中第一高塔桥、亚洲第二跨度的特大桥的诞生而欢呼点赞。"热烈祝贺赤水河大桥钢桁梁胜利合龙！"桥上，为之日夜奋战4个月的建设者们提前2天完成了任务，在场的人员拉着横幅振臂高呼："我参与！我骄傲！我自豪！"这时，我赶紧用镜头记录下这一刻。大桥合龙，我亲眼见证了这一时刻，感到十分荣幸，这也意味着这座大桥只剩收尾工作了，很快就会建成通车。

我站在这座特大桥的中央，悬空近300米，凝望着两座高塔和27米宽的平整的桥面钢板，看着两岸的美丽风景，俯视脚下滚滚流淌的赤水河，心脏怦怦直跳，脚发软发抖，恐高症在发作。遥望远方，二郎滩的河流变成了一丝银线，与云雾缠绕的远山交融，这时才真正体味到了"疑是银河落九天"的感觉。九溪口、太平渡、二郎滩尽收眼底，心中无限感慨。

　　四川路桥赤水河特大桥四川岸项目副经理唐小灵介绍，每块钢桁梁高7米、宽27米、重202吨，全桥共有81块。自2019年1月28日首块钢桁梁吊装以来，历时4个月完成全部吊装工作。大桥合龙后，将进行桥面系统螺栓紧固、桥面混凝土铺设、护栏安装以及对主缆索进行缠丝、安装交通设施等，力争9月底完成主体工程，迎接共和国70华诞。大桥顺利贯通后，四川及泸州南向将再添一条出海大通道，既能促进成都至贵州、重庆和珠三角、北部湾出海走廊的形成和完善，又能增强四川与东盟、南亚以及港澳地区的经济联系，加快四川对外开放的步伐。同时，将缩短川黔两地的空间距离，带动川南黔北红色旅游和脱贫产业发展。

　　唐小灵还兴奋地说："今后，我们将把这里打造成乌蒙大山里最亮丽的风景线。"据了解，这座大桥共投资17亿元。为了打造成最亮丽的旅游目的地，四川、贵州相约，再陆续集资投入50亿元，两省各投一半，围绕大桥开发大旅游，让贫困山区彻底摆脱贫困。大桥完工时，距河面503米高的塔顶和大桥的光亮工程也随之建成，到时这里将变为人间的梦幻仙境。

　　在这个大峡谷里，有十分优越的地缘优势和旅游资源。以大桥为中心，上百里可到茅台，下百里可达土城、丙安、复兴等地，可看到红军"四渡赤水"的历史遗迹和太平、土城、茅台的四渡赤水纪念馆及古镇风光，传承红军精神，弘扬红色历史文化经典。这里是美酒河，茅台酒厂、郎酒厂坐落在大峡谷两头，相距百里，沿河茅溪沈酒、习酒、永乐潭酒酱酒园等众多美酒生产企业，更加香飘四溢。这里还有盐井河大峡谷，有天地宝洞、天宝峰，有古郎洞景区，有盐茶古道，有古老传奇的八龄桥和铁索桥。这里有丰富的原生态绿色食品，优质的蔬菜水果，猪牛羊、鸡鸭鱼应有尽有，可以享受到营养丰富、特色鲜明的美味佳肴。到时，赤水河大桥变成高高挂在天上的彩虹桥，可沿着1200米的主跨玻璃栈道悬空横穿观景，可体验300米高空惊险刺激的蹦极瞬间、峡谷绝壁攀岩的艰难、峡谷探险与漂流的激情和快感……

如今，在这乌蒙山与大娄山夹缝连接的地方，天桥飞渡，天堑变成了通途，把大山区的毛细公路连为一体。这里山水相连、美景绚烂，桥隧相接、通江达海，动脉扩展、连接村镇，红色古镇、光芒四射，共产党人的百年梦想在这片土地上生根、开花、结果。古老贫穷的乌蒙山区人们甩掉了贫穷落后的帽子，将在党的指引下向着小康的康庄大道奔跑。

2021年2月7日

轿顶氧吧

JIAODING YANGBA

向往黄荆

随着人们生活水平的提高，候鸟式的生活成了今天许多家庭过冬避暑的新常态。冬暖夏凉的地方，令许多市民趋之若鹜。人们三五好友，成群结队，或观光旅行，或一起租房，或抱团购屋，各取所需，逍遥快乐。我也是夏天纳凉队伍中的一员，而在众多的避暑养生胜地，我雷打不动的选择是黄荆老林。

黄荆老林位于泸州市古蔺县川黔两省交界处，面积433平方公里，平均海拔1300多米。这里是迄今世界同纬度地区唯一保存完好的亚热带原始常绿阔叶林区，被誉为"北纬28度线上最后的处女地"。之所以叫黄荆老林，是因为它是国家严格控制开发的天然原始森林。《古蔺县志》载，过去，四川、贵州两省的边民因抢占林地而经常发生争端，于是，经四川永宁和贵州遵义、仁怀三府官员会勘，清乾隆四十一年（1776），川、黔两省在此勘界，将方圆几百里划定为"官山"，山中村民搬迁移民，派官兵镇守，整座山林实行"永远封禁"。从此，封禁后的200多年时间，人迹罕至，森林茂密，植被丰富，所以称作"黄荆老林"。

我之所以选择黄荆老林避暑，是青睐黄荆那未被污染的原始生态环境。

八百里黄荆，群山绵延，峰峦叠嶂，沟壑交错。著名的普照山、笋子山、官山等被满眼葱茏的森林覆盖。高达96%的森林覆盖率，犹如一个巨大的天然氧吧，调节着川、黔、渝交界地区的气候。行走其间，每吸一口都是满满的负氧离子。夏季气温在26℃左右，空气清新，气候凉爽。从山上流下的天然木叶水，汇入山脚的河流蜿蜒而去，纯洁清凉，喝一口，甘甜清爽，沁人心脾，饮之增加食欲，洗之滋润肌肤。白天蓝蓝的天上白云飘，夜晚皓月当空繁星闪烁。因为人迹罕至，空气清新，你可以在这儿尽情清心洗肺、润眼养颜，尽情享受原始森林的清幽静谧、安宁舒适，真是避暑养生的世外桃源！

　　黄荆的美丽风景太让人陶醉了。从古蔺县城到黄荆40多公里的白加黑公路上，一路走来，沿途风景让你目不暇接。有层层梯田彩云间的清风岭美景；有随风旋转高山巅的大风车发电站美景；有站在海拔1848米的山峰上一览众山小的古蔺最高峰虎头山美景；有放眼望去，云、贵、川三省尽收眼底的普照山美景。来到黄荆景区，更是让你耳目一新、赞叹不已。这里有国家AAAA级旅游景点八节洞瀑布群风景；有山峰绵延、遮天蔽日，珍稀动植物举目可见，犹如绿色迷宫的笋子山原始森林风景；有景色秀雅、风光绮丽，集高山、湖泊于一体的红龙湖、龙爪河水库风景；有新开发的丹霞悬崖绝壁环绕四周，古木交错，幽雅寂静，瀑布飞流直下，云海佛光时隐时现的环岩风景；更有养在深闺人未识的新景点长滩风景区。从黄荆场镇沿公路进入长滩的11公里路上，沿途风景不断，有一石一画屏的丹霞石、一树一盆景的桢楠林、青翠欲滴的楠竹林、笔直挺拔的松柏林，是供人们聚会、绘画、摄影、露营的最佳十里画廊。这里有"一车一品牌，一户一景观"的汽车露营基地，被誉为"中国西部第一营"；有供游人戏水垂钓、休闲纳凉的千米长滩，沿着溪流远足，泉水叮咚，小径周围青苔遍布，平添了一丝幽静之美；有新发现的河南岩飞流直下瀑布和珍珠帘瀑布。连普通的黄荆老林小镇农家，都是那么别致优美，一条清澈透明的小溪蜿蜒穿过，小溪两旁生长着一种连"识花君"都难以辨识的盆景树。小溪两旁每户人家门前的花坛中都开放着雍容华丽、五彩缤纷的大丽花，花朵之硕大，花色之鲜艳，敢与洛阳牡丹试比高。真可谓如诗如画、一步一景！

"多少年的追寻，多少次的叩问，乡愁是一碗水，乡愁是一杯酒，乡愁是一朵云，乡愁是一生情。"黄荆，你是我记忆中的那碗水、那杯酒、那朵云、那段情，是我一解乡愁的栖息地。这里的乡音乡情乡亲，带给我故土的芬芳。一群故乡发小平时各自东西，暑期相约带上父母、兄弟、姐妹、儿女、子孙，一家人欢聚，共享天伦之乐。老有老的朋友，小有小的伙伴。大家都是合得来的人，不需要刻意逢迎，也不必小心翼翼，可以肆无忌惮地直呼大名。有摆不完的龙门阵，忆不完的过眼云烟。大至天下大事，小到鸡毛蒜皮，大家畅所欲言，各抒己见，直奔主题，简单明了。可以分享《小小新娘花》的甜蜜，破解当年《同桌的你》的奥秘，对心中的偶像、梦中的情人可以大声说出，高歌表达，甚至于一家人的酸甜苦辣都可以一吐为快。有时碰上一群前来旅游避暑开同学会的人，一开口那浓浓的乡音，便知是古蔺人。也许一下子叫不出名字，但是一说到单位、住址、事件，或许再追溯到父母亲姓名、祖父母姓名，记忆立刻被唤醒，就都是老熟人了！如果再回忆一下那年那月那事，既无比伤感，又无比激动，倍感亲切。这时，心中情不自禁地会默诵贺知章的那首"少小离家老大回，乡音无改鬓毛衰。儿童相见不相识，笑问客从何处来"。这样的故乡人、故乡事、故乡音、故乡情，简直就是老年生活中的"开心果""快乐源""养生经"，带给你温馨惬意的乡愁，怎不令人向往！

"快来听，前边那个空谷幽林的石头角落里，有两只弹琴蛙在唱歌，好像一对情侣在对唱，相互诉说着心中的爱意呢！"听到信息，大家赶紧跑过去，欣赏城里不能听到的天籁之音。其实在黄荆，常常会给你意外的惊喜。黄荆动植物种类多，森林里生长着1699种国家一、二类保护植物和珍稀动物，是罕见的动植物基因库，有香樟、桢楠、杪椤等珍稀树种，有上百种珍贵药材，有野牛、金钱豹、黑熊、野猪、飞狐等多种珍禽异兽。当你在此安顿下来，会发现岁月静好的日子里，大自然有许多城市中难得一见的奇妙景观。顺着蜿蜒的健康步道一路走来，树林中鸟鸣与虫声将一路相伴。黄荆的蝉鸣是天籁之音的绝唱，是绝对一流的合唱团。清晨，从一只蝉的领唱开始，栖息在不同树林的蝉鸣大军，分声部唱、轮唱、重唱、合唱，此起彼伏。时而戛然而止，时而齐声高唱，一曲终了，另一曲又开始。那么错落有致，那么整齐划一，仿佛由音乐大师指挥，令人瞠目结舌。在高高的树林尖上，寻着呱呱的叫声，你会发现罕见的乌鸦巢。仔细观察，有的乌鸦在嬉戏打闹，有的在筑巢引凤，有的在给幼鸟喂食，真是温馨快乐的一家！在清清的水滩旁，鲜为人知的美丽豆娘蜻蜓点水，心形求爱。成群结队的美丽蝴蝶又惊现在黄荆的花丛河滩。清晨，公路上有罕见的母螃蟹横行霸道，有环保意识的行人都主动将它捉到旁边草丛中，避免车碾之灾。傍晚，天空上偶有飞狐凌空飞跃，引得发现者口口相传，人们成群结队久久等待，仰望观奇。今年在长滩和金鱼溪，有山民发现了数十个有规律的化石，中国古生物专家考察团队考察后认定，是至今中国境内发现的最完整、最清晰的白垩纪恐龙足迹，建议申报国家恐龙地质公园。古老的黄荆老林，因为百年封山，直到今天，还有很多地方无人踏足，还有很多秘密等待着人们去探索发现。

向往黄荆，特别喜欢这里的悠闲生活。远离了城市的喧嚣和灯红酒绿的浮躁，静下心来观察、思考、聆听，返璞归真，回归自我，真正体味岁月静好。清晨，生怕辜负了那满是负氧离子的醉氧空气，久违了的步行、早操又开始了。更有大地的贪心者，赤足走在环保舒适的有氧步道上，享受保健养生的足疗按摩，用心体验郭沫若《地球，我的母亲》中的"我只愿赤裸着我的双脚，永远和你相亲"的意境。上午，或在逍遥椅上读几篇散文、诗歌，或在竹林深处随着短笛、葫芦丝、电吹管的伴奏，唱一曲《好一个古蔺我真心爱你》《又见山里红》《看见你们格外亲》，或跟着生物老师认识和采撷野菜、野果、野花，什么岩葱、柴胡、红军菜、野花椒、木浆叶，什么野百合、黄花、瓜叶海棠等，每天都可以品尝自己采撷的劳动成果。特别温馨愉悦的是每天的中晚餐，人人主动展厨艺、添美味、共分享，美酒一杯开怀畅饮，推杯换盏中欢歌笑语金句频出，有的家庭打破滴酒不沾的铁规，放宽政策，同喜同乐。午休后，好友相约，按时上班，几桌小麻将活动手指，锻炼脑子，添点儿乐子，避免老年痴呆！傍晚时分，人人都相信"饭后百步走，活到九十九"。男女老幼，相识与不相识的，三五成群地在健身步道上散步、聊天，仿佛又回到了连体平房，左邻右舍走家串户的年代，好不热闹。散步回来，广场舞、特邀独舞、卡拉OK拉开序幕，人人都可以一展歌喉，放歌一曲。直到晚上10点，互道晚安，明天再见！

什么叫浪漫？浪费时间慢慢地吃饭，浪费时间慢慢地喝茶，浪费时间慢慢地聊天，浪费时间慢慢地变老。朋友，快来黄荆养生避暑吧！这里一定有你夏日的浪漫，一定是你最美夕阳的诗和远方！

2020年9月10日

原载《古蔺文艺》2020年第3期

写生黄荆

今年夏天，南方的雨水太多了，一拨接一拨，气温也适宜，在25℃至30℃。避暑胜地的黄荆老林虽然没有往年的热闹与喧嚣，显得清冷一些，可还是有钟情的人来到这里。独特的阳光、空气和水是这里的宝贝，城里绝对没有，人们只有到黄荆的大山里才能享受到。

黄荆的天成了娃娃脸，说变就变。一会儿蓝天白云，太阳火辣，山峦青翠，层叠的远山可见可亲；一会儿一朵乌云飘来，大雨倾盆，"竹筒水"的山洪，夹着丹霞泥沙洪水滚滚。雨来水涨，雨去水退，小河又清澈见底，鱼儿在激流的浪花中飞身逆行，尽情欢乐。雨后放晴，清晨20℃左右的温度，露水挂叶梢，彩云浮山巅，"斑竹一枝千滴泪，红霞万朵百重衣"的景致分外妖娆。

黄荆的山是多彩的，在阳光的照射下，微风拂面，变幻莫测。阳光照耀的地方呈淡黄色，白云遮盖的地方呈浅绿色，乌云满天的时候则流雾绕山、黛色满眼、若隐若现。在黄荆老林近2000种的原生树种中，不同树种的叶面反射出来的颜色更是丰富多彩，白的、红的、黄的、绿的，总之，赤橙黄绿青蓝紫应有尽有。有一种乔木叫猴欢喜（又名山板栗）很特别：每年3月，老叶在一个月内全部换成新叶，然后不停地开黄花，毛茸茸的淡黄果渐渐变红，果子成熟后，外层包裹的坚壳自然分成4

瓣打开，种子脱落，直到夏末秋初都延续着。在林中，还有其他如鸡眼睛果等红色果实的点缀，红黄绿的树果都格外惹眼。

黄荆的花是烂漫的，原生林里，不同的植物花朵都在这个夏天依次绽放，一花开来二花放，接二连三，"天天新花开，蜜蜂采蜜来"。黄荆花、麻柳花、马铃花、飞蚊花、异药花、鸡骨材花、野棉花、野百合花等等，高高地在高山峡谷的绿色丛中，层林尽染。

夏日的黄荆景色美丽，初秋的黄荆更有魅力。气候宜人，丰富的负氧离子沁人心脾，还有随处可见的悬崖瀑布。特别是每天清晨走在步行道上，清新的空气吸进肺里格外爽心醒脑，皮肤也十分凉爽润滑，能让你丢掉烦恼，品味山水。傍晚，小河淙淙，琴蛙咚咚，暮色苍茫，情绪悠扬，人们可以用心灵探幽觅胜，豁达心胸。这山水间是洗肺、醒脑、养心的胜地。这时，如果是城里，在35℃的高温下，桑拿天只会"闷热让人心烦，汗水使人懒惰"。26℃的空调又觉得郁闷，让人向往清爽。

每到双休日，黄荆的休闲山庄都有不同的聚会，欢声笑语在峡谷中久久回荡。同学会、同乡会、战友会的理想场地，叙旧、散步、留影、品酒、打麻将、卡拉OK、跳跳舞。这里更是暑假老师带学生们体验野外生活、认识大自然的天然营地，步行道上，小河滩中，随处可见他们欢快的身影，八节洞、环岩、长滩瀑布群则是他们的最爱。散客则以家庭为伴，上有老、下有小，甚至牙牙学语的幼童也带上，在山庄和林间溪边寻求各自的快乐。

画家来写生捕捉画面，作家则清静中寻找灵感。古蔺柑子坪90岁的中国著名国画家杨老先生专程从武汉到黄荆老林写生，普照山、八节洞、环岩、云岩、长滩、桂花河峡谷、桫椤谷和丹霞岩上的壁画都在他的画板上，他准备办一次以故乡古蔺山水和黄荆老林美景为主题的画展。四川理工大学美院黄教授夫妇携92岁的老母亲到黄荆享受大氧吧，黄教授感慨地说："我一进黄荆，就感到清凉清心清爽。"夫妇俩休闲时画笔写意，描绘溪流曲径，透视竹林幽静，清凉在笔下生花，用画作向世人传递黄荆美丽的风光。

黄荆的原始森林真是一个用笔写不完、画不尽的地方。

2019年8月12日

黄荆山水写生情

黄荆老林在40多天的夏日高温炙烤下，日烈云淡风雨薄，溪水几近断流，树叶缺水枯萎。往年热闹非凡的知了交响曲，随着伏天的渐近，群蝉共鸣的天籁之音也变得哑然失声，几只高亢的蝉鸣显得十分单调。中午虽烈日烘烤山林，但峡谷中早晚仍凉风习习，清新的空气中负氧离子浸入心肺，前来避暑的人比往年多了许多。

黄荆的原始森林，铺盖在沟壑峰峦间，移步换景：有大气磅礴的峰波远景，浪及天边；有飞扬不绝于峡谷的瀑布；有掩映在山林中小桥流水人家的炊烟。当登上1848米的虎头山观景台，一览众山小，苍山如海，绿波滚滚，强光下的远山，光雾蒙蒙。崇山峻岭，在烈日下位移，远近高低，明暗错落，蓝天在白云的点缀下，形成恢宏浩瀚的美妙图景，引人遐想无限！

这对于画家来说无疑是一个写生的绝佳地方。

有诗云："满眼翠绿溪穿梭，夏日明暗山里错。清凉一壶心情好，人间仙境画中泊。"画家的意象因而萌发，美景美图从他们的画笔中跃然纸上。写意也好，写实也罢，意象中景色张张图画都是他们心中的美好向往！

在黄荆，恰巧与几位画家不期而遇：四川轻化工大学美术学院教授关仁康、黄莉娅夫妇和西南民族大学美术学院教授曾高潮夫妇。黄莉娅还是我的高中同学、古蔺老乡。老乡见老乡，格外亲近。他们每天上午出去写生，每人写生一两幅，就算是一天的收获了。

我喜欢摄影，所以就常常跟随他们出去，见识一下画家眼中的山水。他们写生，我就照相。看着他们作画的过程，也算是在这清凉世界中的一种享受。当他们画完后，我就对画景拍张照片，与写生作品对照起来，找一找两种画面的异同，在斑斓的色彩中，在明与暗、远山近水的整体结构中寻找画作和摄影作品的艺术感觉。

其实，绘画作品的艺术品鉴我不懂，只觉得画作好看就行。摄影艺术也知之不多，不过是个"半截子"，"人家摄影是艺术，我等摄影只记录"。只知道咔嚓咔嚓地照下来，也就是感受那秒秒钟的快感，一挥而去，但尤其喜欢抓拍那些动感强的画面，诸如飞鸟、蝴蝶、蜜蜂之类的，就是我镜头的常客，千变万化的飞行姿态让人迷醉。从3位画家的写生作品来看，虽然同样的画景，写生作品在色彩运用、画面布局和明暗效果上都有差别，运笔润色有各自的独到之处。画家们追求的是画作的诗意和个性。与摄影作品对照来看，豁然开朗。在10多天的交往中，我受益匪浅，也学到了许多关于绘画与摄影相关联的一些光影意境的知识。

写生是画家在短暂的时间里用简明、概括、精练的笔法进行表现，快速勾画出用语言文字和摄影所不能替代的画面。通过他们一幅幅的写生作品，那些写意的大山、柔和或刚劲葱郁的树木、欢畅流淌的长滩、有炊烟的茅舍都被定格在纸上，让观者触碰到色彩的冷暖、光与影，感悟到线条与形态的韵律、对生活美好的憧憬以及画家内心的情感，也许这就是画家们对大山的追求与情爱吧。

写生是画家记录生活的有效方法，画家们用画笔记录所见、所闻、所感、所悟，下笔的瞬间，有理性推敲、细致体验，需要捕捉瞬间的灵感和主观的情绪感受，他们视觉中黄荆老林的天空和树木，在他们的画笔下就呈现出与他者眼中不尽相同的面貌与情景，那是一种美好的意境，赋予自然诗意的情怀。写生所表达的是画家的激情和审美取向，是画家当时的内心真实感受，记录了画家最活跃的思考和灵感。写生可以是以景为题的创作作品，也可以是主题创作的资料收集，记录画家创作前期的创意构思。

摄影通过相机记录身边的人和事，能迅速、精确地再现现实生活中客观的人和事，具有很强的纪实性。在社会高度发展的今天，摄影与绘画已相互利用，共同发展。摄影艺术要提高，也必须掌握绘画的基本常识，如构图、彩色构成等等，只有了解绘画基本常识，才能进一步提高摄影的艺术水平。画家也可以用摄影来辅助、借鉴，摄影作品有时也成为画家们的创作素材，甚至启发画家们的创作灵感。

在黄荆写生山水，不仅是享受清凉，情寄山水，画家还有一份独特的故乡情结。从太阳的炽热和清月的明亮，从大山的巍峨雄壮和绵延起伏，小溪飞瀑的清丽华美，来切实体验和激发心中的激情。他们把描绘眼中的山水与心中的丘壑相结合，在峰石云水树之间徘徊神游，以笔墨亲近祖国大地。他们写生千万幅，行走千万里，是为了领略山水沟壑的雄奇险峻或清幽秀美，搜寻山水奇峰，为心中的山水巨作打草稿。让祖国的大好河山，在"绿水青山就是金山银山"的引领下，绘出动人的金山银山的美丽画卷。

也许，他们会透视出"四渡赤水"的壮举，看到中华文明的源远流长和祖国母亲经历的苦难与辉煌。从雄浑伟岸的山体上，看到中国人意志的韧度和志向的高度；从大气磅礴的山水长卷中，看到中华民族伟大复兴的希望与活力。

也许，乌蒙大山的壮阔画卷正在他们的胸中孕育着。

2022年10月7日

黄长公路上的身影

在黄荆老林黄荆至长滩的旅游公路骑行道上，2022年夏季，每当晚霞余晖之时，在露营基地一段，总能看到十分温馨、感人至深的画面：一个或两个男人搀扶着一个病人，在公路上慢慢散步。其他散步的人群或投去关心的眼光，或停下来嘘寒问暖，或加入陪同慢步。这样的情景已经连续7年之久。知道内情的人们更为这当中的故事所感动。

画面中的主人翁便是罗刚和朋友。

2015年，古蔺政协的退休职工罗刚被查出身患癌症。一向注重锻炼、保健的他被惊呆了，从不相信、绝望到调整好心态，正确面对，配合医生积极治疗。在两次大手术后，医生把最坏和最好的结果告诉了他，并嘱咐他医养结合，坚信科学与医学，积极配合治疗，用乐观的心态面对，争取最好的结果，提高生活质量，延长生命。

善良贤惠的妻子魏先华及家人不放弃，不抛弃，竭尽全力，积极配合最好的医疗手段、最新的药物治疗，只要有好的效果，哪怕砸锅卖铁也积极医治。同时，根据病情的疗养需要，从2016年起，每年夏天，罗刚夫妇都到黄荆老林吸收新鲜空气，疗养度夏。坚持用乐观、从容的态度，与癌症抗争了7年。

他们之所以选择来黄荆疗养，除了对这里自然环境的情有独钟之外，更重要的是对这里的乡情乡音乡愁的难舍难分。

7年来，我们在黄荆和缘山庄见证了人间真情的神奇力量。

患了绝症的罗刚，此时此刻更加珍惜身体健康，身心愉悦。7年间，他每年以坚忍不拔的毅力、顽强抗争的精神，谈笑风生地面对人生，不知情者谁看得出他有绝症在身？

在黄荆有规律地生活养生，组织各种身心愉悦的活动。清晨，组织朋友们打太极拳、步行健身、跳广场舞等活动。上午拉家常摆龙门阵，安排中午加餐加菜等事宜，有时亲自去农家购买生态鸡、猪肉、腊肉，采摘新鲜蔬菜、野菜等，生活过得简单而充实。下午3个小时的麻将愉悦身心，锻炼脑智，谈笑风生。晚上组织各种文娱活动。为了组织战友会、同学会、同乡会，他亲自牵头，召开会议，撰写讲话稿、主持词，安排节目内容，动员大家参加。有时累得脸色发白，气喘吁吁，直冒虚汗，可他还是坚持事必躬亲，一定要确保活动质量。特别让我感动的是，2021年，当他得知我孙女出生的消息，立刻号召全体庄友，晚上组织庆祝晚会，并且安排了节目单、主持人，请来了临近的乐队，欢庆热闹了一晚上。去年我孙女周岁，已经病入膏肓的他，仍然拖着沉重的身体，整理出并打印了节目单，还参加跳舞唱歌，直到晚会结束。让和缘山庄这个临时大家庭充满了欢歌笑语，温馨和谐。

如果说罗刚7年生存的奇迹有他乐观自强的主观因素外，功不可没的外部因素是他的贤妻魏先华的精心照料。这7年，我们见证了一个贤妻良母是怎样照顾一个病入膏肓的病人，深刻体会了什么叫无微不至的关心。一切以病人为中心，想吃什么做什么，什么有益吃什么，不在乎花钱多少，不在乎麻烦费力，一个电热炉、电热锅成了随行装备，每天都发挥着应有的作用。轻言细语、轻脚轻手、嘘寒问暖、送药按摩、搀扶行走等护理行动成了魏老师黄荆生活的新常态，庄友们十分感叹地说："罗刚娶了魏老师，是前世修来的福。"

亲戚朋友的关怀探望是他精神愉悦战胜疾病的又一重要因素。得知罗刚生病的消息，亲戚朋友都十分关心。在黄荆疗养的时间里，无论是原单位同事，还是魏老师单位的同事，无论亲戚朋友，还是同学战友，大家络绎不绝地前来探望、慰问，给了他莫大的安慰和鼓励。特别是与他要好的同学、战友、邻居更是多年陪伴，相聚黄荆。有连续7年在黄荆陪伴他的杨鸣、王一平一家，有同学陈蔺、刘元华、段应华、段应玲、张兰、曾玲、陈林、黄敏一家等，有的居住在省外的同学如胡政、陈元豆等也专程赶来探望，一起度假。2022年春节后，罗刚的心里非常清楚，生命的终点即将到来。他谢绝了亲人带他去北京、上海治疗，特别是5月中旬后，他的体重急降10多斤，走路都走不了几分钟，亲人们劝他去医院，他也反对。倒是在他生命的最后时刻，仍然念眷着黄荆，坚持要求去黄荆。他的意思是，与其在医院受折磨，不如到大自然中去随遇而安，即便不能安转，也可以安乐而死。在黄荆度过了生命的最后40多天，人们期待着生命奇迹的发生。平时连床都下不了的罗刚，居然有几天早上可以起来打太极拳，每天能吃一点儿营养食物，每天下午能坚持2个小时的麻将娱乐，每天晚上还能参加室外的娱乐活动。特别是每天晚饭后，王一平、黄敏、刘元华等人牵着他在黄长公路上散步，留下一幅幅温馨感人的画面。在落日余晖的映照下，长长的身影印在了黄长公路上，更留在了人们心间。

　　2022年9月18日，罗刚走了，带着他眷念的亲朋好友，带着他十分留念的人间生活，离开了人间。我们在惋惜失去一位好同事、好同学、好战友的同时，也感叹他的生命奇迹和精神。在身患绝症的7年时间里，他用顽强的毅力、乐观的精神、科学的治疗，提高了生命质量，延长了生命时间，留给亲朋好友满满的感叹，留给身患绝症的人们更多思考。而连续7年来黄荆，同学朋友亲戚同事络绎不绝前来探望、鼓励，让人感觉人间真情的温馨。我不禁感叹，爱心，是一片照射在冬日的阳光，它使与病魔战斗的人分外坚强；爱心，是一泓涌出沙漠的泉水，它使濒临绝境的人重新看到生活的希望；爱心，是夏日晨光透进心里的暖意，清新凉爽，光芒万丈。

7年的爱心陪伴，温暖自己，温暖爱人，更感动了他人。

我们曾是古蔺党校首届电大班同学，罗刚是班长，他那生动活泼的身影早已刻记在同学们的脑海中。同学情难忘，特作此文，以示怀念。

两年同窗苦读，电大书声震火星。

七载山庄和缘，挑战病魔撼长滩。

2023年3月28日

烈日炙烤下的黄荆老林

今年上黄荆老林，是被骄阳急促地逼上去的。

7月14日，我到成都参加"中国散文名家青铜之光·三星堆采风行"活动，参观完广汉中国农村改革第一乡——广汉向阳和三星堆8号坑的考古现场后，第三天早上，下了一场雨，成都的高温得到缓解。我回到泸州，36℃的室温让人受不了。家住顶楼跃层，六楼的所有空调开启也降不了室温，再加上潮湿的空气，一天到晚就像蒸桑拿一样，汗水干不透，热得发慌。于是，第二天就带着家人从这个泸州"大蒸笼"逃进了原始森林。

因为泸州太热，天天泡在空调屋里，温度适宜了，可空气却质量下降，时间长了也让人难受，还会引发一身的病痛。所以，2017年从工作岗位上闲下来后，每年的夏天都要来到黄荆消夏，在宾馆式的农家住上一两个月，呼吸清新的空气，看看青山碧水，听空山鸟鸣蝉韵，行长滩十里步道，赏八节洞的飞瀑，观虎头山的日出月落，十分惬意。越来越多的外地人也爱上了这里天然绿色大氧吧的休闲地。

黄荆老林对我来说有一种莫名的亲近，是故土，因为这里的山水养育了我；是名山大川，却又曾经被封存200多年，参天的古木又曾经为新中国做出过巨大贡献，有实无名。亿万年前这里曾是恐龙的故乡，留下无数的脚印化石。翼王石达开曾在此豪迈赋诗："山人登山不厌难，轻身直上青云端。人世纷纷苦天热，青杠山头常带寒……"1935年那个寒冷的春天，这里的"红军树"曾护佑着无数"四渡赤水"的将士们安全过境。而今，这里真正受人青睐的是负氧离子。黄荆老林的深处矗立着一个偌大的标语牌："来黄荆，我'氧'您！"让人看了倍感温馨。

青山绿水依旧在，夏日凉爽依然，到黄荆消夏的人越来越多。消夏避暑的、旅游观光的、修身养性的、画画写作的、带孩子游山玩水的、周末度假的，络绎不绝的人群拥进老林，以至于黄荆老林的客栈宾馆爆满，每天数以千计的游客落脚黄荆。今年的黄荆与往年不一样，被百年不遇的持续高温困扰着，森林防火面临巨大的挑战。于是，我领略了黄荆老林的另一道人文风景。不得不点赞黄荆镇政府和相关部门高度重视，务实为民，精心管控，极大地保障了森林防火和人们的人身安全。

持续的高温，森林火灾又是一个防控的重点。我7月17日到黄荆以后，零星下过几次雨，但不见水涨，只见清溪枯。8月4日晚，一场短暂的大雨之后，持续25天的烈日炙烤着这片古老的森林。央视天天报道成都、重庆等西南地区都是40℃以上的红色高温预警。据说，这是100年以来从未有过的高温干旱天气。网友爆料，重庆的地面温度可烤熟鸡蛋。黄荆比较凉爽，但仍然禁不住几十天的高温炙烤。溪水断流，花草枯萎，森林中有的古老树木也干死了，连著名的河南岩瀑布也断流了。前来乘凉的人也受不了。一天，客栈里的一个胖女人热得受不了了，晚上用3台电扇对着十来平方米的房间吹不说，还向主人要空调屋。主人哭笑不得，黄荆都要用空调了，人们还大老远跑到森林里来纳什么凉？

山林告急，场镇饮用水告急。路边的小草烤得焦干，山上的树叶渐渐萎缩枯黄；往年热闹的蝉鸣今年也变得嘶哑，稀稀疏疏，失去那天籁般的韵律；猴群也渴得斗胆下到溪边找水喝；黄荆街道社区的烧炭溪几乎断流，人们的生活用水受到严重威胁。旱情就是命令。消防车来了，到小溪10多公里的地方拉水供应，每天近20车。随着旱情的加重，又换成20吨的水罐卡车运输，每天从早到晚运水10余趟，保障社区用水，游客们没有因为小溪断流而闹水荒。

　　其间，黄荆老林的周边地区重庆、贵州赤水、四川纳溪等发生了不同程度的山火，严重威胁黄荆老林的安全，情况十分紧急。8月20日，古蔺县森林防灭火指挥部发布2022年森林防火封山令："即日起至2022年8月31日，古蔺县国有林场红龙湖、龙美、磨槽口、徐家林管护站集中连片林区，火星山森林公园、黄荆省级森林自然保护区全域为封山区域，除原住居民正常生活外，其余人员未经批准一律不得进入封山区域。"与此同时，8月21日，古蔺县黄荆镇森林防灭火指挥部发布《关于强化进入黄荆省级自然保护区管理措施的公告》，即日起至2022年8月31日24时，黄荆省级自然保护区全域实行"只出不进"的管控措施，减少人员流动，严防人为因素造成森林火灾。每天从早到晚，森林防火的流动宣传响彻森林的每个角落。消防车为路边焦叶浇水，护林员清扫处理路沟里的枯焦树叶，以防患于未然。一直到8月30日晚，黄荆才下了一场大雨，旱情得以缓解。人们紧张的心弦才舒缓下来。

　　正是旅游高峰期，"封山令"一发布，黄荆老林的宾馆和农家乐，据说每天至少要减少70万元的游客消费收入。

　　也许是人们的努力感动了上帝，烈日炙烤下黄荆老林的溪沟和公路边，今年出现了成千上万只蝴蝶翻飞在花丛中的美丽景象。我们住的和缘山庄前，从笋子山发源的火炭溪，全长20余公里，黄长公路与之并行，其间有黄荆社区、汽车露营基地、长滩、河南岩瀑布等著名景点和休闲场所。与往年不同，今年公路两边开满了野花，把路和溪装扮得十分美丽，本是夏秋时节，却酷似春天的花园：蜂采蜜，蝶恋花，蜂蛾凌空吮蜜献绝技。

　　这使我想起去年的一件事。新上任的黄荆镇李书记听说我们到了黄荆，专门到和缘山庄听取我们几个老黄荆休闲客的意见，怎样把黄荆打造得更加美丽？几个客人你一言我一语，提出一个大胆的建议：黄荆的大丽花品种繁多、色彩艳丽、花朵大，又正是在游客量高峰的时候开花，十分惹人喜爱。应该发挥这一品种的优势，打造一片大丽花园区，虽说不能赛牡丹园，但也完全可以打造成黄荆花园的优质品牌。在听取多方意见后，李书记也谈了他的初步设想：先动员全镇人民，在黄荆的公路两边种植花草，让人们一踏进黄荆的地界，就有"青山点头致意，鲜花夹道欢迎"的美感。李书记说了，也组织实施了，黄荆也变了。种花引蝶，繁花静候，彩蝶纷飞，一幅幅多姿多彩的流动画卷梦境般映入游客的眼帘，让人赏心悦目、流连忘返。多年前公路还是泥石路，在通往官山的路上，就有黄荆彩蝶谷出现，后来又消失了，有人写过一篇文章《黄荆彩蝶谷今何在》。如今，彩蝶谷又再现了！

2022年的黄荆，经历了一场前所未有的巨大考验，青山更加青翠。

2022年9月15日

水墨桂花大峡谷

　　四川省泸州市古蔺县桂花场既古老又神秘，有许多传奇故事。有史以来，桂花就是古蔺城经流沙岩—石羊坪—伤心坡—香楠坝—桂花场—墩梓场—水尾通往泸州等外界盐马古道的必经之地。笔者曾经多次去看古老的"人祭桥"——大朋桥，也很想去看骆家碑林和制作丹青染料的那些大石缸，看看神奇的恐龙脚印化石，但始终未能如愿。几天前，接到桂花镇朋友的邀请，到桂花观景赏花考古，看千亩荷花。

　　过了普照山"黄荆老林"大石碑就是桂花地界了，大闹沟被雨水和浓雾遮住，什么也看不见。据说，西面来的雨云往往就是被这里的群山挡住，滞留在箭竹坪、普照山、斧头山、老鹰山西面的叙永地界，翻不过去，所以才有民间"打不湿的古蔺，晒不干的叙永"之说。

　　过了大闹沟，回头一看，马上就被眼前的壮观震惊了，远远地看见笋子山前面的普照山山顶间，自西而东，3条白色瀑布像仙女投下的白练飞泻而下，雨随风回，云雾缥缈，山在雾雨的围帘中若隐若现，把雾雨山水泼成了一幅幅瞬息万变、精美绝伦的水墨画，我们如观仙境。到了香楠坝桥头拐弯处，你不得不回头。但见休闲山庄头顶的山坳，一股夹杂着丹霞泥沙的水流下，被梯级岩石摔得粉碎，水花泛着水雾掉进水潭，与汇聚四山的雨水一道，奔向峡谷穿桥而去。

　　桂花河大峡谷如果从香楠分道的石桥处算起，沿河而下，到叙永水尾画稿溪村和青杠村（墩梓场），全程近40公里。方圆100平方公里范围内，雨水从四周的高山涌来，归于桂花河大峡谷：东北面有古蔺最高峰斧头山西南坡，南面有老鹰山西北坡，西北面有官山西坡，还有大寨乡西北面的高山等，相对谷底高差在100至300米。所以，一到夏季，桂花河的水量很大，汹涌澎湃，两岸水量大的飞瀑随处可见，看似像是从山顶冒出来的，其实都是峡谷山外黄荆那样的高山沟壑积雨的杰作，山水倾下，蔚为壮观。

雨中穿过桂花镇街，沿桂花河到与大寨乡分路的地方，再沿桂花河顺河而下，便进入近30公里长的桂花河丹霞大峡谷，行进在白加黑的公路上。谷底红红的洪水咆哮奔腾，两岸壁立千仞，青山、崖壁在车窗外一闪而过。到了公路边一道壮阔的红色瀑布前，一个穿红裙和一个穿白裙的美女忍不住了，突然跳到瀑布前："来，给我们拍一张。有美景没有美女不算美照。"一红一白，一胖一瘦，相得益彰。咔嚓一下，美照真美：丝雨围帘，白雾如纱，人似闺秀，红裙白裙红瀑布，立于其中，灵动起来，朦朦胧胧，美到极致。

行进了大约10公里，往左拐进了桫椤沟，一条窄窄的峡谷。突然，在高山深处的桫椤群上，雨帘中一道近百米高的瀑布从山崖顶倾泻下来，远远望去，红红的崖壁挂起彩练，水柱跳上崖壁落下时，又溅起层层水花，水漫公路，瀑布与山沟里狂奔的洪水连接起来，蔚为壮观。天水相连，"飞流直下三千尺"也许就是这里的感觉。

山色在雾气和雨水中流转，桫椤在风中摇摆，明明暗暗，若隐若现，眼前泼出一幅幅绝妙的雨中山水图。大家兴奋至极，相机、手机拍个不停，美照即刻传上微信，与朋友们共同分享这难得一见的美妙景色。"真没想到，被黄荆老林美景掩映的桂花河大峡谷，竟然美得像一幅自然泼出的水墨丹青！我在这里获得了宝贵丰富的故乡山水图的创作素材和灵感，桂花大峡谷，我还会来的……"89岁的老画家杨茂林先生激动地说道。

2019年9月9日

蝉鸣，长滩的生命交响曲

上天赐给古蔺人民的风水宝地：北纬28度线上的黄荆原始森林。海拔1848米的古蔺最高峰——虎头山，就耸立在这430多平方公里的崇山峻岭的茫茫林海中。这一片原始的老林，是动植物的天堂，飞禽走兽、奇花异草、珍稀树种繁多，它们是真正的原始森林的原住民。

高高的海拔，夏日清凉，更是人们消夏纳凉的好去处，老林深处的长滩就是不二选择。

蝉鸣是长滩夏韵又一道简单而亮丽的风景。这里最好的景致就是"玩水游山赏翠绿，迎风看鸟听蝉鸣"。这里的蝉鸣从山林中奏响，在山谷间回荡，是一种最普通的夏天的生命交响曲，这里的蝉也是成熟和丰收的歌者。它们也能跟人类一样高高在上，在夏日的绿荫中大大方方地自由歌唱，唱出心底的欢欣，唱出大自然的美好，唱出对金黄收获的喜悦。

长滩有三种蝉鸣合奏：一种是普通的黑蝉，与中国广袤大地上的蝉没有什么两样，一叫就是"叽……叽叽叽……"似乎是噪声；一种是绿蝉，大小与黑蝉差不多，唱起来有点儿别样"古尔古尔……"还有一种也是绿蝉，只有小拇指那么大，发音却是"谷呀……谷呀谷呀……谷呀呀呀……"恰似一种带金属声的长调，又像铜笛的高音。沙哑的、清晰的、长调的都有。

在城市，花园里的蝉鸣有时让人心烦，午时蝉鸣心意乱，恨不得把窗外那高枝拔掉。但在长滩，蝉鸣是这里夏日清凉时一种绝佳的享受。欣赏蝉韵丝毫不亚于听一场大型音乐会，那样陶醉，总觉得声声沁脾、段段铿锵：有时如高山流水，恍若置身于静谧的湖面，观扁舟轻扬，让人忘却了忧虑；有时如四面楚歌，似千军万马呼啸而来，震撼着那些沉闷的心绪；蓦然间又像是孔雀东南飞，恰似蓝天白云下的颤动。一曲曲震撼山谷的交响乐常常伴随着善变的娃娃脸，风雨雷电突然降临，音响在山谷中戛然而止。歌者的天籁余音与雷电轰鸣交织，一旦放晴，也只有蝉鸣留在山谷中。

每当曙光初露，几声鸟儿报晓的鸣叫之后，蝉儿们便开始歌唱，人们从睡梦中醒来，便成了它们的忠实听众。森林中一大早便会传出单调的蝉鸣，"叽……叽叽……"从低沉到尖锐，也不知是哪只蝉，也不知是绿蝉还是黑蝉，犹如合唱团队的领唱，率先放歌，划破黎明的寂静，随后高亢而洪亮的金属声从林间飘出，几声领唱过后，蝉儿们在那绿意氤氲的高枝歌坛上，便一个个地登台尽情演唱。追随者们顿时收腹发力，旋即在崇山峻岭中吱吱呀呀地各自歌唱起来，汇集在沟壑间发出阵阵共鸣。在跌宕起伏的吟唱里，没有哪一个愿意收敛自己，而是敞开胸怀，穷尽浑身气力，奉献出最美的音色，随之而来的便是铺天盖地的大合唱。一阕又一阕，虽有停顿，但没有长歌，一只唱罢一只登台，一声盖过一声，在幽深的峡谷丛林中，成千上万的群蝉轰鸣，没有间隙。

午后，烈日当顶，此时的蝉鸣格外深情，似乎变成了多声部的合唱，以其优美的音色、明快的节奏，吟诵着一首首动人心魄、催人上进的长诗。午休的人们把它当作催眠曲，在山谷的共鸣里渐渐地醉入梦乡，一觉醒来，精神抖擞。休闲娱乐打麻将的人们，在稀里哗啦的麻将声与蝉鸣交汇声中乐此不倦，尽情地享受着大自然馈赠的美妙大合唱。

黄昏的蝉鸣淡定从容，时而如行云流水，在红霞中飘荡；时而低回山林，犹如山泉甘润柔美；时而似情歌对唱，一句三叠，恰似诉说着无尽的缠绵、无限的惆怅；时而如惊涛骇浪，拍打融会着山野生灵心地沉淀的情绪。夕阳西下，当山村人家窗棂透出亮光，蝉声渐渐寂寥。

"落日无情最有情，遍催万树暮蝉鸣。听来咫尺无寻处，寻到旁边却不声。"此时，消夏的人们酒足饭饱之后，卡拉OK的音乐又在山谷中响起来，蝉儿又禁不住农家霓虹的诱惑。"哇，那里有只蝉儿在唱歌！"突然，一个小孩指着农家电线杆的路灯下惊叫起来……

长滩有一种蝉鸣很特别，"喔呋……喔呋儿喔呋儿喔呋呋儿喔呋呋呋儿……"的蝉鸣叫起来嘹亮悠长，如果是老外来到这里，可能就要听成"Wel……Wel……Welcome"，群蝉鸣叫，不就演绎成了"欢迎欢迎"了吗？又恰似一曲曲热情豪放的迎宾曲！

蝉儿们从晨曦开始，高亢的长调一经拉起来，直至夜幕降临方才收工，简直勤劳得忘乎所以。长滩的蝉鸣，常常伴随着清凉微风的飒飒声，鸟儿的鸣叫声，偶尔传来山泉的滴答哗啦声，交相辉映，汇成了恢宏和谐的美妙乐曲，回荡在幽深的峡谷中，让人们尽情地领略大自然优美无比的天籁之音。只有漫步在烧炭溪边11公里长的骑行道上，才能尽情体验夏日长滩里浓烈的山谷野趣和浓浓的乡情。

"蝉噪林愈静，鸟鸣山更幽。"长滩的蝉鸣近乎一种禅韵长歌，从日出到日落……

2022年10月16日

黄荆彩蝶谷，知向何方

黄荆老林，这个位于古蔺境内、蜀南黔北交界处保护完好的原始森林，被誉为"北纬28度线上最后的处女地"。这里除了森林碧绿，瀑布如画，氧气富足，盛夏凉爽，是人们旅游观光、休闲避暑养生的绝佳境地之外，也是人类的动植物基因宝库，是令许多生物爱好者趋之若鹜的理想天堂。

我曾有幸在这里与一群五彩蝴蝶相遇。

20世纪90年代，黄荆还没有进行旅游观光开发。通往原始森林的道路，除了崎岖惊险的原始山路外，仅有一条伐木工人运输木材的坎坷车道连通山外。1995年盛夏的一天早上，我乘坐一辆通工车前往黄荆老林莽童坝，路过桃子坝、黄荆公社后，来到一个U形弯道处，遇上一群色彩斑斓的蝴蝶。这个生灵集结号，可以说赤橙黄绿青蓝紫的颜色都有，真是多姿多彩、妩媚动人。这群美丽的天使正在黄荆湛蓝的天空下翩翩起舞，有的在空中追逐嬉戏，有的栖息在周边的树叶上，有的在花丛中吸吮甘露，还有的在两旁的湿地里戏水乘凉，更有一排排密密麻麻的蝴蝶在流着溪水的红色石子公路道上栖息、戏水，形成一道屏障，坚定不移地挡住我们的车辆，甚至有许多不长心眼的蝴蝶碰死在车窗上。我们赶紧停下车来，放眼望去，有成千上万的蝴蝶在这不到100平方米的范围内集结，场景蔚为壮观。当时我们认为可能是蝴蝶在这里发现了某种身亡动物，而这种动物正好是它们的美食，故而集中在这里。我们用树枝赶飞了道路中栖息的蝴蝶才得以继续前行。

1998年夏天，我因为陪同一个客人到黄荆，再次路过此地。这次有一个黄荆本地的乡干部同行。车行至故地，我惊讶，与几年前同样的一幕再次出现在眼前。同行的乡干部对我们说："这里不知道有什么东西吸引蝴蝶。每年夏天，这个地方都有成千上万的蝴蝶前来，而且这里的蝴蝶还不怕人，不怕车，你站在那里，它会往你的身上飞。"我们赶紧下车，欣赏了难得的奇观，分析它们成群结队在此聚集的缘故。我查过资料，蝴蝶有食肉的，有采花蜜的，有食树叶的，还有喜欢潮湿阴凉的。我们环视了四周，也没有特别的花种，只有黄荆遍地都是的树木花草；细细地闻，也没有闻到特别的气味，更没有发现蝴蝶喜欢的食物，甚至连异样的植物动物也没有，到底是什么吸引了它们呢？我们仔细看了周围，没有发现异常。为什么有这么多蝴蝶集中在这里？我问这位乡干部，其他地方有成群结队的蝴蝶吗？这个奇观你们给有关部门报告过吗？有没有什么科学的说法？一路上，我们热烈地聊着这一观赏资源，并觉得完全可以开辟成蝴蝶谷旅游景点，它一定是黄荆老林中的又一别样奇观。

记得20世纪60年代，有一部风靡全国的爱情电影《五朵金花》。这部电影不仅因为白族演员杨丽坤的美丽吸引了观众，更因为电影中一对男女青年对唱的一首《蝴蝶泉边》歌曲家喻户晓，让人们永远记住了一个叫"蝴蝶泉"的地方。"大理三月好风光，蝴蝶泉边好梳妆，蝴蝶飞来采花蜜，阿妹梳头为哪桩？"这首情歌犹如彩蝶飞舞，吸引多少有情人到蝴蝶泉圆梦。改革开放后，云南的有识之士抓住机遇，按照影片的故事情节，在电影拍摄的地方——苍山脚下、洱海旁边的大理，人工打造了一个旅游景点——蝴蝶泉公园，并演绎出一个美丽的传说作为宣传语，再现当年金花与阿鹏的对歌情景，吸引了众多游客前来观光旅游。

2008年，我慕名前往云南旅游，来到了心中渴望已久的大理，专程去游览了蝴蝶泉。

蝴蝶泉公园位于苍山云弄峰下的绿树丛中，方圆有数百亩，由蝴蝶泉、蝴蝶标本馆、蝴蝶泉公园3个部分组成。闻名遐迩的蝴蝶泉是一个占地约50平方米的人工打造的方形潭，池中有清澈的泉水，四周砌有大理石栏杆。"蝴蝶泉"3个字为郭沫若所题。泉被2棵粗壮弯曲的大合欢树浓荫覆盖。蝴蝶泉公园内种有许多树木，有松树、柏树、棕榈树、茶树、杜鹃树、毛竹以及合欢树、酸枣树、黄连木等本地特有的芳香树种。导游说，相传，以前每年农历三四月，云弄峰上百花齐放，泉边的大合欢树散发出一种清香，这种清香吸引着成千上万只蝴蝶从四面八方飞来，在蝴蝶泉四周飞舞。无数蝴蝶还勾足连须，首尾相衔，一串一串地从大合欢树上垂挂至水面，五彩缤纷，甚为壮观。每年这个时候，四方白族青年男女都来这里，用歌声找自己的意中人，即白族人的"蝴蝶会"，也是大家所熟悉的电影《五朵金花》里阿鹏、金花对歌谈情的地方。

跟导游熟了，导游说出了一些真相："徐霞客在游记中曾有记载，每年到蝴蝶会时，成千上万的蝴蝶从四面八方飞来，在泉边满天飞舞。什么泉，具体位置在哪里，谁也说不清楚。其实，蝴蝶泉仅仅是一个电影剧本选景的命名，电影《五朵金花》把它炒红了。过去这里叫什么名字，有没有蝴蝶都说不清楚。据说那棵招引蝴蝶的树被淹了后，就再也没有蝴蝶了，我们谁也没有看到过，也不知道郭沫若当时题字'蝴蝶泉'是不是真看到了。如今并没有什么蝴蝶聚会，你们偶尔见几只蝴蝶，都是人工养在这里的。要见更多的蝴蝶，只能见标本，可以到蝴蝶标本馆去参观。"

50元一张蝴蝶泉的门票毫不犹豫地买了。

10元一张的门票去看蝴蝶标本馆。

20元租一套白族姑娘的衣服照相。

而且感觉花得值得，心甘情愿！这就是云南人的智慧，蝴蝶泉的魅力！

　　黄荆老林是一个天然的动植物基因库。林区总规划面积9122.6公顷，森林覆盖率99.14%。景区内古木参天、林海茫茫，有野生高等植物1699种，其中，大理蝴蝶泉公园所拥有的松树、柏树、棕榈树、茶树、杜鹃树、毛竹以及合欢树、酸枣树、黄连木等本地特有的芳香树种，这里也有。有野生脊椎动物314种（其中猕猴、黑熊、云豹等国家重点保护野生动物36种），还有许多飞行昆虫动物，如蝉、蜻蜓、蝴蝶等极为常见，其生物多样性极具价值。

　　由此启发我们思考：我们黄荆的蝴蝶成百上千、千姿百态，这是我们独特的宝贵资源呀！难道不可以打造为蝴蝶谷吗？如果有关部门重视，有更多的生物工作者及时发现、研究并加以保护；如果有更多的文人墨客为它宣传，用文化的力量赋予它更多的内涵和想象；如果有更多有远见的开发商为景区投资；如果……那么，这里肯定会诞生一个闻名遐迩的美丽景点——黄荆蝴蝶谷。

　　然而，如果毕竟是如果。今年夏天，我来到黄荆休闲康养，想起了我心中的蝴蝶谷，忙询问，现在的年轻人已不知有此美景。一个80多岁的原住老人说："山顶是灌木，山腰经济林，河谷种竹子。头些年烧山造林，有的山头是整山烧光，人工建造速生丰产林，好多原生珍稀树种都绝种了，哪还有什么蝴蝶谷哟……"凭着记忆，我迫不及待地驱车前往寻找……故地周围的树种正是一片人工建造的速生丰产松树林。当年的树藤、花草、湿地、水流再无踪迹，红碎石公路已经扩宽成"醉美乡村水泥公路"，再也没有往日的蝶恋美景，再也没有蝴蝶集结号的踪迹。

　　黄荆蝴蝶，你今何在？好想重返"蝴蝶谷"。

2018年9月7日

黄荆有棵珍奇树

　　地球北纬28度线上唯一仅存的一片原始森林——古蔺黄荆老林，被誉为植物基因宝库，森林覆盖率96%以上。那里保存着数千种珍稀树种，其中国家一级保护树种有桫椤、红豆杉、珙桐等；二级以上保护树种有香果树、红山茶花、福建柏、三尖杉，有几百年老树金丝楠，有罕见的黄荆老林命名的黄荆树，有黄荆迎客松之称的黄荆岩楠等。还有一种树木，不知你是否听说过、看见过，它的名字很特别，叫猴欢喜！

　　今年盛夏，我们来到黄荆老林黄长公路长滩方向，紧邻汽车露营基地的和缘山庄避暑。与和缘山庄相邻的花竹林农庄门前有一棵珍奇树，人们叫它猴欢喜。因为这个鲜为人知的特别名字，引起我的特别关注。我迫不及待地走近这棵奇特的树前，只见树上挂有一块木牌，上面有树的介绍："猴欢喜，Sloanea sinensis，杜英科猴欢喜属，常绿乔木，分布于长江以南阔陆林山谷中。高可达20米，树冠浓郁；叶大小形状多变，但多为长倒卵形，叶柄基部膨大，花期9至11月，果次年9至11月成熟，蒴果球形片裂，外面密被针刺，成熟时紫红色，开裂的内果皮紫红色，种子黑色具黄色，是珍稀保护树种。"

　　乍一看这个树名有点儿特别，是学名还是戏称？什么叫猴欢喜？为什么取名猴喜欢？是因为猴子欢喜这种树而得名，还是树木主人有意炒作，让人猎奇博客？或者果真确有其名，确有其树？我怀着极大的兴趣，和树的主人聊了起来。

"这块树牌是你们自己钉上去的吧？为什么取名叫猴喜欢？是它的学名，还是你们自己命名的？或者有什么典故？"

主人没有说明树名的来由，只是指着树顶说："你看上面的花朵和果子，同花同果，奇怪吧？这树花果期很长，从今年的8至11月开花，果期在明年7至9月，所以，基本上一年四季都看得到树上的花、果，你们每年七八月份来黄荆纳凉，正好可以看到花果同树的奇观。可以说是一棵常青、常花、长果树，你说稀奇不？之所以叫它猴欢喜，有几种说法：一是果子成熟时，野外的猴子以为是板栗，个个抢着去采，准备饱餐一顿，谁知剥开后很多果荚里面是空的，空欢喜一场，因此被取名为'猴欢喜'。二是果实色彩鲜艳，表面有一层毛如猴毛，成熟的果实自然开裂，露出深黄色的种皮及褐色的种子，形似猴的面孔，山上的猴类十分喜爱，常常下山爬到树上摘果，因而被命名为'猴欢喜'。当然，我们看到的是这种果实很像猴的脸面，周围的大森林里不时有成群结队的猴群撒欢觅食，门前这棵树也偶有猴子前来摘果，因此叫作猴欢喜。"

听他讲得这么神奇，我有点儿怀疑。带着好奇心，我打开百度进行搜索，希望找到科学的依据。没想到输入"猴欢喜树"的名字，竟然有1200多条的读者解释。

比较靠题的科学解释是与猴子有渊源的有趣树种。

猴欢喜［拉丁学名：Sloanea sinensis（Hance）Hemsl.］，乔木，高20米；嫩枝无毛。叶薄革质，形状及大小多变，通常为长圆形或狭窄倒卵形，长6至9厘米，最长达12厘米，宽3至5厘米，先端短急尖，基部楔形，或收窄而略圆，有时为圆形，亦有为披针形的，宽不过2至3厘米，通常全缘，有时上半部有数个疏锯齿；产于广东、海南、广西、贵州、湖南、江西、福建、中国台湾和浙江。生长于海拔700至1000米的常绿林里。越南有分布。其木质坚重，可作材用，树皮、果壳可提制栲胶，是珍稀保护树种。

没想到这棵珍奇树种还有这么多趣味横生的故事。这棵树是主人家的招财进宝树，许多顾客因这棵珍奇树去他家食宿，也每天在树荫下乘凉、聊天、玩棋牌、吃饭，观察是否有猴子前来栖息、捕食。

朋友，不信就来看看！

2022年8月25日

黄荆镇原林村金鱼溪特殊的居民点

　　这里被称为养生原林苑，幸福自然居。

　　这里依山傍水，交通便捷，通信顺畅。

　　这里山清水秀，蓝天白云，空气清新，环境优美。

　　这里翠竹青青，小桥流水，风清气爽，诗情画意。

　　如此风光旖旎、环境优美、空气清新、居住舒适的美丽民居，你知道是谁在此居住吗？

　　谁也不会想到，这里居住的竟然是原林村精准扶贫的易地搬迁贫困户。

　　黄荆镇原林村2组兜底贫困户韩昌文一家旧居，正是住在新居民点的点口上。曾经靠勤劳致富的一家人，修起来一幢砖混平房。上门女婿成了一家老小6口的顶梁柱，却因天有不测风云，在一次砍伐事故中意外身亡，这一家子因而成为特困户。家里现有4口人，老伴瘫痪在床24年，吃饭也要人喂，去年刚刚去世；女儿有病，乡上精准帮扶月发放兜底金930元，被安排在金鱼溪居民点做环卫，每月300元，全家月收入1230元。小外孙才7岁，在乡上上小学，乡政府兜底免学费。大外孙肖紫薇17岁，去年考进县城职高电子计算机专业班学习，学校免学费，自己负责生活费，成绩优秀，全班第一，在全年级400多人中名列前10名。孩子懂事努力，生活节俭，每月生活费比其他同学节约一半，准备努力学习毕业后考大学。

在各级帮助下，如今生产生活条件大为改善，老人家对未来充满信心。

肖紫薇在一次微信回访中说："感谢一直默默关心我们、帮助我们的好心人士，可是我知道别人对我们的帮助是有限的，想要改变现在的状况，最好的方式就是依靠自己。对我来说，最好的方式就是多读书，学习更多的知识，充实自己，迎接更多的挑战。总之，非常感谢帮助过我们的人，我不敢保证以后会成为多么成功的人，可我会尽力让自己做到最好，多做有意义的事。目前的愿望就是考上大学吧。"

这里居住了类似韩昌文这样易地搬迁的88户精准扶贫对象。

镇村将采取综合措施，致力于2019年使黄荆镇原林村88户贫困户如期脱贫。

金鱼溪易地扶贫搬迁聚居点，当年高大繁茂的"红军树"依然守护在村口，景色秀丽。这里将打造成集生态旅游、红色教育、文化传媒、学习培训、生态种植、康健养老于一体的扶贫新模式。阳光照耀下的金鱼溪明天将更加灿烂。

2019年8月15日

四川古蔺"黄荆龙"考察记

在地球北纬28度的地方，有一片唯一尚存的古老原始森林，方圆430多平方公里，人们叫它黄荆老林。

一

泸州的夏天闷热难耐，人们都想找一个清凉的地方避暑。最近几年，我每年都到古蔺黄荆老林的长滩住上一个来月，三伏之后转凉再回到泸州。

每每到了黄荆，一股清新凉爽的感觉便涌上心头。交错的沟壑，青翠的山岭，清澈的溪水，真是让人赏心悦目。高耸的山崖上，有树冠硕大的乔木，有茂密生长的灌木，更有盘根错节缠绕古树的古老藤条，整个沟壑的绿色看起来古老厚重又不乏青翠欲滴。太阳月亮、风雨雷电时时刻画出美妙的壮景。厚重的植被，成了这大山里永动的制氧机，富氧蕴藏在山沟里，空气特别清新，沁入心肺，倍感舒坦。偶尔遇见的山民家炊烟，往往缭绕在厚厚的楠竹林中。在皎洁的月光下，前来纳凉的人们会聆听当地人讲述着许多山里的故事。其中，黄荆原始森林里"深山卧虎龙"之谜，成为人们津津乐道的话题。

85岁的村民何平仲说："1935年1月，红军路过我家门口那天，我降

159

生在黄荆老林。"他们家族迁居黄荆，到他已经是第14代了，如果以20年为一代，他们家族在这里繁衍生息也有近300年的历史了。过去，他常听老人说，山里有野人，老虎、豹子、蟒蛇更是常见，野猪、野熊则是林子中的大户。民国前期，有一头老虎在桂花场的地界上偷吃了一头牛，被村民追赶了3天，后被围杀在桂花河的峡谷里，黄荆从此绝了老虎的踪迹。20世纪50年代，豹子伤人事件时有发生，古蔺大山里仅有的一只老虎和数百只豹子也被赶尽杀绝。80年代，有一头野猪被干枯的树杈夹住了睾子，它只知道进却不知道退，动弹不得……这样的故事真是太多太多，这里是野生动物的美好家园，它们在这个原始森林里生存了千年万年。人进虎豹绝，自然的生态圈被撕开了一个无法弥合的缺口。现在好了，国家封山育林，禁止捕杀野生动物，偶尔还能看见熊、野猪、岩羊的影子。

二

一天清晨，暴雨过后山林浓雾弥漫，雾与山林的黛色在明暗中交错，一幅幅水墨画在眼前流动，移步换景，美到极致。沿着从海拔1848米的笋子山发源的烧炭溪漫步，美景让人心脾清爽，竟不知走了多远。我走到了长滩两河口农家山庄的何伦家。

何伦50多岁，家里开了个农家山庄，每到夏季就接待八方来客，这几天正忙得不亦乐乎。见我来了，他便急忙招呼："老李，来坐，喝杯茶。"我说："黄荆的山水真美，空气也好，心旷神怡，使人增寿。""对头，我老爹活了94岁，2012年才过世。"他说："这几天搞不赢，媒体记者一拨一拨地来，去看长滩下面河南岩瀑布大石滩上的恐龙脚印，好不热闹！"又说："其实，有个地方他们还不知道，我父亲说的是很久以前古人留下的'仙人脚'。"他这一说，却拨动了我敏感的神经！还未坐稳，我赶忙迫不及待地问："在哪里？带我去看看。"

我兴奋极了，决意要去发现这块"新大陆"。

我们走到河南岩瀑布流下的小溪边，跨过去就是贵州地界，一条山民集资建成的摩托车道把四川与贵州的乡村公路连接了起来。我们走小路到离贵州公路约200米的地方，长长的丹霞岩下的河边，几块丹霞巨石矗立着。何伦指着石头上的印记说："你看，就是这个。"我仔细一瞧，四五个像猴子脚板印成的一道弧线往上延伸，每个印迹的间距约40厘米。清理干净再量尺寸，单个的脚印长15厘米、宽12厘米、后跟深3厘米，前浅后深，前面有5个明显的似手印的印迹。老何说，不知道这是什么东西，是不是恐龙脚印？其实我也茫然，更不知道是什么。后来，我心有不甘，决意要探个究竟。我几次逆河而上，仔细查找，发现从长滩的瀑布一直到贵州水路接贵州公路的近4公里的河边滩石上都稀稀疏疏地留有这样的遗迹。在与河南岩瀑布小溪的两溪交汇的河对岸，苍水岩巨石滩上发现了十分集中的"神仙脚"印迹，粗略数了一下，在这块约60平方米的河边巨石滩上，约有88个大小不同的类似"神仙脚"的遗迹！我以为这是一个重大发现，其实不然。这些"神仙脚"，我们无法判断是什么时间、什么原因留下的，是什么印迹。有人说是古人用錾子抠的，也许是古人类使用工具的造化。是路标？是记事？是图腾？也有人说是远古的猴子在还未凝固的红砂泥浆上踏成的，也许是恐龙的自然遗迹吧，也许只有天才知道。只有让专家学者来考证了。

三

无巧不成书，我还真有这福分。这天，我刚离开黄荆回到泸州，黄荆镇文化站的徐挺来电说："李老师，明天北京的专家要到黄荆来考察恐龙脚印遗迹，你参加吗？"真是让我兴奋，我发现的"神仙脚"应该有眉目了。我马不停蹄地赶回黄荆，随行考查。

考察组由中国地质大学（北京）副教授、博士生导师邢立达，中科院研究员、自贡恐龙博物馆原馆长彭光照等多位国内外知名古生物学家组成。这是一支真正的野外科考组，摄影、录像、无人机等设备一应俱全，还带了一个导演组。他们是有备而来的。

到达工作地点后，首先查看地形地貌，然后再寻找脚印化石遗迹和行径规律。确定以后，用粉笔把每个脚印边沿的形态描绘出来，并标注每个脚印是前脚还是后脚，是左脚还是右脚，以利于拍照。脚印大小，步幅长宽，一一尺量后记录。对每个标注的脚印拍照后，最后用无人机定位航拍。这样，就完成了全部工作。

在探秘长滩河南岩瀑布石滩恐龙行迹化石群过程中，发现有多条有规则的蜥脚类植食性恐龙足迹行径化石路线，至少有3种恐龙脚印化石。小瀑布前的脚印最大，约为35厘米×23.5厘米，左右脚形清晰可见；最小的也有人的手掌大小，并且是两只按一字步并行的兽脚类恐龙化石印迹；最多的一条有23组十分符合恐龙行径的圆形恐龙脚印遗迹，整个石滩上这种足迹化石达100多个。邢教授说："你们看，这个恐龙走路脚印是'外八字'，四条腿：左步前右后跟，右步前左后跟；兽脚类恐龙脚印的恐龙化石行径，则表现出'一字步'路线图。这足以证明史前恐龙到过这里。"邢教授这么一讲，在场的人无不惊叹，心中豁然开朗，真是大开眼界。

这次实地考察，经过青年古生物学者邢立达等专家现场鉴定、确认，古蔺县黄荆金鱼溪的恐龙脚印化石，是一组形状非常清晰、完整的三叠纪时期恐龙足迹化石。

在考察完河南岩瀑布的恐龙脚印化石后，邢教授说："这是一个三叠纪时期沉积的恐龙脚印遗迹化石，这对四川盆地西南缘地质变迁的研究很有意义。四川盆地的地质沉积很厚，有的达近千米，一层一层叠起来，叠到第三层的就叫三叠纪。这里的发现，说明近2亿年前这里的气候湿润温和、水草丰美，才有这样的大型动物出现。很有意思的是，代表三叠纪的典型红色砂岩石向我们表明，当时的气候比较炎热干燥，这种恐龙脚印遗迹大多出现在干旱地区，而这里的遗迹现在都还与水相伴，十分罕见。当然，那时这里（黄荆老林）的地貌绝对不会是现在这个样子的。"

四川自贡恐龙博物馆研究员彭光照说："这次考察，填补了四川盆地三叠纪、白垩纪时期恐龙化石发现很少的空白。以前四川盆地发现的主要是骨骼化石（如自贡恐龙骨骼化石），而且是在侏罗纪时期的特别多，白垩纪的几乎没有什么发现。古蔺黄荆的白垩纪恐龙足迹的发现，填补了这样一个空白，所以这就是它的意义所在。而且这个恐龙足迹的发现，对于我们研究白垩纪时期四川盆地的生态环境、地质背景意义重大。"

有点儿遗憾的是，我发现的"神仙脚"，专家们看后却没有答案。

专家的定论，作为古蔺人，我太激动了！黄荆有龙，我姑且把它叫"黄荆龙"。十年树木，百年树人，这群恐龙脚印遗迹却是经过亿万年才形成的……这是上苍赐给古蔺的宝贝，它是无价的，是不可复制的，是唯一的！

四

发现保护，开发利用，这无疑是大自然为人类提供的有效资源。黄荆何平仲老人说："什么叫保护？不开发就是最好的保护。"当然，从自然意义上来说，这句话也许有道理。但是，与经济发展又有一些矛盾。"菜刀切豆腐，两面取光"，既要保护又要利用，则是人们应该认真思考和研究的课题。

"黄荆龙"脚印遗迹的发现，我们不得不对黄荆镇文化站站长徐挺的艰苦工作表达敬意。他由桂花小学一名教师改行到桂花文化站工作，从2014年开始关注并寻找黄荆、桂花这片神奇土地上的恐龙足印化石。通过几年来不断寻找，他在黄荆镇的石庙沟、汉溪村的小河沟、田坝村以及金鱼溪、长滩的河南岩瀑布，相继发现了7个恐龙足迹化石点，让成百上千的恐龙脚印遗迹化石呈现在世人面前。他的发现无疑为古蔺这块藏龙卧虎之地增添了一张亮丽的名片，对推动古蔺的旅游业发展大有好处。如果能够在黄荆恐龙遗迹化石点上建起国家地质公园，既保护又供游人观赏，岂不两全其美！如果把它与古蔺县境内发现的古人类、古生物化石遗迹综合利用，也不失为一个好的主意。应该把白泥的恐龙脚印遗迹、石屏野猫洞和鱼化水洞坪的古生物化石、石屏的古海底生物化石的实物或模型以及观文水库古生物化石发现地遗址等，制作成影像资料，在黄荆镇建一个像模像样的恐龙遗迹化石博物馆，向世人全面地展示古蔺这块风水宝地。

看看吧，在地球北纬28度线上，有一个迷人的地方——黄荆国家森林公园。这里藏龙卧虎，它们来自一个遥远的地质年代——三叠纪、白垩纪。

2020年8月31日

原载《川江都市报》2020年9月14日

2020年9月17日今日头条刊用

轿顶古韵

JIAODING GUYUN

齐安宫，古蔺县城古老的宫殿

古蔺流传着一句老话：古蔺齐安宫，叙永春秋祠。

齐安宫千呼万唤始出来，在多方努力下，古蔺县城迄今唯一保存完好的古老建筑群原齐安宫内的帝主宫正殿又呈现在民众的眼前。

现存帝主宫是省级重点文物保护单位。帝主宫正殿保护维修工程，投资20余万元，对齐安宫仅存帝主宫正殿后部分两侧的改建门窗实施恢复，排水暗沟进行排堵疏通，天井水泥地面进行处理，所有木构件进行防腐、防虫、刷漆保护，对脱落木雕撑拱、垮塌檐口、墙体进行修复。省上专家指出，齐安宫作为规模比较大的古建筑院落，除了要加以保护，应该把齐安宫按照规划维修打造出来，要与古蔺的少数民族文化（主要是彝族文化、苗族文化）结合起来，要有地方特色，研究如何与旅游开发市场接轨和加大自身发展。

一直以来，齐安宫在古蔺县城人的心目中就很神秘。现在，谜底终于大白于天下。

《古蔺县志》记载："黄州会馆建于光绪二十三年（1897），又名齐安宫，取黄齐、黄安二县名，址今城中药材仓库。系湖北省黄州府属黄齐县、黄安县商人筹建，又名黄州会馆。会馆建筑金顶流光、琉璃飞彩、画栋雕梁、挺拔轩昂。馆内有殿宇、楼台、戏园、神像、客房、餐厅，并购有庙产25石，设有大、二管事及和尚沙弥料理馆务，迎送应酬，上香换水。黄州会馆遂成黄州商人驻蔺商务中心。会馆在蔺统率商号25家，年集运烟土至3000挑。至1910年，黄州商人相继返回湖北，会馆自泯失。"帝主是古代黄州人的道教信仰。帝主宫曾是祭奠黄州先人的神庙，他们为了团结同乡，互相帮助，更好地开展商业活动，在全国各地建有帝主宫。唐朝时黄州为齐安郡，因而帝主宫也称为齐安公所。

1950年后，齐安宫成了新政府经营药材的地方，加工、存储、销售具有古蔺地方特色的中药材，对外关闭，周围被民居瓦房包围，东面紧挨田家老宅等民房和一条小巷子，西面紧挨曾家老宅、城关派出所和蹄形巷，前面临街，后面是城关一小操场。四周的行人只能看见那高高的封火马头墙，齐安宫从此变得神秘起来。

尘封了70年，齐安宫究竟长什么样？

齐安宫是具有徽派马头墙建筑风格的传统汉民居二进式四合院，是神庙与会馆相结合的产物，由一进齐安宫和二进帝主宫组成，布局为封闭式二进四合院，木结构穿斗梁架式建筑。分为大门、第一进院、大堂、第二进院、戏楼、书屋、住宅等，两侧有厢房，各房有走廊，隔扇门相连接。现存较完好的部分为二进帝主宫。帝主宫有雕刻精美的深浮雕石坊大门、木结构单檐歇山式屋顶戏楼、天井及天井东西两侧厢房、正殿。其中，一个七级藻井式穹隆顶四角亭又将正殿分为前、后两部分，前部分为客房，后部分为祭祀殿堂。

齐安宫现存古建筑群——帝主宫，坐靠西南椒坪花果园，朝向东北新田沟。有资料表明，建成时整个建筑群占地面积2419平方米，其中帝主宫占地面积1144平方米。拆除周围建筑后，现存帝主宫四周高达6米的围墙基本保持原貌，建筑占地宽约22米，长约51米，占地面积约1122平方米。里面有保存完好的琉璃瓦的戏楼一幢，会馆大殿瓦房两幢，偏房两侧各一楼。拆除的中药材公司街面砖混楼房为原齐安宫的进门和大殿，现地基到帝主宫大门约18米。建筑群地处古蔺县城老城的上街，离上桥200米，距建设桥30米。

　　我的两个发小段应林和李定其都是医药公司职工子女，就住在齐安宫里。那时住房紧缺，医药公司的职工和子女只能拥挤在齐安宫内有限的住房空间里。从他们记事起，齐安宫就是玩耍的天堂。几十年过去了，他们都还能清晰地回忆起那段难忘的生活。他们十分了解宫里的建构，还能详细描地述齐安宫。

　　齐安宫临街顺修的大殿，是医药公司的中药批发部门面。从街面5步石阶上去后，临街大殿的3道大门，都是既厚又扎实的木制大门，每道门都有横杠的顶门杠。门面房两侧都有高高的围墙。中间门是整个宫殿的中轴线，直通最后的大殿。临街进门是一个大殿，大殿的中间出门正对着帝主宫围墙的大门；进大殿中间门直走10余米后，有个小斜坡出门，再直走几米就是近20步石梯，跟着梯子上去，两边厢房中间是个小天井，过了天井就是帝主宫。

　　踏进帝主宫大门，门内正顶是戏楼，戏楼顶盖的是黄绿两色琉璃瓦。穿过戏楼楼底有个坝子，过了戏楼坝子往上是8步石梯子，8步梯上的两侧是一条走廊，一边（西侧）是上楼的通道，另一边（东侧）除上楼外还与一条小巷子连通出门。戏楼坝子两侧是一楼一底的板壁包厢房，包厢后面贴墙是过道，过道与戏楼后台连通。8步梯上向左右两方进包厢，戏楼、包厢、8步石梯上的过道形成一个方形通道。看戏的人就坐在走廊和两边厢房里看戏。8步梯上正前进去，中间是一栋二层木制小楼房，连接前后大殿，楼上可住人，楼下是走廊，过了这栋两层木楼就是最后的大殿。最后面的殿堂很大，堂顶是宝塔形设计。

　　三道街面大门的东侧紧靠田家民房还有一道小门，进门是宽约2米的纵深巷道，直通第二大殿。

　　戏楼房顶的瓦上不规则地用铁钉固定有琉璃两色仙桃，仙桃就拳头那么大，戏楼木质立柱和挑梁上有阴刻的花鸟图案；戏楼顶是4条彩龙，脊上2条龙头向中间抢铁杆竖立的元宝，棱上每条龙尾在上水，龙头朝下水并往上翘；所有琉璃材质的仙桃光彩可爱；现在放大照片看固定龙头的铁棒都看得到。房脊上和房檐上都有龙，3座大殿房顶脊上的龙很有气势。后面2幢大殿的瓦现在尚存，是原始瓦片。8步梯上面过道护栏墙是石材的，也有浮雕图案。防火墙面也绘有鸟兽花草，十分精致。大殿两头形状各异的马头防火围墙高出房顶，在那低矮的瓦房年代显得十分高大醒目和壮观。

所有房屋脊棱上的龙、仙桃及其他雕刻艺术品都在破"四旧"时损坏。1983年，街面的宫房大殿又被中药材公司拆建成砖混四楼一底的门面和住房。现在，宫中最原始、最完好无损的艺术品就是大门上的"帝主宫"3个字和框边的浮雕。

修复齐安宫，也不可能再现昔日众多的艺术瑰宝，现在只能让人抚今怀古，把思绪放在尘封的历史中。

2019年4月16日

原载《川江都市报》2019年5月18日

烟墩记忆

又回到了家乡古蔺，约了几个朋友坐在上桥对面的滨河路喝茶，天上地下、海阔天空地无所不谈，但更多的是谈论上街上桥胜利桥、烟墩居民点近几年的飞速变化，深刻感受到改革开放给山乡的强烈冲击和给老百姓带来"吹糠见米"的实惠。

河道里，只见挖掘机在桥下清理淤土，上桥也只能看见栏杆和半截桥拱。

看着将完工的5幢30层高楼大厦，原来高大的上桥则变成了小不点儿，烟墩不见了，墨宝寺不见了，大草房城西农贸市场不见了，原来破旧错落的棚户区被亮丽的滨河景观楼盘取代。东林先生心生感慨："城西上街现在是老城变化日新月异，旧貌变新颜，我们真是赶上了好时代。"兴奋之余望着高楼发愣，又陷入难以忘怀的追忆中。

东林先生从小生活在破旧板壁房、夹壁房的烟墩小巷街里，对烟墩情有独钟。情感的驱使把他带入如烟的往事中。

他说："有一次到民政局去办事，听说在征集古蔺县城的地名故事中，一些部门把古老的'烟墩'巷子写成了'烟灯'，给人造成一种错觉，好像是吃大烟的'烟灯'。"其实"烟墩"才是它的本名。从小耳濡目染，听老辈人讲，这个地方自古以来一直就叫"烟墩"。烟墩的名称是有来历的，就是"烽火台"的意思。烟墩原已故老人饶四顺（王学强的外公）家私房住址（后来祝梓湘住址），就是当时本地向外传递信号的烽火台。那时有烽火台，有3至4个当兵的驻守，使用狼粪、牛粪燃烧烟子大，称为狼烟。烟墩小街巷则是古蔺场落红坝西面的进出关口。相传烟墩最早是马帮和牛贩子到古蔺歇脚的地方，后来渐渐发展成了一条宽3至4米、长150余米的曲折巷街。烟墩也成了旧时兵家必守之地。烟墩小街往西出城后有3条古道与外界相连：一是经烟墩街道出城，过鹅公坝、彰德、德耀、箭竹坪、灯盏坪、震东到叙永；二是经烟墩街道，过胜利桥、飞龙河，沿流沙岩、伤心坡、香楠坝、桂花场（现桂花镇）、叙永水尾墩子场、纳溪打鼓、白节、丰乐到泸州；三是沿飞龙河、陈家塝、太平街、柑子坳、龙爪、黄荆老林到贵州赤水和土城。所以，烟墩就必然是商贾行者进城歇脚的地方，变成城西的繁华之地。一天，我无意中遇见年近80岁的"老烟墩"苏明介。一谈到烟墩，他一口就背出这样一首民谣："烟墩四五家，楼台七八座，八九十枝花。"我说还有呢，他说："老人们说的，我只记得这些。"这似乎刻在了他的记忆中，也折射出早期烟墩美女如云、市井繁华的景象。客栈、饭店、酒家门面并列，大部分人家的门面在经商营业，热闹非凡，曾经是小城最热闹的地方。

烟墩板壁瓦房里住有50余家，是典型的贫民窟。小街巷的民风淳朴，传统风俗浓厚，一代传一代，沿袭下来，也不知传了多少代。在小巷里，每遇哪家婚丧嫁娶，小街巷就"麻子打呵嗨——全体动员"，家家自动帮忙，自带桌椅板凳、碗筷，所以每家的桌椅板凳下面都写有自家的名字，方便使用后归还。家庭、邻里之间发生矛盾，就请德高望重的老人调解，只要老人出面调解，一般事情不出烟墩就解决了，大家都认可。一直到2017年西城的上街旧城改造，烟墩及其大石坝、椒坪河西岸的旧城棚户消失了，只留在老人们的记忆中，只能梦回烟墩……

烟墩的棚户原住民也走出一些响当当的古蔺名人。蔺阳中学校长王光华、祖传中医付正强、古蔺第一代包工头韩昌禄等，每个人都有自己精彩的人生故事，也流传过许多令人捧腹大笑的市井段子。

李东林，烟墩的原住民，创业致富能手，是改革开放后古蔺第一代个体户，修理车辆发家致富，致富后不忘本，主动帮扶边远农村贫穷的少数民族。2011年开始，先后组织协调和个人捐资几十万元帮扶贫困户。2011年10月，获得"四川省民族团结进步模范个人"荣誉称号。2014年2月，荣登"中国好人榜"。

韩山，烟墩新生代，建筑工程投资人，四川省音乐家协会会员，古蔺草根音乐人。自学萨克斯23年，于2019年8月在央视2019"唱响中国"比赛中凭借一曲《我爱你中国》获得全国金奖。特别热爱城市街演，喜欢与观众分享萨克斯音乐的美妙，同时表达对祖国的爱！他曾去过世界许多著名城市，所到之处，便把《我爱你中国》唱响世界！观众无不沉醉其中、赞不绝口！

王德全，人称兰花王，是第一代古蔺兰花金牌养殖户。他亲自上山采集培育的春兰多舌多瓣名花"神州麒麟"，在1993年3月成都举办的第四届兰花国博会上脱颖而出斩获金奖，破旧的青瓦小木楼里的兰花价值数百万元。2007年，当世人热捧古蔺兰花的时候，他依然用辛勤的汗水换取兰花的芬芳，没有把高价的兰花变成自己的豪宅，却留给了后人，真是留得芬芳满人间。

马路诗人朱子舟，是新中国成立后的第一个老街长，人们都亲切地叫他朱街长，他自称马路诗人。每天早上一杯茶，中午端个酒杯，口中念念有词："走上街，走下街，走到王婆当阳街，不吃王婆一杯茶，要吃王公一杆烟……"自诩自家的吊脚木屋"天花吊脚楼，半桷在天头"。他还在人们必经的家门口挂一块小黑板，用白色粉笔每天写一首打油诗。喝了点儿小酒，脸上红霞飞舞，念起诗来洋洋自得，陶醉在自己的世界里。围观的人越多，他越是眉飞色舞、口若悬河。许多路人因此受到感染和启迪。他热爱诗歌、喜欢创作、敢于展示的精神永留人间。他还是第一个吃"螃蟹"的人。20世纪70年代，响应政府号召，带头在他家房屋背后的岩坎下挖防空洞；70年代中期，古蔺刚开始有民用水泥，他就有了新招，用水泥制作水泥棺材，销售给人们，每天都有人来看稀奇，那时我们这些小孩路过棺材地时，总被吓得匆匆跑过。

板车诗人胡廷魁，1960年受不了饥饿，川农肄业回乡。装一肚子墨水，在缺吃少穿的年代，说顺口溜便是他的精神食粮。拉板车闲下来的时候，顺口溜出口成行："七十二行，板车为王，上坡颈子拉长，下坡推进杀场，平路拉带肩扛……"特别是一段"走进古蔺城，青龟（大龄未婚男人）吓死人，单数第一段，就有几十人……"长长的顺口溜，让人捧腹大笑，笑后又生恻隐之心。"青龟"顺口溜在小城里广泛流传，深刻影响着那时文化单调的小城里的人们。

2015年，古蔺城西开始旧城改造，墨宝寺中城粮站和居民点先行。2017年10月后，烟墩和上街的棚户全部被拆除。老百姓也十分满意旧房拆迁赔偿，他们高兴地说："旧房子只有卖给政府最划算。"东林先生说，他家的旧房是200多平方米的4层砖混小楼。拆迁的时候，工作人员生怕有阻力，多次到家里测量、评估，做工作，按政策算好赔偿金，并随时告知，最后顺利拆迁。工作人员们后来十分高兴地说："没想到你这样耿直爽快，给我们的工作极大的支持！"

如今，老烟墩连同城西的棚户区旧房已不复存在，24亿元的西城改造工程还在继续。短短的5年间，这里发生了天翻地覆的变化，幢幢高楼拔地而起，旧貌换新颜。从五桂桥到椒坪河口这1公里城西环城路，记忆被现实覆盖，旧城那平视可见的棚户荡然无存，林立的高楼只能抬头仰望。

故人回乡，当行走在绿树成荫、风景如画的滨河路上，凝望着古蔺河对面上街、上桥、烟墩、居民点、墨宝寺的高楼和宽阔的大街，站在故土望故乡，却恍如在梦中，不禁深深地惊叹：我不认识你……

2020年5月28日

胜利桥的前世今生

胜利桥又换上新装了。

孩提时就在胜利桥下嬉戏的小儿，今朝抬头仰望，一把石拱的老骨架还十分硬朗，又担起沉重的钢筋混凝土，穿上了新的铠甲，变得那样年轻威武、高大宽敞、明丽大方，既古老又时尚，高高地站立在城西的落鸿河上，成了县城的又一道亮丽风景。

胜利桥，说它古老，当然赶不上小城城东1884年建成的下桥，但是它的年岁也不小，而且是古蔺城里最高、最长的三孔石拱桥。《古蔺县志》记载："胜利桥位于县城西郊，跨古蔺河。原系石磴木架房桥，毁于火。后，官绅骆国湘牵头集资，民国三十四年（1945）建成，时值抗战胜利，取名胜利桥。长51.3米、宽5.2米、凌空15米。3孔半圆石拱。"桥建成后，3个桥孔中间正顶上都挂了一把1.5米长的斩龙宝剑，直到1958年才被卸掉炼成了钢。传说，蛟龙若遇雷电暴雨，必将扶摇直上腾跃九霄，成为凌驾于真龙之上的神龙。小龙在大山溶洞里长大后，就会发山洪随水入海，山洪过桥的时候，龙在桥下经过，破坏了桥梁就会被斩首。悬挂在桥顶的宝剑象征着保护石桥。

据许文榜老人回忆，没桥的时候，老百姓过河只能用一些简易方式，诸如用大石头搭上木排之类。因为连接两岸的路是小城西出的一条重要古驿道，在送秋亭分道后，往西从流沙岩—石羊坪—香楠坝分开：

一可从桂花场出境叙永水尾到泸州，二可经黄荆桃子坝到贵州赤水旺龙等地，三往北从飞龙河沿北面的柑子坳到贵州土城。

胜利桥的前身是石礅木制风雨房桥，名叫三缘桥。同治三年（1864），洪灾严重，瘟疫流行，民生凋敝。清军部队湘果营驻扎古蔺城，在很短的时间里建造了三缘桥的风雨桥。

那时的风雨桥是这样一副模样：每个桥孔上担起4根粗壮的大木梁，中间铺上木板，两边的桥栏设置成长凳，供人们休息。在河中木桥2个石礅处，留有余地，建成三方围坐，供人们休闲娱乐。为了使木桥不被风雨侵蚀，延长桥的寿命，就把桥的上方建成屋顶，盖上青瓦，一座长长的房桥就这样横亘在河道上，成了路人遮风躲雨的好地方。古蔺境内，现存的廊桥位于德耀镇凤凰村小地名大岩口。这里地势险要，山岩下有建于清朝同治五年的廊桥——福寿桥（又名柏龙桥）。经过古廊桥的茶盐古道是原柏坪至龙美的交通要道。在县城人们的记忆中，1977年拆掉的彭德公社田坝寨那座风雨房桥与胜利桥的造型结构一样。

1940年，因桥上堆放了麦秆草垛，在桥头做米粑粑卖的老太婆不小心引燃草垛，烧毁廊桥。直到1945年，时任县保安大队长的骆国湘牵头集资，由杨柳坝的石匠建造。据杨柳坝的汪柏林介绍，那时，穆家、陈家是杨柳坝有名的石匠家族，身怀古墓雕刻技艺，能把人物、景物活灵活现地刻在石碑上，同时也是建桥的能工巧匠。陈松云就在胜利桥修建过程中当过掌墨师。保持了廊桥石礅，半年多就修好了，抗战胜利后取名胜利桥。骆国湘为三孔石拱桥建成剪彩。

胜利桥建成后，在老人们的记忆里，就是那一年，城里一场瘟疫夺去许多儿童的生命，一个不到万人的小县城，几乎家家户户都遭了难。老人说，传说新桥建成，会有人要被"塞桥洞"，夭折的孩子可能就"塞桥洞"了吧。因为那时医疗条件有限，许多疾病难以医治，所以民间才有了这种"塞桥洞"的无奈自慰吧。

2000年下半年，桥南的居民点硬化街道，桥北修建滨河路。由于胜利桥已无法满足公路交通的需求，由城里的建筑工程师肖明（肖二）带领工队第一次对胜利桥进行加宽改建。下半年开始，4个月完成。在保存原来石拱的前提下，在桥面浇筑钢筋混凝土横担，两边各增宽1.8米的桥面作为人行道，又在桥北扩建了一孔钢混的道路下穿桥孔，缓解了人与车拥堵的状况，保障车辆和人们通行安全。

如今，居民点棚户区的土巴房拆建工程启动，同步对胜利桥进行第二次改扩建。这次是对这座古老的石拱桥动大手术，在留存古韵的前提下，采用现代的造桥技术，把原有的桥改造得更加宽阔、时尚。改建后的新胜利桥，长50米、宽18米，其中两边的人行道各4米，中间车行道10米，足够保证大型载重车辆通行。

胜利桥焕然一新、闪亮登场。从远处看，3孔半圆石拱倒映在水中，3根玉柱上是笔直的通道，别有一番风味。再加上整治后河道筑起的桥下围堰，桥的倒影在清澈的水面上悠悠荡漾，美得让人难以置信。清晨，太阳一出，把桥的影子投射在清清的水面上，构成一幅美妙的朝霞映红水面的动态画面。傍晚，在霞光的映照下，垂钓的人们挥动着鱼竿享受着"吃鱼没有拿鱼欢"的快乐，人、桥、水灵动起来，形成一幅色彩斑斓的人间仙境图。

胜利桥，老桥新装、古韵犹存、新姿亮丽，见证了小城的昨天、今天，以全新的姿态展望明天。

2018年7月2日

原载《古蔺文艺》2019年第1期

故乡有座长寿桥

五一回到家乡古蔺，天气很闷热。

下午，我背着相机去给上桥的石拱桥拍照，然后在上街转悠。忽然，一辆成都牌照的越野车停在我面前，下来一人便说："我们是从遂宁来的。请问齐安宫怎么进去？里面的古建筑还在不在？"我说："只有古建筑的遗迹了，大部分被改造了。""那我们在网上查到县城还有几座古石拱桥，在哪里？怎么走？"不停地发问，倒把我惹兴奋了。他进一步查看了手机，我才知道他们要找的是离县城8公里椒坪河上游的那座铁索桥。眼看就要下大雨，椒坪河的上方乌云滚滚。为了满足几位远方客人的愿望，加之我也10多年没有去过了，我说："这样，我带你们去。"两辆车相伴而行，刚进椒坪河口，大雨就来了，我们冒雨前行，半个多小时才到达目的地。在大雨中简单看了一下，他们说明天再来。

第二天，我又去了，居然有了惊人的发现。当我在桥下把相机对准拱顶放大拍照时，中间两块墨色、有字的顶拱石出现在相机镜头里。我十分惊喜，激动地啪啪啪不停拍照。

回家放在电脑上一看，其中一块的铭文清晰可见：

经理　骆国湘　许岳昭　孔阵云
督工　陈双发　蒋玉清　陈炳荣

　　庶务　陈炳安　匠　士　陈炳奎

　　而另一块上的铭文十分模糊，依稀可见几个残字。于是，我又请椒坪的陈乐伦和古蔺宣传部的康宁前往拍摄，我也再次前往，专门拍摄这块碑文。照片经过进一步处理后，放大仔细研究，确定了三列铭文的大部分文字：

　　民国廿一年壬申五月改建麻渊石硚命名复成因
　　故此硚跨麻渊河今日复成众缮两岸高峯
　　……万（其他字无法辨认）

　　其实，这座桥我再熟悉不过了，不知走过多少次，但都只是路过而已。记得小时候我们到麻渊背糠煤家用（一种手一捏就成细粉的煤）时就有这座石拱桥。那时老人们都叫它铁索桥，但为什么叫铁索桥就不得而知了。1974年，我还在读高中的时候，学校贯彻毛主席"五七指示"，学工学农学军，开办了硫酸铝厂。位于椒坪公社麻渊半坡上的和平大队有生产硫酸铝的原料——滑石，学校就组织我们到那里背滑石，必经这座桥。说来也怪，铁索桥没有铁索，只是一座石拱桥，那时我们也感到奇怪。后来，我哥哥下乡当知青，就落户在椒坪公社旁，每次去哥哥生产队都要从桥上过。原来的桥是三级石梯，从河谷小路由西往东拾级而上，全是陡坡路，一直爬到宝灵村，即兴隆场，足足有5公里。

　　有了这次的不期而遇，我便对这座桥发生了浓厚的兴趣，总想探究一下它的前世今生。我查阅了《古蔺县志》，可对这座桥没有明确的记载。到椒坪桥周围走访，老百姓知之不多。后又请教古蔺县档案局原局长高逊，希望能从档案资料里有所获得。高逊先生仔细查阅了县档案局、交通局的档案资料，均不见这座桥的踪影，最后在县文管所才惊喜地有所收获。

据文管所的资料记载，第二次全国文物普查时原名是长寿桥。按第三次全国文物普查的要求，更名为椒坪长寿桥。椒坪长寿桥为单孔拱券式石拱桥，建筑面积200平方米；建于清道光十五年（1835）；呈东西走向，横跨麻渊河；桥长25.1米，宽9米，高16.4米，跨度12米，矢高10.06米，桥面铺石板；条石砌成实心桥栏，长12.9米，宽0.35米，高0.96米。

根据走访和现有资料表明，1828年，从古蔺富户杨占华在大村复陶的盐井河上建造第一座铁索桥开始，古蔺人就掌握了建造铁索桥的技术。经历近200年的风霜雨雪，今天，大村境内的铁索桥依然矗立在盐井河上。1835年，麻渊当地一名富商出巨资，在麻渊河上修建铁索桥，成为当时古蔺县城人从麻渊、宝灵（兴隆场）、马福寨、白马洞、麻城、摩尼通往滇黔的最近的驿道。

随着时间的推移，铁索桥已经无法满足交通的需求。1932年，时任古蔺县保安大队长的骆国湘（公安局局长）牵头组织，古蔺开明士绅许岳昭、孔阵云出资，改建原铁索桥为石拱桥，并在石拱桥刹尖封顶的两块条石上刻下铭文。宝灵村（兴隆场）姚德远的父亲（一个87岁的老人）回忆过去古人的传说：这座桥原来就是铁索桥，铁链5根，回环钩锁，横跨麻渊河，桥面横铺木板，供行人过往，称铁索桥。后来骆国湘组织改建成三级石梯石拱桥。建此桥的石料就地取材，是石灰石，桥的每一块石料用糯米稀饭与石灰拌成膏泥黏合，历经百年，现在人们用錾子打硬化的膏泥比打水泥还难，既绵扎又弹手、不破碎。在建桥的过程中，还组织路人投劳，规定凡是路过此桥的行人，每人必须至少抱一块石头填厢，过一次抱一块，不得例外。桥旁立了块功德碑，碑上面有序言介绍修桥成因、过程及捐资助款的爱心人士名单。

1978年，因车辆通行的需要，政府组织村民投工投劳，把从县城沿椒坪河通往椒坪公社所在地的山路改建成沿河边而上的10.2公里公路，麻渊桥原来的三级石梯保持原样的弧形缓坡，改建成汽车可以通行的公路桥。古蔺县城到椒坪乡政府经白马洞至摩尼镇的蔺尼公路全线通车后，功德碑也不知去向。现存老桥石拱顶端刹尖石刻留的铭文则成了唯一见证。

2017年，从古蔺城经椒坪（麻渊）到双沙白马洞出口接大纳路，全线21公里水泥硬化路面，建成古蔺县城到国道大纳路的又一条快速便捷的通道。

一次不期而遇，一个少年时的疑惑，我终于厘清了麻渊河上这座桥的庐山真面目，麻渊铁索桥——椒坪长寿桥！

2018年5月20日

神秘的太平街

太平街对我来说有着十分深刻的记忆。

我从小生长在古蔺城墨宝寺中城粮站，出门往北边望，太平街那个尖尖山和柑子坳口就在眼前。长大了，有一次哥哥到柑子坳离城50多里的龙爪公社为木材公司拣板子，我走到太平街下的分销店接哥哥。这是我第一次到太平街。后来，同学当知青到了太平街，那时叫飞龙公社三大队，去的次数就多了。爬上了太平街才知道，一个宽阔的大坪子上面住着几十户人家。太平街实际上没有街，而是数百亩的大坝和层层梯田，倒不如说它是"米粮仓"，盛产的大米又白又嫩，尤其香甜可口。

说起太平街，就在距县城北10余里的山腰上，但凡在古蔺城长大的娃儿都晓得。但说起太平寨，就无人知晓了，就连县志上也没有记载。

最近，好友陈乐伦和太平街小学的陈蔺老师发来一张图片，石刻的"太平寨"3个大字格外显眼，这是我知道的在古蔺范围内现存最完整的古寨子石刻字。

2018年12月21日，天气很好，但山顶还是有些雾。沿着硬化的山路十八弯到了太平街最高的住家刘玉彬家，我们请来了84岁的刘甫文和78岁的潘兴禄老人，据说他们的祖辈已经在这里生活了8代以上。两位老人打开了话匣子，聊起了神秘的太平街。

太平街的传说

老人们讲，太平街这个名字自古以来就有，没有变过。从老人们口耳相传的故事里，我感受到了太平街的传奇，最早可以追溯到宋朝末年。从宋朝开始，这里就渐渐形成了900米长的小街和一个小集市。贵州赤水的复兴古镇在宋代兴起了赤水河河运码头后，渡过赤水河经赤水—青山坳口—蟠龙到古蔺黄荆金鱼溪—柑子坳—古蔺落洪坝，绸帛、布匹、食盐、山货、粮食、铁器都要用人力背到这里歇脚，这里就形成了古蔺落洪坝外出的一条重要古道，太平街也渐渐繁荣起来。明代于此营建街市，后毁于战火。至今尚留下一些小地名，如官衙门、花园头、官水井等。后来，赤水河沿线的土城、太平、二郎才相继疏浚开通了河运。依靠赤水河的水运和沿龙爪河的山路，复兴码头和土城码头到太平街都较为便捷。货到复兴和土城码头起运，经同民镇到沿桐灌口、三大岩、沙溪岩、得胜坝、龙爪坝、柑子坳、太平街，按过去的小路计算，只有90余里。

那时，住在周围山里和落洪坝（古蔺场）的人，都要到太平街赶场交易。当然，这些都是老人们口耳相传的，我们也是听说。

我们没有见过太平街有什么街，但是在古蔺未通公路前，从柑子坳到古蔺的山路一直很繁忙，人来人往。古道石块上，脚夫歇息的拐爬子拄的印窝有小碗口大。现在这里往关口的岩壁上，还有一幅瓶插兰花的图案和字刻。现在太平街的田地、耕地也不时挖出形制巨大的砖头和瓦片。在田间地下挖出很多根木柱头（已腐朽）和一摞摞的大瓦，一块瓦长30厘米、宽20厘米、厚3厘米、重3斤左右，瓦背上站一个人也不会破。至今在官仓岩的岩缝里还有这样的瓦。根据当时的遗址和结构判断，整条街是长方形，隔一段距离就有一条小巷。街道大约长1000米、宽20米，木材串立结构。大街呈东西走向，房屋两边排列，有上百户人家、1000多口人，有酒店、客栈、商店、饭店、农户等。我们也见过宝定寺，庙很大，有上天井、下天井和正殿，正殿的天花板上雕刻了许多精美的图案，有空城计、七擒孟获、三顾茅庐等内容。新中国刚成立时，宝定寺的木料就被"劳改队"拆去修古蔺东新街。周围其他山沟里还有灵静寺、飞龙殿、玉皇观、子童观等遗址。

相传，奢崇明大王想在太平街"立地"当王，意味着要在这里建一个王城。为什么要在这里立地？根据山形，有地缘优势。从送秋亭的桥进来，一直到柑子坳，原来叫飞龙公社，柑子坳背后叫龙爪公社。飞龙，形如翔集，飞远悠扬，如雁腾鹰举，两羽开张。整个崇山峻岭，恰似一条巨大的飞龙。再看看太平街岩脚的尖尖山，晴朗的晚上，北斗星就挂在这座山的头顶，吉星高照。按古代风水学的观点来看，这个丹霞岩的尖尖山是座"廉贞星"峰，属于北斗七星中的第五星。《撼龙经》就有这样的描述：

> 廉贞如何号独火，此星得形最高大。
> 高山顶上石嵯峨，伞折犁头裂丝破。
> 只缘尖炎耸天庭，其性炎炎号火星。
> 起作龙楼并宝殿，贪巨武辅因此生。

奢大王还设想在马颈子建个大坝，在山脚形成一个大湖，有山有水好困龙，存好地。但后来没建成，反而把太平街撤了搬到四水交汇的落洪坝建古蔺场。奢大王后来势力大了，当了永宁土司。奢大王起势，据重庆，占遵义，破泸州，席卷数十个州县，围成都，声势浩大，但最后兵败。

据说，奢大王兵败后在永宁被人杀了，族人为了保全其遗骨，发了48架丧，其中一架就埋在太平街尖尖山的岩脚。10多年前，奢家的后人还来清理测量过，与族谱的记录吻合。周围大山里现存的那些古老的生基墓，基本上都是奢姓和安姓的。陈登六家场坝里嵌有长5.3尺、宽3.2尺、厚0.4尺的古碑一块，碑文："故显考安公保山之基大明崇祯十四年泣洫孝女安大妹安小妹立。"

太平寨的考查

听完老人们讲的故事，我有些坐不住了，太平街太神秘，太平寨还有故事。太平寨就在太平街尖尖山顶的崖巅后面。

在岩嘴杨世明家吃罢午饭。这时，陈蔺老师来了，说："我们去太平寨看看吧！"我说："好啊！"刘玉彬、陈蔺一人一把捞刀开路。

到了古蔺自来水公司接水的小拦坝导洪管垭口处，我们开始登山。从海拔860米开始，基本没有路，沿着山脊，捞刀开路，一路砍、一路上、一路汗水，70度的坡坎，手脚并用，2个小时才爬到海拔1300米的太平寨寨门前。

寨门前的佛龛高约2米，分2层，2尺见方，顶端的小方块里隐约有字，但已经风化，前方有一个石阶小平台。再往前爬50米，一道悬崖寨门已经垮掉一半，半边石门框倚着厚厚的石墙斜歪在上面。再爬20米，寨门耸立在山脊岩嘴口，60厘米宽的石砌寨墙残垣长满青苔，雄奇险峻。门前1.5米见方的山石平台上，寨门高2.1米、宽1.2米，寨门顶上近3米长、40厘米厚、60厘米宽的顶石石刻清晰完整，右竖小字"光绪一亥元年"，中横大字"太平寨"，左竖小字"都司许××题"。唯有许字后的2个字严重风化，不好判断。后来经反复研究辨认，后面2字应为"祖绚"，即都司许祖绚。再往上爬20米，就是平顺通往官刀岭上太平寨子的道路。寨子隐藏在五峰山官刀岭一块20余亩的平地上，屋基和石砌的城墙遗址残垣依存。官刀岭上连接5座山峰，当地人叫它"五老会"。

一路艰难地攀爬上来，站在官刀岭顶上高3米、面积8平方米的奢王观星台上，俯瞰太平街，南对古蔺城，东观轿子顶，西望石羊坪，前有尖尖的"廉贞星"峰，这才恍然大悟：在冷兵器时代，原来这里是一个战略要冲，是兵家必争之地，是一个便于隐藏、易守难攻的扼守咽喉的要塞。在这群尖峰山里，还有老母岩寨、筲箕屯寨、柜子岩寨、井囤上寨、萝卜沟寨、一碗水寨6个寨子的遗存。站在太平寨上，无限感慨：

> 老翁六十零，登顶廉贞星。
> 仰望大平寨，荒城锁烟云。

太平寨题字的许都司，何许人也，其名被风化，还有待于进一步考证。许文榜老先生讲，那时从赤水河上游"鸡鸣三省"的水潦、雪山关、云盘山、普占、黄荆老林、太平街一直到贵州同民和土城一线的高山峻岭，设立了3个都司府——普占都司府、太平街都司府和土城府。都司在清朝为正四品，位于参将与游击将军之下，县府守备官之上，任协将或副将的中等军官，也可称为协标都司，后来为军事行政中心。清朝绿营，军阶由高至低分别为提督、总兵、副将、参将、游击、都司、守备、千总及百总。

太平庄的铜鼓石

从"廉贞星"峰两边后岭发育出来的小溪在铜鼓石交汇成为飞龙河，到送秋亭汇入古蔺落鸿河。小溪交汇处的铜鼓坪，地势险要，有古屯兵遗址，尚可见炮台残基、寨门遗迹等，还保留了"炮合岭""仓房""插旗山"等地名。相传为清初南明政权的一支部队驻扎于此。

高台上有两坨丹霞石。居两水中间的叫铜鼓石，溪水对岸的叫铁鼓石。铜鼓、铁鼓两石对峙。太平街民间有诗云："铜鼓对铁鼓，金银五万五，谁人识得破，买到成都府。"

铜鼓石通高5.5米、周长21米，略呈圆柱状，向南石壁上题刻竖行字，右侧"×总兵府罗"每字40厘米，总高1.5米。左侧"水内太平庄，水外太阳永兴庄祖业×"，每字30厘米。再左侧，字小，3行题款"乾隆七年五月初二；辛巳年三月初二；高名同（启元）"。这些文字可考证，永乐镇龙井翻坪山和贵州醒民镇也有相关的石刻碑记。目前，据田间调查及有关史料记载，古蔺历史上只有一个罗总兵——罗乾象，太平庄系总兵府。据说，这是平定明末清初"奢崇明安邦彦"之乱的功臣罗乾象的封地。罗乾象原是奢大王的得力部将，后为朝廷策反立功受封。现在，铜鼓、铁鼓依然在那里相守相望。

经陈蔺实地调查，离太平街1公里的关口岩壁上有岩刻的瓶插兰花壁画和清晰的文字："乾隆四十六年三月十九日写。为首：刘正川、罗其维、刘正帮、康必元、刘正光；石匠：刘舟×、肖德洪；捐资：众姓。"与铜鼓石的文字一脉相承，上下对照。

1979年腊月二十三，太平街下河口的太平桥竣工时，有太平街诗人赋诗于太平桥碑刻：

菜子坪源分支脉，柑子坳下一高峰。
山高峰下刀官岭，明室王朝奢王宫。
东西河流抱地脉，蔺城旧址在其中。
铜鼓铁鼓相隔水，逢天降雨无法通。
九七冬月造公路，九八菊月起造桥。
群集善者同缘德，千秋万载永固牢。

太平街、太平寨、太平庄、太平桥实在是不太平。宋末至今，在这条古道上串联起的风云和寨子的故事没有人能说得清楚。历史的烟云已散，青山依旧在，北斗星依然高挂在"五老会"五峰山那些险恶的崇山峻岭的上空。无限感慨，赋小诗一首：

太平街耀蔺州辉

南望乌蒙北坐关，奢王曾踞太平寨。

旌旗一挥天下动，蔺邑豪雄史册载。

2020年10月15日修改

探秘古郎洞峡谷

古蔺很神奇，从来不缺"洞"：黄荆八节洞是瀑布，能让人心潮澎湃，如果李白见到，也许他会把"飞流直下三千尺，疑是银河落九天"诗句放在这里；箭竹有大黑洞，大黑洞曾经是一个阴森黑暗的溶洞，重见天日后，苗家的风情在这里让你心花怒放；二郎有天宝洞、地宝洞、仁和洞，弥漫着从远古走来的酒分子，还没进洞就醉倒在门前。

如今，更有东新镇李家寨的古郎洞。古郎洞令人陶醉，让人眼花缭乱。

国庆大假，绵绵的秋雨下个不停，煞是愁人。雨天路滑，但是没有阻挡我们探秘古郎洞大峡谷的行程。从古蔺城往太平镇下高速公路，在高速公路出口岔道上，转过回头弯，一眼望去，左手边是滚滚而来的赤水河，右手边是哗哗而下的盐井河注入赤水河，这里是红军"四渡赤水"的重要渡口——九溪口。抬头仰望，海拔1235米的卢家山脉犹如挂满山水沟壑串起的鳞片，俯卧在赤水河大峡谷与盐井河古郎洞峡谷之间，恰似蛟龙跃出海面一般，随时准备随赤水河奔腾而去。

盐井河与赤水河并行，是一条长江二级支流，全长60公里，自然落差795米，源于古蔺东部茅溪镇碧云山麓的马跃水，由南向北流经丹桂与双河水库下老鹰沟汇合，向北于摇宝洞入土城大山境内，与洞坝河交

188

汇，于大村中乐葫芦寨北流经桑木坝入大村境折西于水边入二郎复陶，至东新镇风岩与大村河（古郎洞口）到李家寨。

盐井河在深深的峡谷中跳跃，河谷深切，滩陡谷狭，从丹桂镇下游1公里后，就进入了峡谷地带。河流蜿蜒向前，两岸崖壁高耸，许多溶洞里的水注入其中。一直到二郎与大村交界的一个叫水边的地方，河流流进宽不足20米、长150米的龙门峡后，一路高陡狂泻，珠涟泛起，来到古郎洞脚下，大村镇河从半崖的溶洞暗河里涌出，两水相汇后，又在古郎洞长不足5公里的峡谷中，深切达200余米，河流自然落差达85米，向赤水河奔流而去。

进入盐井河峡谷。风景连连，穿过正在建设的津（江津）习古高速公路赤水河大桥引桥。赤水河悬索大桥全长2009米，大桥主塔高228米、主跨长1200米，塔顶与赤水河谷底垂直高度503米，是迄今亚洲山区跨径最大的双塔单跨钢桁梁悬索大桥，这是现代桥梁建筑在赤水河上的艺术典范。

逆盐井河而上，沿着峡谷两岸的甬道一路向前，到了煌家沟水泥厂旁。峡谷两山遮天蔽日，但见一座铁索桥横跨河谷，锁扣在两岸峡谷的岩脚。这是一座古蔺现存最古老的桥。据载，道光八年（1828）由柑子坪杨占华捐资始建。长31米，宽2.5米，凌空14米，桥身由9根连环扣铁链组成，上铺木板。每条铁链平行连接两岸，铁索扣用手工锻打。每条158扣连成，早先为5条铁链平行连接。1889年，其子杨文昭、杨文昉增加铁索4根加固，续建为9条铁链平行连接更为安全，沿用至今。人行其上，如荡秋千。虽不如大渡河上的铁索桥那样险峻，但在这大山的峡谷中，却不失为一道怀古追思风景线。

沿李家寨古郎洞洞口上行不到2公里，就是壁立千仞的龙门峡谷，里面隐藏着一座幽深的石拱古桥——八龄桥。这是1858年前云庄一个叫曾百万的富绅捐资组织，用8年时间修建的。八龄桥落成后，捐资者曾纪铿题岩石碑刻诗云：

> 于今巧匠补天工，仿佛高悬月半弓。
> 百里财源归玉锁，千秋士习壮文风。
> 能安旅客潇潇梦，可遂前人耿耿衷。
> 讵冀芳名传异日，八龄勇义纪吾翁。

"诰授奉直大夫议叙员外郎曾纪铿住居平定里四甲地名大官岩云庄"。

八龄桥高跨峡谷，是赤水河二郎滩码头盐庄的食盐，通往贵州大山里的盐马古道的要津，集雄、奇、险、峻、幽于一体。桥基从高出水面近30米的崖壁上起拱飞跨，桥头两岸至今仍完整地保存着建桥时众多文人骚客撰写的岩壁镌刻，还有栩栩如生的其他雕塑。两岸岩石壁上镌刻若干诗文：七律诗31首，七绝诗3首，杂诗3首，阿拉伯文诗1首，碑记述文1篇。细细品味这些162年前的诗文，更增添古桥神奇、古朴、高雅、媚丽的味道。这是古蔺最富有桥文化的石拱古桥。

盐井河从八龄桥的龙门峡到古郎洞下，碧绿的水在2公里的河槽中翻滚，与半崖上高陡的山洞口、巨石险滩汇集，泛起雪白的花朵，在太阳光下十分艳丽。这是峡谷中最耀眼的色彩。

古郎洞其实清代岩上石刻叫阳堡洞，后来当地人叫它青龙洞，因把它开发出来变成了旅游胜地，才给它取名叫"古郎洞"。古郎洞峡谷又因此而得名，因为古郎洞正好处在盐井河古郎洞峡谷的中心位置。

古郎洞经过几年的精心打造，以一副娇柔多姿的媚态呈现在了世人的面前。

古郎洞有上、中、下3层溶洞。在岩壁洞口甬道的下方，是暗河的出口，暗河汹涌，飞流直下，声势浩大，气宇轩昂。中洞和上洞则是溶岩和钟乳石的宝库。洞内景观奇特，洞中有洞，洞中有水，暗河密布。整个面积近60万平方米。行走在洞中，千姿百态的溶岩石笋，千变万化的溶岩壁画，伴着哗啦啦、轰隆隆的暗河水流的巨大声响。这是自地底冒上来的轰鸣，与洞内的回音相伴，汇成了一曲美妙的天籁之音。

我看过许多溶洞，与其他洞穴类景区相比，古郎洞有它别具一格的浩大恢宏的景观。

古郎洞很神奇，生在峡谷的崖壁上，是赤水河流域峡谷中景观比较丰富、发育比较完整的代表性溶洞。洞幽、石奇、景绚、峡秀；很神秘，亘古以来鲜有人迹，很少有人光顾，洞穴深处有多种神奇的生命。洞幽：古郎洞主洞长5000米，目前已开发2800米，最宽处120米，最高处80米，洞内面积近60万平方米，容积超过200万立方米，其地下暗河更是长达数十公里。石奇：古郎洞地区地层古老，构造复杂，岩溶物有着多层次、多阶段和多类型的特点。洞内石笋、石柱、石林、石幔、石盾、石旗、石瀑布、石花、石芽和鹅管等多种堆积物应有尽有，相当于一个还在不断生长发育的大型天然地质博物馆。景绚：由国内领先团队设计打造的古郎洞灯光迷离，色彩斑斓，更能展示出洞穴的幽、绚、险、奇。尤其是洞内大面积的边石坝及水潭，在灯光的映衬下，足以与黄龙钙华景观相比，被人称为洞中黄龙。峡秀：古郎洞位于半山之间，上下是近40公里长的盐井河大峡谷，两岸峻岭高耸，绝壁如削；谷底河水潺潺，溪流淙淙，怪石嶙峋。

走出上洞的洞口，盐井河上的空中索道，便轻轻松松地把你带到对岸的万顷梯田里，荷花、稻粟敞开胸怀拥抱你。田园风光在洞里洞外展现出不同的风姿，令人心旷神怡。峡壁岩上的自然壁画，精致而又不失宏大，营造出一幅幅恢宏秀丽的天然图景。人行谷中，俗事消弭，实乃避世静修的世外秘境。

古郎洞大峡谷美不胜收，在中下游20公里的峡谷中，自然景观和人文景观竟如此丰富多彩。翻上古郎洞峡谷卢家山梁，古郎天宝峰就会展现在眼前。一边是峰顶露天的万罐陶坛，犹如排兵布阵，与峰下的天宝洞、地宝洞、仁和洞一道，笑迎人们。另一边，在二郎睡佛的肚脐深处，隐藏着一座高大的清代"森林保护"石牌坊，保护着这里的生灵。远处二郎滩上的船工号子，不时环绕着古郎峰，更加让人沉醉。

2018年10月26日

原载《古蔺文艺》2019年第2期

八龄桥上话云庄

一

又一次与古蔺一群摄影爱好者去水边八龄桥探秘。

从古蔺县城出发，经古郎洞到复陶，又沿乡村车道一路下行到盐井河的水边，几个人对水边古道上的八龄桥进行实地考察。

车停好后，下到如今人迹罕至的近200米古道，终于踏上了八龄桥。桥两边古道呈V字形，沿近40度的石梯一上一下，几乎等分两边梯坡的长度与高度。

站在桥上，环顾四周，一幅幅让人惊叹的山水图画灵动，大亮坡、大山岩、猴子岩、岔口洞在水边汇聚成一个水碾底。水边人家和炼钢高炉尽收眼底。桥飞跨猴子岩岔口洞峡谷，挂在半空中，往桥下看，从远处哗哗滚来的碧流，在窄窄狭长的深谷中闷声回响，令人脚软，心惊肉跳，不由自主地往后缩。面向上游眺望，两边的雄山压顶，盐井河从峡谷中奔出，来到水边山脚的水碾底，一下又被桥两边的百丈悬崖夹拢，破槽而去。回转仰望高峡，如刀砍斧劈般依潭而立，高耸入云，山水潭崖，杂草灌木，使人感到阴森恐怖。

这不禁使我想起前两天来探寻的经历，令人毛骨悚然、后怕不已。

偶然在微信上看到一篇水边八龄桥的图文，我便心动不已，决定亲自去看个究竟。经过一路的打听，知道了八龄桥离东新镇李家寨的古郎洞不远，顺盐井河上去，可以走路到达八龄桥。

我兴致勃勃地到了李家寨古郎洞观光车终点站，向售票的小姑娘打听八龄桥怎么走，小姑娘上上下下看了我几眼："你一个人去呀？""是的，我一个人去。""我也不知道，我都没去过。据说此路不好走，很危险。"后来有人指点说，上吊桥过盐井河，再沿小路爬上堰沟顺着走到堰坝尽头，再爬上小路经岩道拐过去就到了。我过吊桥沿小路爬上大堰。大堰便道开始一段还好，正在加宽增加两边护栏，可越走越不好走，路边长满杂草荆棘。因为很少有人走，成了十足的毛狗路。走到一段10多米长仅1尺多宽的堰道，我的心悬了起来，往下看，似万丈悬崖，河水像一丝黑线在岩脚蠕动，不时还泛起白色的浪花。这时，我想起与我年轻时候走过的吊在悬崖上的摩尼土桥大堰、红龙大堰有同样的感觉。我抖擞精神，壮着胆子，身子向大堰里面微倾，眼睛盯着堰里的流水，一步一步地慢慢前行。

终于走到了瓦窑大堰的坝上，这是1976年在这龙门峡口筑起的又一人工杰作。面对大坝，景致非常美丽。太阳斜照在头顶的高岩上，坝外，在中间2个大半圆坝与2边的两个小半圆坝衔接，清澈的河水漫过，形成一道幽静俏丽的人工瀑布；坝内，深蓝色的湖水像一把利剑插进了不到20米宽的立岩深处，望不到尽头，真是"此去通幽处"。大坝右岸有一条Z字形的攀岩小道，我鼓足勇气，又攀爬上去，在与河面约30米的岩道上，平伸悬崖嘴，边缘没有任何遮挡，煞是吓人，约七八米，路最窄处不过2尺，而且还往外倾斜，一个直角拐过去，不过30米就是八龄桥了。

走过最窄处，我停了下来，我犹豫了，一看前面的岩壁直角，不知道拐过去又是什么情况，是不是更险，能不能过去，心里没底；再看看这高岩脚下的深潭，也不知这潭水有多深，这时，我才真正地害怕起来，心想险路高岩加深潭，一不留神，一旦失足，必成潭中龟，还是退吧。我用手机记录步伐，回到古郎洞对面的大堰下坡处1800步，下坡过吊桥到观光车售票处1200步，就是说从古郎洞到八龄桥抄小路也不过1.5公里。但是，就是那几步，我没敢过去，太恐怖了。

回到观光车售票处，售票的小妹对着我笑了起来，因为看见我汗流浃背地回来了……

因为无知，又寻访心切，阴差阳错地走错了路，无意中经历了一次惊险，现在想起来还心有余悸。

二

八龄桥也称水边桥，百闻不如一见，这座如诗如画让人沉醉的石拱桥实在是令人惊叹！追根溯源，不得不敬畏那些建桥的先辈。组织捐资者集中了民众智慧，用最原始的造桥技术，流血流汗留白骨，在乌蒙山深处的关隘处建起了这样一座险峻幽深的石拱桥，历经160多年风霜雨雪的洗礼，依然矗立在高岩峡谷间。建桥人真是了不起。《古蔺县志》记载："桥左塑四米高曾锡光石像，'文化大革命'间，被炸毁。"

曾锡光，何许人？八龄桥落成后，有岩石碑刻字诗云：

> 于今巧匠补天工，仿佛高悬月半弓。
> 百里财源归玉锁，千秋士习壮文风。
> 能安旅客潇潇梦，可遂前人耿耿衷。
> 诒冀芳名传异日，八龄勇义纪吾翁。

"诰授奉直大夫议叙员外郎曾纪铿住居平定里四甲地名大官岩云庄"。在桥的岩壁上还刻有这样的铭文：

培修八龄通衢小引

永乐康庄

　　水边桥沿河叠修三次，无一垂久。咸丰壬子岁，奉直大夫（官爷）传翁曾公乐修桥，始相斯址，众皆惧其难成，而曾公独具好善之诚。虽神灵亦似为之默助，以故因难见巧，易险为夷。此桥洵西蜀一奇观也。然桥固美而桥畔之路险甚。雨下，行者莫不悚然。曾公作述，两善人欲修凿久矣。奈为别桥所绊，经营不暇，是以迟迟。愚等以曾公不暇之故，受募众善，各捐囊金，以劝善果。一则障两山春水，无使浸桥；一则凿对岸巉岩以为坦道。善虽小，亦足以补。曾公之善而各成其善也。功成铭碑，用勒于石。

　　莲池赵怀玉敬叙。

大清咸丰七年岁轮丁巳季夏月望九日立

　　通过查阅有关资料及曾氏族谱，得知此桥由曾传翁于1852年领建。2年后曾传翁病逝，曾纪铿（又名曾锡光）继续完成其父未尽善事，在1857年建成。为纪念曾传翁的功绩，以其活80岁命名为"八龄桥"。在桥的右岸芦山村一边的山腰上还塑有曾锡光石像。

　　八龄桥是一孔石拱半圆桥，是古蔺现存最古老和桥文化最丰厚的石拱桥，也是川滇黔古盐茶道上的咽喉要津，连接现今二郎镇的芦山村与大村镇坳上村。此桥高跨峡谷，桥基从高出水面近25米的立岩上起拱飞跨，工程难度极大，集雄、奇、险、峻、幽于一体。经八龄桥边住家的王孟在现场测量后得知，桥面长25米，宽5米，凌空26米，水下平均深度7米。两岸岩石壁上镌刻若干诗文。据刘春禹、陈克均先生考察整理统计：七律诗31首，七绝诗3首，杂诗3首，阿拉伯文诗1首，碑记1篇。这些诗文更增添神奇、古朴、高雅、媚丽。桥头两岸至今仍完整地保存着众多的岩壁镌刻，另有栩栩如生的其他雕塑。

曾传翁，人称曾百万，在清咸丰七年（1857）已经是古蔺境内富甲一方的大地主、大商贾，富济川黔，修缮行德，修建了若干石拱桥、渡口、码头，方便民众出行。传说，曾传翁在成名之后，十分迷信，风水先生为其卜卦"八字"，说曾公传翁命中有劫难，一生须行善，要建百桥方能度劫，于是曾公便一生共修建48座桥，直至百年归天。曾氏父子计划修桥100座，"做好事，荫子孙"，修了99座时实在找不到地方修了，最后一座修在自家云庄大院门口的大水田里，故又称"曾百桥"。此亦传说，无从查考，但云庄大门前3座小桥如今仍在。

三

曾百万的家族，在乌蒙大山里建造了大气坚固的"梓里干城"的云庄大寨院。发展到第五代子孙曾庶藩（曾宪炯），其时曾庶藩是古蔺大土豪、区团总，收地租840石，放佃户384户。

云庄坐落在古蔺县城东南面30公里回龙场东侧的群峰之中。从二郎滩的赤水河上岸，沿二郎复陶—八龄桥—大村—筲箕湾—皇华—铁厂—观文—云庄一线的大道，是那时依靠赤水河航运四川通往贵州、云南的川滇黔盐茶古道的必经隘口，云庄扼守其要冲。这是一个经营100多年的庄园。

《古蔺县志》及曾氏族谱记载，曾传翁修建云庄始于清代嘉庆初年（1796），其子曾纪铿不断扩建再修围墙。曾传翁生于乾隆辛卯（1771）岁，河南议叙即用巡政厅督宪鄂，以勇毅好善题奏，奉旨议叙，钦加分县军衔，诰封奉直大夫。其长子曾纪铿，字彭年，一字锡光，生于嘉庆己未年（1799年）四月十二日，官州同加二级，诰授奉直大夫，办团防修武。备督宪题赠功劝保障梓里干城钦赐四品花翎。曾纪铿奉命阻击太平天国翼王石达开所部有功，受清廷赐封蓝翎五品，统属叙永厅四十八团防，显赫一时，便大造门第，光宗耀祖，传其子孙。

云庄坐落奇妙，左前方有青龙山康家岩，右前方有白虎山靖白岩，左后方有壁立云霄的梯子岩，右后方有巍峨耸立的三哥庄大山，北靠悬武尖山子和大官岩。悬武尖山子海拔近2000米，是这一带方圆百里内最高的山头，直插云霄，顶上可俯瞰川、滇、黔上百公里山河。周围的群山簇拥着主峰，错落有序，连绵起伏，海拔均在1000米以上。后侧大官岩岩壁上，正中央用人工雕刻了一个大"福"字，涂成朱红色，面积达3300多平方米，在正前方10里之外的米粮山上十分醒目。在这群山之间的左右关口设有4道牌坊作为通道要塞；云庄的正前方面向米粮山、跃子岩笔峡山和朱雀马鞍山。跃子岩笔峡山下面向云庄，距离云庄庄园5里远处有一横断山叫文壁山，文壁山上是云庄修筑的文壁山宝塔，那宝塔占地4000余平方米，高达168米，在云庄庄园正堂能看得清清楚楚。整个庄园与周围的美丽群山相融相衬，风景如画。

云庄东南靠山，西北接水，寨墙外一道护庄流水护壕宽7米、深3米。庄内用水是从寨墙外后山下汪汪水田中用深井扣定，以暗道引进，表面上看不见，找不到，断不掉。庄后高坡上，2座与寨院大小相当的大山包冒出水田上，与云庄成为品字形，构成天然的防御工事。云庄外周围碉堡暗道隐形遍布，环包云庄寨墙，易守难攻。

寨墙沿山坡梯级而围，用两三百公斤重的单条马蹄花岗石料精錾细刻合缝砌成，平均高度6米，厚度达4米。寨墙上四面暗堡密布，岗楼高耸，炮台耸立，每隔5步设一城垛，有的寨墙垛最高处达30米，最宽处也可达30米，可骑骏马奔驰巡逻而无险。墙壁内壁外雕龙刻凤，塑花制木，描人绘物，是一座坚固而美丽的防御画廊。庄后修筑2座石碉堡，配备铁铸大土炮2门，号称"大将军""二将军"，还有几门小罐子炮。正门前庄墙外有护庄壕沟，一座长23米的三拱石小桥，从10多亩大的水田中凿成之字形架，与庄内相连。

寨门东、西、南、北4方均用一寸厚铁板钉装。一遇紧急情况，4门紧闭，土炮齐鸣，锅片铁块纷飞，犯者不死亦伤。因此，在冷兵器时代，任刀尖利刃把它也无可奈何。正面是高大的庄门，门顶为拱形，上嵌匾额，阴刻有"梓里干城"4字，柱上原刻联"遵呈典以保边疆但愿一方安堵""休王章而修堡垒还期四境太平"，横额"功高防守"。

庄寨内建筑为四合院天井木瓦结构，配建有粮仓、食堂、军火库，院内以传统的标准建筑方式修建而成，分上、中、下院坝。大厦前后3个大石坝，摆兵设马，操枪练炮。入了前门，进得中门、内门，方能看到主厅大厦。主厅四周建有48幢楼台亭阁，幢幢假山相连，流水潺潺错落。主厅大厦楼高3层，层层雕梁画栋，古色古香。大厦一楼主厅建有一座4米高的神龛平台，一尊2米高的观音坐莲台平放在那18米宽的神龛平台上，2个八方宝塔稳坐在观音坐莲台上的围栏中央，金银铸成的金银宝塔分开平放，金塔放左，银塔置右，塔高50厘米。这是"金银庄"的核心，以此得名"金银庄"，对外又称"曾云庄"。这"金银庄"是曾家至高无上的神灵，以消灾息祸。

如今，云庄曾经的豪华早已淹没在历史的烟云中。望断云庄残垣，枯枝野草丛生，给人以悲凉的感觉。云庄曾氏家族曾经在兴旺家族事业的同时，也为黎民铺就了一座座车水马龙的路桥，顺应了历史的发展。八龄桥与云庄，八龄桥是坦途，云庄却成了挡车的螳螂。现在，云庄变成了废墟，唯有八龄桥依然峻峭地矗立在赤水河一级支流的盐井河上，在乌蒙大山里默默地述说着自己的故事。

水洞坪览胜

　　水洞坪位于四川省古蔺县东南部龙山镇和鱼化乡交界处，地处鱼丰村七组。该村又名红军村，距离古蔺县城35公里，S309省道由此经过。

　　2018年11月29日，我与康宁等朋友们前往水洞坪天坑峡谷采访。下车一看，我忽然想起来了。这里也叫两夹岩，这段公路原来叫陡沟子，是在岩石上开凿出来的路。记得20世纪80年代中期，这里刚通公路不久，一辆大客车就翻下边沟的乱石堆下，造成重大伤亡。

　　在水洞坪休闲山庄老板李政林的带领下，我们一路在水洞坪拍摄采风。

　　一行人首先来到峡谷北端山崖上的观音洞。到门口回头一望，美丽的景色把初冬装扮得层林尽染、美丽动人。美女爬岩不怕陡，也被这山水迷住了。眼前的百丈飞瀑倾泻而下，雾满峡谷。据说，夏天水大，太阳光照射，出现道道彩虹，美不胜收。

　　一对天然溶洞恰似猫眼。一个观音洞，洞厅宽阔，供奉着观音，里面的钟乳石塞满了洞穴，有巨大的钟乳石连接天地，灯光一照，闪闪发光。一个原始洞口用石块砌了挡墙，还有残存的土墙，多年前曾有人居住。在这个洞内，人们发现了包括剑齿象、貘、大熊猫、鬣狗、华南虎、犀牛、云豹等在内的20余种古生物化石，数量达300余件，后经专家考证，年代可追溯到100万年前。

一条70度的弯弯曲曲的壁道小路从观音洞直插谷底，岩壁上悬挂白练，百米瀑布飞流直下，像珠帘遮住谷底洞口，名曰"水帘洞"。脚下的台阶常年水雾浸透，满是溜滑的青苔，必须扶着栏杆像螃蟹一样横着走，小心翼翼，不然一个"仰八叉"就当"梭梭板"下去了。

下到谷底，只见溪水消失在一个神秘的洞口，雾气腾腾，瀑布和河水流进这个偌大的暗河洞口，消失了。据说，是流到10多公里外的磺厂的天堂冒出，成了石亮河的源头。这样的美景让人心动，大家各自选好位置，按动快门，留下美好倩影。

逆峡谷溪流而上，这段溪流有的湍急；有的奔流在乱石中，哗啦作响；有的坦荡，翠鸟点水，碧波涟漪。清澈的河水，鱼翔浅底。让帅哥美女们摆几个姿势，拍几张戏水的美图，一行人又沿着溪谷上行，踏石踩水，欢快前行。

沿着逆流，我们走到峡谷最窄处一个叫"一线天"的地方。这里是地域分界线，一面是鱼化，一面是龙山，两地以此分隔，又以此相连，如果在谷顶搭一座桥，也不足10米。

"一线天"垂直耸立，崖上生有一些杂草，绿树斜挂。正是枯水季节，溪水不大，小鸟在溪水中啄食，红籽红得透亮。这时正好中午时分，阳光从天顶射下，也感到几分凉意。

"无限风光在险峰。"最险的地方往往隐藏着极美的风景，这段路也没辜负大家的期盼。石头上长着的草树，枝叶倒垂在水中，任由清流冲洗，活泼多姿。而从长满青苔的石隙中泻下的白色激流又像一道凝固的音符，近看袅袅，远听渺渺，倩影漂流。

走到小溪合流的地方我们朝左支流走，然后爬坡，上面是一个十分重要景点——燕子洞。

"要走野猪路了！"李政林说。这不是野猪路，而有打造好的陡梯，李政林带着大家跨过溪流扶梯拾级而上，俯首拱背，一身汗水，石堰在头上蜿蜒。燕子洞豁然出现在眼前。爬上平台，太累了，燕子飞了，我们来了，让我们这些"燕子"小憩一下。忽然有人叫："喂，风景还在上头哟！""啊，太累了！歇息！"

再往上爬30米，就到了野人洞。城门、城墙、点将台、圆砌的石桌、灶台等，原汁原味，在那里迎候我们。是古寨，是岩居，是野人洞，谁也说不清。但是有一点敢肯定，这里曾经住了许多人。平坦的大洞里，足有几个足球场的面积，这是天然的遮风避雨的好地方，是一个藏兵扎寨的好洞穴，没有人居住过才怪！

燕子洞洞厅比观音洞大得多、高得多，洞顶许多小窟窿，那是燕子和蝙蝠的巢。而洞下是嶙峋的尖石，被水滴出许多小洞。我们留下了洞口的美景和欢笑的回音。顺着洞口进去，只见一条人工渠向里伸展。李政林说，这个洞高大宽阔，是暗河的走道，适合开发成漂流场和玻璃滑道，里面惊险刺激，更让人流连忘返。多年前走通过四五次，约有4公里。上面进水的洞口叫仰天窝和叮咚山，出洞口顺着小河走2公里，就是毛主席、朱德、周恩来1935年长征经过古蔺时在鱼化的驻地遗址。爬上叮咚山，豁然开朗，石公石母和十八罗汉尽收眼底。鱼化街外的小河以及长田沟、干河等几处水流都往这个洞里灌。

顺着悬挂的大堰往回走，平坦安全。我们从百米高的崖腰上俯瞰峡谷，回顾来路的艰辛又欢乐，同时又万分感慨，从燕子洞里的暗河被截出一条大堰，流过悬崖，为灌溉良田，为龙山镇提供水源。不得不敬仰我们的先辈。那是1966年，一个吃不饱穿不暖的年代，水洞坪腰带岩大堰开工，1968年大堰通水后改变了干旱面貌，不仅保证全村265亩常旱田的灌溉，而且新开了380亩良田。全村粮食产量由通水前的28万斤，达到1981年的102万斤，增产2.6倍以上。鼓足干劲，继续开凿，才有了今天的景象。

一路上，大家看到两岸峭壁上有大大小小无数的山洞。李政林告诉我们，这条峡谷里有大小溶洞几十个，他土生土长于此，去过的也不多。特别是瀑布下的一个小洞，钻进去，是个宽阔的洞厅，里面生长着各种各样的钟乳石和溶岩瀑布，才是真正的"藏在深闺人未识"。如果循着电光慢慢查看，光怪陆离，如入仙境，美不胜收。这些洞穴里隐藏着巨大的溶岩资源，亟待开发。

水洞坪的水从上游的暗河里涌出，又从下游的深坑消失。这2公里的峡谷原本是一个远古时期狭长的巨大天坑，犹如一位深藏于峡谷溪流中的美女，正期盼着人们去欣赏她美丽、原始、神秘、艳丽的容颜。

从爬上观音洞开始，又下到峡谷底，沿河而上，又爬上野人洞，回到燕子洞，沿着大堰平缓而回，约5公里的路程，2个半小时足够了。出一身汗，玩一下水，观一观鸟，冒一下险，吃一点儿土鸡、土鸭，十分满足。满心装着水洞坪自然美丽的风姿。

在我们停车的公路旁的水洞坪休闲山庄，几十米深的狭长溶洞被打造成一个洞穴餐饮和音乐厅，可同时供上百人就餐娱乐。过道、厅室、储酒区、厨房等顺势而成，岩溶景观随处可见，灯光奇幻迷人别具特色，是峡谷探险观光后最佳的餐饮休息场所。这里是李政林老板"返乡创业示范店"，在全县美食节上，他家的水洞坪麻辣鱼还获得了银奖。

李政林是水洞坪风景区和水洞坪休闲山庄的拓荒者。2005年，他自主开办水洞坪休闲山庄，2012年投入运营，并把外出打工的孩子们召回乡创业，不辞辛劳全身心投入，企业才得以稳步发展。在各级领导的支持下，他于2010年建设景区公路，2016年通车，2018年硬化公路并修建游泳池。资金短缺，他向家人借，投工投劳，无比艰辛，现在初见成果。建设过程中，他偶然发现隐藏的古生物化石，有300多个，这才是用钱买不到的无价之宝。看看这些宝物，我想，也许我们的祖先在许多万年以前，就在这沟壑纵横的深山里狩猎，又从这个山里走出去的！

水洞坪是一个古朴而又幽深的地方，周边植被茂密、古木参天，空气中负氧离子含量高，气候宜人。景区内峡谷险峻，山水灵秀，峭壁耸立，奇峰异树，苍翠古朴，奇石异水，秀美壮观。水洞坪"峡谷一线天"、观音洞、水帘洞、燕子洞、野人洞以及其他大大小小的溶洞天然形成，景色优美、别有洞天！这里留下了红军长征的足迹，也流传着神秘的远古神话，这里是植物的王国、动物的天堂、人间的乐园。

2018年12月8日

原载《泸州作家》2020年第3期

茅溪与茅台

　　茅溪镇与茅台镇相邻相伴，与茅台酒厂相隔一条赤水河。说到茅台镇，人们自然会想到闻名世界的红军"四渡赤水"迂回北上的茅台镇，茅台镇也因出产"贵州茅台酒"享誉世界。说到茅溪镇，世人感到陌生，虽师出有名，却还是一个初生的新名字。茅溪镇从四川古蔺县的水口镇改名换姓而来，在2018年3月四川省人民政府批准水口镇更名为茅溪镇以前的地图上是查不到茅溪镇这个地名的。更名后，茅溪、茅台两镇一字之差，犹如弟兄。综观两镇历史，茅台、茅溪的历史文化、红色文化、酱酒文化同宗同源一脉相承。水口镇更名为茅溪镇，既是追溯酱酒历史文化的需要，又是传承红色文化的需要，更是赤水河两岸经济社会发展的需要。

　　茅溪镇距北面的古蔺县城98公里，从县城上高速到太平渡出口，沿煌家沟、大村、烧箕湾、石宝镇到茅溪镇约2个小时车程。如果从南面的蓉遵高速在仁怀出口，北行5公里就到了赤水河边的茅台酒厂，跨过茅台酒厂赤水河上的彩虹桥上行5公里，则到了茅溪镇四川309省道与茅台镇交界的石碑坳。在此处再向西爬坡上行15公里，就是海拔1080米的茅溪镇政府所在地。如果在石碑坳拐角从茅溪镇的辖区内往南下行到草帘溪渡口（茅溪渡口），就是茅溪镇紧挨赤水河海拔423米的草帘溪河谷。这里与仁怀茅坝镇隔河相望，与茅台镇渡口水路相距5公里。

茅溪镇是川南泸州边缘古蔺县最东端的一个镇，尽管与茅台山水相连，唇齿相依，如今两个镇子却有着天壤之别。

茅台镇是大户人家，是遵义乃至贵州的金库，白花花的茅台酒不断流出去，黄灿灿的金子接连流回来，成了美酒河畔的巨富。据说，茅台酒厂（集团）每年上缴国家的利税就有400亿元。一业兴百业旺，镇上的老百姓也搭上"贵州茅台酒"的班车，办厂兴业。茅台镇的售酒门面并列，家家卖酱香酒，"茅台镇酒"遍地开花，买卖兴隆，富民富镇。茅台镇与茅溪镇自然环境相差无几，却有天壤之别，皆因酒。

茅溪镇则"农不农商不商，守着资源吹谷糠"，还在脱贫奔小康的路上。改个相关的名字，恰似两个亲弟兄，也许就是希望能相互有个照应。可是不行呀，一个在贵州，一个在四川，划河而治，谁也管不了谁。但是，赤水河两岸的民间交流却源远流长，两个镇子有史以来就有"剪不断，理还乱"的关系。

"四川人生得憨，拿遵义换龙安"这句顺口溜，在川南黔北地区流传广泛。

雍正五年（1727）8月，鄂尔泰奏请朝廷，以赤水为界划定川、黔两省疆域，"以四川遵义府并所辖遵义、真安、绥阳、桐梓、仁怀五州县隶贵州，改永宁县隶四川"。川、黔两省大员立即着手组织勘查省界，调整隶属关系和行政区划，将过去属于四川的遵义府划属贵州省，而原属于贵州省管辖的永宁县（主要是今古蔺县地域）划归四川。遵义府当时就是黔北地方富庶之区，经济比较富裕，有"黔北粮仓"的美誉。而永宁县偏于一隅，相比之下经济落后、土地贫瘠，如此调换也是亏了。于是，清代中叶至今，在川黔民间就流传着这句调侃的顺口溜："四川人生得憨，拿遵义换龙安。"基于顺口溜要押韵顺口，便用了永宁的代称龙安。

茅溪与茅台就是在这样的历史错位中隔河相望着，亲情友情不断。

传说，明朝陕西商人入蜀，在茅溪贩卖酿制米酒，并传授给茅溪附近樟树村村民郑帝良。郑帝良经反复实践，研制出酱酒之曲，到茅台镇凭酱酒酿造术帮人酿酒。不过，《茅台郑氏族谱》记载，清朝中叶，郑帝良是在茅台村学酿酒。郑帝良用多种中药酿造出了前所未有味美甘醇的美酒，200年后，这种美酒被定义为酱香型白酒，郑帝良被誉为茅台酱香始祖，也是茅台郑氏第一代酒师。茅溪与茅台就是这样纷争着，传承着两岸的传统和美丽的佳话。但是，现在谁也否认不了眼前富裕与贫穷的现实。

茅溪镇尽管与茅台镇"同饮一江水"，有着很深厚的历史渊源，但其仍在脱贫攻坚道路上奋力追赶。

茅溪镇，1951年建水口乡，1958年设水口公社，1984年复水口乡，1992年庙林、九岭两乡与水口乡合并建水口镇。面积200平方公里，人口3.2万人。辖水口、碧云、金钟、白蜡、马跃、庙山、天富、水井等15个村委会。过去，以传统的农业生产为主，主产水稻、玉米、小麦，基本解决了温饱。1983年，乡镇企业兴起，开办镇上唯一的镇办企业——草帘溪酒厂，生产出品牌"赤河茅酒"，品质优良，与茅台生产的酱酒同宗同源同味道，没什么两样，由于品牌、市场、交通等条件的限制，许多年没有大起色，企业效益无从谈起，甚至"赤河茅酒"的商标也被别人占用了。2010年，又改制成私营企业，出品"茅溪窖酒"。2016年，中国沈酒集团又注资控股，合作生产经营，出产"中国沈酒·酱酒"。2018年，沈酒集团控股的草帘溪酒厂生产基地产值近2亿元。沈酒酱酒按工艺投入产出，市场逐渐拓展，企业正步入快车道，迅速发展。

2018年，茅溪镇完成财政税收1436万元，完成国内生产总值38500万元，增速12.6%。其中，农业生产总值17574万元，增速8.9%；第二产业生产总值14388万元，增速13.4%；第三产业生产总值6499万元，增速13.2%；人均可支配收入10360元，增速12.1%。

现在，在脱贫政策的扶持下，国家加大资金投入，改善基础设施，茅溪镇找准具有地方特色的经济增长点。近3年，国家为茅溪镇投入脱贫资金近6亿元，比此前上级累计投入的总和还要多。经过多年的努力，在各级领导的关心帮助下，镇上明确了脱贫奔小康的方向。现在，茅溪镇坚持以"酒业为引擎，旅游为牵引，产业为支撑，创新为驱动，民生为根本"的发展思路，实施"酒庄活镇、旅游名镇、产业兴镇、创新领镇、民生安镇"，构建"一核两环三片多点"的空间布局，即"一核商贸突出、两环旅游整合、三片产业聚集、多点项目支撑"，同时依托泸州"291"工程赤水河扶贫公路环线，着力打造出与之相关联的太平、二郎、茅溪、茅台、土城等"四渡赤水"的红色旅游环线，把茅溪镇两江沟120米高的瀑布以及环四渡赤水大峡谷的美丽景色展现在世人面前，拉动旅游经济发展。茅溪镇正在向着既定的目标阔步前进。

2019年7月24日

原载《泸州作家》2019年第6期

轿顶人物

JIAODING RENWU

麻柳滩精准脱贫奔小康的带头人

——记国家开发银行下派第一书记李学征

"花灯唱了千年，过年求喜气，越求越穷志越短。共产党如今带领我们麻柳滩奋斗脱贫，天天有喜气，天天都要唱。这也是乌蒙山区老乡的共同心愿，我们想富一百年！"这是麻柳滩村里的"灯首"、古蔺花灯非遗传承人谢建刚常常向乡邻和来访者说的一句话。

麻柳滩村过去是"头顶高速路，脚踏古蔺河，腰缠蔺郎路，望天要饭吃，抱着甑子饿肚皮"的贫困村。如今，一条水泥路直通村委会敞亮的活动广场，成了乡民来花灯的好地方。

看到他们的精彩表演，我便想起他们村的第一书记李学征刚到村上不久我去采访的艰难情形。

泸州市古蔺县永乐镇麻柳滩村是国家级重点贫困村，有着光荣的历史传承。1935年1月29日拂晓，中央红军从贵州仁怀土城、元厚渡过赤水河后，分左、右两路进入古蔺县境。左路为军委纵队和红三、红五、红九军团，一渡赤水后从太平渡、麻柳滩、孙家坝等处渡过古蔺河，经太平、石夹口、大村等地，从摩尼等处进入叙永。红军长征过麻柳滩，给我们留下了极为宝贵的精神财富。长征精神成为激励人们脱贫攻坚的不竭动力。

2017年年底，全村在李学征书记的带领下，在上级领导和社会各方的帮助下，终于甩掉了贫困的帽子，走上了致富的道路。一路走来，人们感慨万千，不负好时光，感激党精准脱贫的好政策，感谢李学征书记带领他们实干巧干科学干，走出贫困，在小康的路上奔跑。

上　任

2015年9月15日，古蔺派出专人到重庆机场接回了一位来自北京的客人。

中午时分，客人与前来接机的人一同坐车离开机场后，转车在高速路上一路飞奔前往古蔺。一进古蔺地界，车子一头钻进了磅礴的乌蒙大山里。山路一弯又一弯，高山一重又一重，车子一会儿爬上高山，一会儿下到谷底，钻来转去，似乎在走一条无尽头的山路。窗外的绿色屏障一晃而过，有些着急了，客人不时地问："还有多远才能到古蔺？"车上的人只是笑笑，不时回答："不远了，快到了……"过了2个多小时，腰痛了，头晕了。"哎呀，还有多久到古蔺哟！"

车子不停往前开，惊险一程又一程，发问一次又一次。看得出客人一路过来有些疲惫。尽管他从北京出发前在网上查了大量资料，对古蔺有了一定了解，做了很好的心理准备，但是面对车窗外延绵不绝的乌蒙大山，迂回曲折的山区公路，心里的落差不断加大，切身体会到了自己对贫困山区的认知还不足。心里既为古蔺县的偏远感到困惑和震惊，又对此行的使命有了更加深刻的认识，任重而道远。

对于生活在大城市的人来说，到古蔺的第一程绝对是一件终生难忘的事。

李学征，一个近一米八的山东大汉，这一天，带着到古蔺县脱贫攻坚的使命，离开环境优越的工作单位，告别家中妻小，带着简单的行囊，只身从北京出发，来到这个国家级贫困县——四川省古蔺县。

按照党中央、国务院《关于打赢脱贫攻坚战》的文件精神，国家开发银行对口帮扶古蔺县，帮扶单位要选派一名优秀干部到对口贫困县担任驻村第一书记。古蔺县选择了麻柳滩村作为国家开发银行的重点扶贫村。到古蔺县的第二天，李学征就去麻柳滩村上任了。

麻柳滩村山重水复，小轿车换成越野车，最后又换上摩托车。驶过村社的泥结碎石路，走过一段段泥泞小道，最后到达山腰占用村小校舍简陋的村活动室。

一路走来，麻柳滩村山高路陡，土路尘土飞扬，破旧的民房，偏僻和贫困映入眼帘，李学征心里真是五味杂陈，心里有些酸楚，感觉肩上的担子沉甸甸的。

调　研

到了麻柳滩村，村民对李学征非常热情、真诚，让初来乍到的李学征感受到了村民的善良和淳朴，也感受到了村民一心脱贫的迫切愿望，很受鼓舞。刚到村里，几个老人找到李学征说："小李啊，你来我们村，什么都不用为我们做，就帮我们把村社公路修通吧！"李学征记在心上。他看到了中国贫困山区农民决心摆脱贫困的坚强毅力和斗志。他一想起几个老人对他说的话，就会热泪盈眶。

麻柳滩村位于永乐镇东北面，毗邻太平镇，距古蔺县城30公里，蔺郎路、叙古高速（永乐段）穿境而过，面积11.3平方公里，有耕地1960亩、林地6850亩，山坪塘28口，下辖8个村民小组，715户、3538人。全村有建档立卡贫困户122户、534人，已脱贫117户、520人。实施脱贫攻坚以前，全村没有硬化水泥路，没有安全饮水，电压不稳，用电成本高，外出人口多，村里大多是留守老人和儿童。

麻柳滩村山清水秀，但山高坡陡，交通极为不便。山对面说句话听得见，走过去要半天。为了尽快摸清村里的情况，李学征用一个月时间，跋涉在崎岖的山路上，走遍了全村的山山水水，硬是将全村各家各户走访了2遍。当爬上全村最高点的磨子石窝矬处，一汪清水从地下冒出，李学征激动万分，遥望东方，似乎站在了奔腾不尽的赤水河源头，看到了红军2次渡过赤水河太平渡口时的胜利喜悦。李学征说："在山东老家，一个星期就能走访完全村，村里道路平坦，农户集中。麻柳滩村太大了，山高路险，农户又分散。这种调研是艰苦的、心痛的、感人的，知道得越多，肩上的担子越重。"

由于条件艰苦，村里的女孩出去打工或远嫁他乡，外面的姑娘不愿嫁进村，导致村里光棍多。村里留守儿童和空巢老人多。老百姓说，村里留守的大军就是"386199"部队，意思是只有妇女、儿童、老人。大量田地抛荒，贫困面大，贫困程度深，行路难、吃水难、住房难等。走村入户中，经常会碰到触动内心的一幕幕，李学征说："在一次走访的过程中，就碰到一个叫王芳的小女孩，竟然头枕着书包在路边睡着了。把她叫醒，去她家里看，家里的房子外面墙体开裂，里面破烂不堪，家里没有一件像样的家具，因为常年用柴火做饭，屋里被烟熏得漆黑。家里只有她和父亲2人，父亲50多岁，一直未婚，王芳是抱养的。"

"在麻柳滩村，这种情况的很多，真是处处催人泪下，特别是一些孤寡老人、留守儿童的生活艰苦、孤寂。"在走访贫困户李雪家时，他被她家的情景刺痛。李雪家有5个孩子，最大的11岁，最小的4岁。她的丈夫2年前去世，李雪长年在外打工，患病的婆婆在家照顾孩子，5个孩子是典型的留守儿童。"家贫不是孩子的错，但是贫穷却让孩子们承受了很多！"李学征说。再苦不能苦孩子。李学征说："男儿有泪不轻弹，可是我觉得自己来到麻柳滩村后，感情比以前更丰富了，这感情既有对当地村民艰难度日的感伤，又有对当地村民的感激，感激他们让我的心灵一次一次得到洗礼。"

谋　划

静下心来，李学征开始谋划怎样入手开展脱贫工作。"水电路住产业信息"，先易后难，步步跟进。通过走访，综合镇领导和村委会领导的意见，李学征意识到麻柳滩村要脱贫，需要解决的第一件大事就是修通公路，然后才能更好地响应党中央、国务院的号召，打赢脱贫攻坚战。一句话，精准脱贫，交通先行。

为了尽快修通公路，李学征白天走访，晚上和村委会的干部研究修公路的有关事项。遇到问题又多又棘手时，李学征和村干部们通宵达旦研讨。因为遇到问题不及时解决，会影响修路的进度。在修公路的同时，既要协调解决好修路占地的赔偿问题，又要处理一些相关工作。有的时候，当面协商说好交办的事情，转过身又变了。"比如修公路占了谁家一点儿地，和村里的干部结束了白天的工作后，又要熬夜去找这家人协商赔偿的事，费了很多口舌，好不容易谈妥赔偿对方5000元，一个晚上过去，又变成要赔偿8000元。修路时，有村民拦住挖掘机死活不让施工，搅拌混凝土用的水管被割断，拉石子的车被拦住不让过，等等。"李学征无奈地笑笑说，"遇上这种事，要说不心酸，那是假的。"

通过摸底调查，李学征又深刻地认识到脱贫的根本在教育。不管是交通条件的改变，还是发展产业，都是外在的改变。真正的脱贫是内心和思想观念的改变，提高人的文化素质，教育是根本。教育是思想观念得到改变的重要环节。村里共有2所小学，其中麻柳小学有近100名小学生，山顶的千峰小学有50多名小学生。2所小学的教室都破烂不堪，一些简单的学习用具也陈旧落后。山里的娃娃太苦了，改善教学条件刻不容缓。李学征立即着手向上级有关部门汇报争取，又积极联系社会各界捐款捐物。学校将教室粉刷一新，外墙也贴上了瓷砖，还添置了几张乒乓球桌和一个篮球架。联系泸州市美琪学校的教师到麻柳滩村义务为学生上了几堂舞蹈、音乐、绘画课。

经过不懈地争取，国家开发银行先后3次到麻柳小学和千峰小学走访慰问。为2所小学购置了约3万元的文具、教学用品和办公用品，惠及150名小学生。还为千峰小学购买了书籍，建立了爱心书屋，为留守儿童添置冬衣，送去温暖。开发银行还安排了2所小学校7名教师到北京培训学习，为村里的大学生、职高生和职专生助学贷款，保证了每个学生不因贫困而失学，切实把关爱留守儿童的工作落到了实处，真正做到扶贫先扶智，不让贫穷传递到下一代。考虑到2所小学都在高山上，山路崎岖，路途遥远，村里决定在村子平坦的地方建设一所新学校，把2个学校合二为一，彻底改变学校条件，引入优秀教师，留住老师，留住学生。几个月的时间，150名小学生就搬进了条件好的新学校。

解决了棘手的事，李学征又着手谋划远景。他说："没有规划，脱贫攻坚犹如无头苍蝇。"在充分调研后，按照"最能体现川南乌蒙山区农村特色、最符合麻柳滩村自身实际、最有科学性可行性"的"三最"要求，村委会经研究决定，聘请深圳四川中恒设计公司进行新村规划设计。为了让村民看得明白，李学征还亲自绘制了一张村域发展规划图，将养殖和种植进行结合，既有短期发展，又有长期布局。养殖业以生态猪、鸡、牛、羊为主，采取分散与集中养殖相结合的方式。通过建立养殖基地，起到示范带动作用，通过支持村里的能人大户带动贫困户脱贫发展。他发现村里有个叫罗刚的年轻人，有想法有干劲，就支持他建立养鸡基地，并与罗刚一起争取，与古蔺名食麻辣鸡加工厂家签订了长期的原鸡供应合同，这样就稳定并避免了市场风险，同时带动贫困户养鸡。这种方式可以保证每个贫困户每年至少增加5000元的收入。种植业方面，已种植甜橙2000亩、桃子1000亩，计划再种植1000亩茶叶，着力形成甜橙、桃子、茶叶3个千亩纵向分层板块。

凝　聚

第一书记的一个重要任务是增强村党支部和党员干部的凝聚力，加强村级党组织建设，培育一支好队伍，充分调动党员和干部的积极性。脱贫攻坚，党员干部的示范带领作用是关键。干部手里的权力能不能用好，群众都盯着你。群众对新的支部班子都持观望态度，看能不能给他们带来好处，能不能干点儿实事。如果你干好了，群众看到希望看到效果，就跟着你干，群众的积极性才能调动起来。

麻柳滩村有党员35人。书记带头带好党员干部队伍，对抓好脱贫攻坚工作起着至关重要的作用。李学征说："脱贫不是单靠一个人的力量能够完成的，单位把我派出来，保证自己干好，这只是一个很小的点，这样做会辜负上级领导的重托，其实这个地方发展得好不好，关键要看大伙儿，要靠党员干部，要靠一支优良的干部队伍。"

有一支好队伍，还要有一套好机制。说到底，村民最后还是要靠一套好的机制管理规范。所以，建立一套管用实用、长效运行的管理机制，就是为组织建设和脱贫攻坚提供良好的制度保障。"因为每个人都有自己的小想法，有了小想法就要有一套机制管理约束。干部群众自觉规范约束自己，才能保证在长期的脱贫攻坚战中按照既定的方向奋斗、前进。"李学征深刻地认识到这些。脱贫工作纷繁复杂，没有一套制度规范约束，就会功亏一篑。干部如此，群众亦如此。要让群众相信你，就要接受群众监督。党务村务及时公开，既给群众一个明白，也还村干部一个清白。对老百姓的表现进行打分，根据分数评出星级，打分最高的是五星，低的是四星、三星，低于三星的将受到应有的处理。结合实际实行村组考核管理办法，全力推行信用评价制。制定针对全村的星级户评议制度，以组为单位，进行组内评比，通过星级户评议活动，引导群众养成好习惯，树立良好风气，用文明新风加快脱贫步伐。

硕　果

自2015年任麻柳滩村第一书记以来，李学征不断奔走、呼吁争取，共争取各种项目资金1000余万元。国家开发银行通过实施贫困户"五个金融全覆盖"，推动麻柳滩村脱贫攻坚工作取得显著成效。金融脱贫方面，支持易地脱贫搬迁贷款640.1万元，帮助45户、176名贫困人口改善住房条件及生活环境，其中建设新街、小水田2个易地脱贫搬迁聚居点，实现48户、201人住房安全。基础设施方面，国家开发银行捐赠225万元硬化通村主公路5公里，整合建设生产、入户便道12.5公里，蓄水池11口，山坪塘6口，渠道2.5公里，灌溉用管道9.5公里。整治山坪塘1口，新建小水窖30余口，改建泥结碎石路6公里，改善民居100户。

李学征引进先进地区的做法，帮助成立麻柳滩村集体资产经营管理有限公司，通过入股农民专业合作社的方式，支持大户能人带动贫困户发展。成立土地合作社1个、生态农业合作社1个、水果合作社1个、养殖合作社4个。采用"公司+基地+大户+贫困户"经营模式，发展种养殖业。麻柳滩村集体资产经营管理有限责任公司与古蔺姬三三麻辣鸡签订定销合同，公司出资50万元建成占地10亩的原鸡养殖基地，诚邀养殖专业大户参与日常管理，吸纳本村贫困户入股进行分红，本村已有20多户贫困户贷款入股购买鸡苗。种植甜橙、优质桃3000亩。甜橙是当地苦干加巧干的见证。瞄准了甜橙产业，引导村民种植2000多亩甜橙，成立村集体农业公司，对口帮扶的国家开发银行在网上发起"甜橙爱心银行——甜橙认养计划"众筹活动，以村集体名义面向全社会筹集资金，通过京东众筹平台，消费者仅需128元，就能认养1棵甜橙树，挂上认养树苗名牌，帮扶1户贫困户。依托绿色资源和环境，种植绿色、无污染、原汁原味的甜橙，将当年新采摘的数十斤甜橙回馈给奉献爱心的认养者，所筹资金用于幼苗管护和爱心银行运营，实现村集体收入10余万元。2018年以来，村里人均收入达到1.3万元。

点　赞

李学征说："从北京来到麻柳滩村，心里也有落差，但作为一名党的干部、一个年轻人，应该做点儿有情怀的事，做点儿有意义的事，做点儿对社会有价值的事。扶贫就是这样一件事，既帮助了很多人，又实现了个人的价值。作为一名第一书记，心里不能光想着自己，要把扶贫工作当成自己的责任，这样才能干好。"

谈到工作，李学征总是精神抖擞，自信满满，说话掷地有声，言谈间不失山东汉子的豪爽。问及家庭，李学征有些腼腆，说自己平均2个多月回家探亲一次，目前妻子正怀二胎，孕期反应强烈，不能好好吃东西，还要自己照顾3岁的女儿，压力非常大。与妻子相隔千里，在妻子最需要人照顾的时候，不能陪在妻女身边，感觉自己没有尽到一个丈夫和父亲的责任，心里满是愧疚。

村支书赵立远竖起大拇指："我当了2任村支书，总想带领群众脱贫致富，但心有余而力不足。李书记下派到麻柳滩村，带来了优质资源。他像医生把脉、对症、处方、预防，帮助村民摆脱贫困。他吃透村情，理清思路，制定规划，瞄准项目，争取资金，带着大伙儿一起干。一个从北京来的干部，为了麻柳滩村的脱贫，白天干工作，晚上搞研究，有时连续三四个晚上不休息。从最初的语言不通到现在能说麻柳滩村话，都是为了帮助村里脱贫。到山里来吃的这些苦、受这些累，麻柳滩村的村民都看在眼里、记在心上。"

2018年，他被评为泸州市最美第一书记，并被网络媒体推荐为四川省最美第一书记。让我们为行走在贫困山区精准脱贫、攻坚克难奔小康道路上的李学征点赞吧！

耄耋老人的自豪回忆

一个秋高气爽、丹桂飘香的日子，我慕名前往泸州市江阳西路裕华苑小区，采访郎酒在古蔺恢复重建时的创始人之一，时任国营古蔺郎酒厂副厂长的王俊昌老人。现年84岁的王老身体健康、精神矍铄。他兴致勃勃地回忆起当年在古蔺郎酒厂工作的往事。

郎酒厂的前身是生产回沙郎酒的邓惠川等私人小作坊集义酒厂，1950年初停产。郎酒与茅台异曲同工，虽然产量不及茅台，但品质同样优秀，远近闻名。由于当年郎酒与红军"四渡赤水"的缘分，周总理记住了它。1956年在成都的一次会议上，总理明确指示要扩大郎酒生产。于是，1956年9月18日，泸州专署发《关于改进白酒经营的意见》一文决定郎酒复产。1957年，组织人事部门选派高乃邦、王俊昌等同志，并从省专卖局调来二郎人聂云光同志协助工作，招用邓惠川的技师沈国均及各方面人才，集聚二郎滩组建郎酒厂。经过紧张的选人、选址、扩建、招工等筹备工作，1958年，四川省地方国营古蔺郎酒厂正式挂牌。高乃邦任支部书记，全面负责企业各项工作；王俊昌任副厂长，主管行政和生产。王老在那里工作了7年，见证了郎酒厂重建与不断发展的历史。对那段艰苦创业的光荣岁月，王老十分自豪骄傲。特别是回忆起他具体经办的郎酒被周恩来总理钦定为接待外宾用酒一事，更是心潮起伏，激动万分。

1935年，红军长征"四渡赤水"来到二郎滩，老百姓曾赠送当时的回沙郎酒，也用郎酒为伤员清洗伤口，郎酒为中国革命做出积极贡献。那时二郎滩著名的酿酒师傅是邓惠川，他家作坊生产的回沙郎酒是当时周总理喝过后记忆深刻的好酒。新中国成立后，周总理一直十分关心郎酒的发展。在他的亲自关怀下，1958年，郎酒由私人小作坊发展成为四川省地方国营古蔺郎酒厂。郎酒以其"酱香突出，醇厚劲爽，优雅细腻，回味悠长，空杯留香"的特点，于1958年、1959年、1960年连续3年获得四川省品鉴奖状，受到消费者喜爱。周恩来总理更是把郎酒钦定为接待外宾用酒。1959年，周总理在接待美国朋友时，兴致勃勃地谈到了郎酒。当美国朋友问到郎酒是否还在生产时，总理便推荐他们品尝郎酒。总理办公室秘书立刻打电话给四川省委，指示省商业厅亲自办理，立即送2箱郎酒来北京，招待美国朋友。省商业厅直接打电话通知古蔺县委陈修福书记，陈书记打电话告知郎酒厂高乃邦书记。高书记命王俊昌和邓大钦2天内必须完成这一光荣的任务，保证按期将产品送到北京饭店。于是，他们马不停蹄地连夜勾兑包装。那时，二郎到太平还没有公路，靠小货船运送物资。王俊昌立刻带上产品从二郎滩乘船到太平渡，县委陈书记的小车司机罗银芝到太平接应，随后由罗银芝直接拉到隆昌火车站，直寄北京饭店。收到酒后，总理办公室秘书回了一封信给厂里，大意是寄来郎酒2箱已收到，谢谢你们，并问员工们好。此收条当时由丁思忠存入二郎酒厂文书档案。

虽然已经过去60多年，可是每次谈到往事，王老总是首先提及，记忆犹新，而且倍感骄傲自豪！是的，虽然只是2件普通的郎酒，可它凝聚了郎酒人的勤劳、智慧和奉献，凝聚了周总理对老区人民的念念不忘和关怀厚爱！那是王老的骄傲，更是古蔺郎酒的骄傲、古蔺人民的骄傲！

2020年1月17日，郎酒股份公司副总经理、总工程师、厂公司总经理蒋英丽，郎酒厂公司党总支书记、工会主席杨辅春代表郎酒集团股份有限公司到泸州慰问看望王俊昌老人。

85岁的王俊昌老人是创办郎酒厂的拓荒者之一，是创建郎酒厂元老中唯一健在的厂级领导成员。当2位厂领导到他家里时，他情绪激动，感动得流下了热泪。随后，他兴致勃勃地回忆起当年在古蔺郎酒厂工作的许多往事。接着，他拿出精心撰写裱好的诗书作品展示给他们，并一字一句地解读诗意。蒋总看后，十分高兴，当即表态："开春后，我们要专门把你们这些老同志接到厂里去，故地重游，看看厂里的巨大变化，看看古郎峰酱酒园。"一席话令屋里暖融融的，大家都开心地笑了。

2020年1月17日

原载《泸州作家》2019年第1期

一个坚守在黄泥大山下的应急人

2014年，一位在部队服役12年，先后荣立个人三等功1次、集体三等功2次，南京军区士官优秀人才奖三等奖2次、优秀士兵6次、优秀共产党员1次的军人，结束了自己的军旅生涯，回到了古蔺。凭着一身的军功章和过硬的本领，他本可选择条件较好的县级部门工作，但他主动申请到古蔺石宝镇工作。他说："我是大山里出来的农民，我热爱那里的土地，希望回到家乡，继续挥洒我的青春和热血。"他就是古蔺县石宝镇综合行政执法办、应急管理办主任黄勇。

石宝镇地处四川盆地南缘乌蒙山区，是古蔺县的一个偏远乡镇。矗立在境内的黄泥大山海拔高达1480米，冬季冰天雪地。坐落在黄泥大山下的镇政府管理着192平方公里的"山头"和6万余口人。2020年，镇上成立综合行政执法办、应急管理办，两块牌子一套人马，管理着应急、安全、环保、森林防灭火、道路交通、市场管理、煤矿、非煤矿山、危险化学品、烟花爆竹等工作。办公室12个人承担了整合后大大小小500余项行政执法工作。黄勇2015年10月主动申请到石宝镇工作后，2016年6月任镇安办主任。虽然人们认为应急工作艰苦危险，"上面千条线，下面一根针"，工作任务十分繁重，搞不好既有生命危险，又有政治风险，可黄勇却认为，救人于危难之际，保护国家和人民群众的生命财产安全，是转业退伍军人的天职，转业后能干应急管理工作，是非常有前途的一份工作，也适合自己，非常乐意承担这项工作。今天，黄勇以自己的实际行动，成为石宝镇人人称颂的名副其实的"应急人"。

应急谋篇打牢基础

上任第一天，黄勇把应急人的职责铭记心里，决心用自己的青春和热血，守护全镇人民群众的生命财产安全，帮助老百姓解决紧急难题，成为全镇人民生命财产安全的守护神。

"战胜守固，必精强兵；欲得强兵，必须坚甲利器。"多年的部队生活使黄勇对强兵取胜有着切身体会。"实选实练。平时多流汗，正是为了战时少流血。""加强各项应急基础的训练，哪一块有短板就着重训练哪一块。"指挥员黄勇说，对于他领导的这支冒着风险干事的队伍来说，场上训练就是预演实践。黄勇深知，干部作风连着战斗力，而且是很强的战斗力。训风实则武艺精，考风正则士气振，演风真则实战强。只有闲时加强训练，战时才能有战斗力。在黄勇严格要求和身体力行的带领下，这支应急队伍的日常训练精、准、实，成了小镇上一道独特的风景。

盘清家底心中有数，实施重点防控。黄勇领导的应急办人人每年心里都有一份清楚的责任清单。

1至5月森林防火。由于石宝镇的特殊地理环境，山高林深，全镇有12万多亩森林，500亩以上的林区有57个。他们在全镇较高的山头建立了42个瞭望台，由村组干部和护林员负责。每天下午6点在瞭望台用手机拍摄视频一次传到镇上监管中心群里。签订11000多户责任书，实行镇、村、社、护林员四级包保，十户联防的森林保护制度。严肃查处违规野外用火事件。2021年，他们严查违规野外用火48起，处理48人，拘留8人，并借机召开村民大会，以案警示，同时还建立健全了行政举报制度。

6至10月防汛防灾。主要是风暴雨灾，特别是7至8月的主汛期，防滑坡、泥石流为重点，防田土垮塌、道路崩塌，一旦有灾情，立即组织应急人到灾区抢险救灾，逐户核查灾情，及时把党和政府的关怀与温暖送到受灾群众身边。2020年受灾后核发65万元受灾款到户，群众十分满意。

11至12月防冰雪灾害。每年冬季，气温都在0℃以下，道路结冰是常态。应急办每年都要储存30吨冰雪融盐，保障312国道出川道路通畅。特别是海拔较高、道路狭窄的5个村是监管重点，要求监管人员的手机必须24小时开通，及时沟通信息，随时整装待发。

明确全年监管重点和难点。煤矿、加油站、烟花爆竹等危险行业及企业是应急办监管的重点和难点。全镇有扶贫、兴旺、隆石3个煤矿，非煤矿矿山有3个砖厂、1个沙厂，3个加油站，4个加气站，1个燃气公司，24家烟花爆竹经营专店。监管人员必须定期巡查。

如今，煤矿全部实行智能化监控，矿井一有风吹草动，县上监控中心就会看到并会发出指令查看。

这些都是应急监管的重点对象，黄勇及大家都烂熟于心，并根据不同的对象，对照法规制定相应的管理制度和乡规民约。

应急攻坚破解民困

2017年，黄勇到五星村兼任第一书记。因为工作业绩突出，2019年又被派到离镇上7公里外的双华村任第一书记。2019年3月，正是脱贫攻坚的关键阶段，镇党委宋书记找他谈话，准备派他到比较艰苦的地方锻炼一下。他回答："我是一名共产党员，服从组织的安排，一定想办法干好。"于是，他承担了双华村驻村第一书记的责任。这个村是出了名的告状村。长期以来，班子涣散软弱，失去村民信任，实名举报信件满天飞，一年就有近200封信件投向各级纪委和信访部门。刚去时，开村民会，会开到一半就开始反映问题，村民闹架散场。面对这样的困境，他首先拜访老党员、知名人士、村民代表，了解村民的具体诉求，逐户拜访调查。不到2个月，他挨家挨户走遍了9个村民小组的657户人家。虽然鞋子走坏了，脚磨破了，但他的心却踏实了，因为他掌握了精准的第一手资料。

面对双华村的实际情况，黄勇坚持基层党组织建设与基础设施建设"两手抓、两手都要硬"的思路，按照程序重新选组长，并将全村35名党员分到各村民小组，充分发挥不同类型党员的能力和才干。

原来这个村的基础条件差，村上出行难、用电难、饮水难、致富难等问题没有解决，所以村民怨声载道。一天，他到村副主任家拜访，看到电风扇转不起来，一问才知电压只有80伏。于是，从解决用电难入手，切实为老百姓办实事。在电力公司的帮助下得到解决。2年间，为双华村共争取项目资金750余万元。修建蓄水池7个，硬化村组生产和生活道路13.8公里，新增变压器7台，有效解决了村民饮水、出行、用电等难题。2019年年底，村民邱天卫第一次将自己制作的木工制品卖到贵州时，他拉着黄勇的手激动地说："感谢你给村里修了路，现在产品能卖到外地，我们的生活会越来越好。"

黄勇刚到双华村时，全村产业底子薄，养殖肉牛仅50余头。产业上不去，谈何脱贫？哪来增收？黄勇坚持在全村发展养殖业。2019年，黄勇通过协调，贷款148万元，并由村集体公司入股50万元，成立双华村脱贫产业园养殖场，先期引进母牛50头进行饲养、繁殖。目前，该养殖场肉牛存栏120头，预计今年可实现收入50万元。黄勇表示，几年后，养殖场将达到1000头以上的规模。现在养殖场每年可为村集体公司提供3万元分红以及近30个工作岗位，还带动了周边20余户农户小规模参与养殖。今年，全村已发展肉牛养殖超过1000头。此外，双华村还依靠红粱、核桃、脆红李等产业走上种养结合发展之路，使全村人均可支配收入从5000多元提高到2020年的15500多元。

经过努力，终于把一个深度贫困村建成农村基层党建先进村和脱贫攻坚典型村，各项工作多次受到上级肯定和表彰。2020年10月，黄勇被评为泸州市脱贫攻坚帮扶工作先进个人，2021年2月被古蔺县委组织部表扬"脱贫攻坚专项工作中做出突出贡献"。现在，这个村成了石宝镇脱贫奔小康的示范村。

冰雪应急日解多难

2021年冰雪天气来临后，黄勇迅速集结镇应急队伍，迎着凛冽的寒风走村入户，向群众宣传雨雪冰冻天气安全防范知识，全镇16个村（社）留下了黄勇和应急队伍同志们一串串深深的脚印。他们安全宣传、值班巡逻、道路清理、隐患排查，以高度的责任感、使命感背负应急人的应有担当。

1月8日凌晨1时，白雪茫茫、大雪封山，为防止夜间行驶车辆出现交通事故，黄勇和同事在石宝镇双丰村设置了卡口。当他们一路步行巡逻到合马村地界时，发现路边设置的安全警示牌被风雪吹到了公路外近40米的山坡下。看似一件小事，但若没有警示牌就无法给群众和车辆指引方向。天一亮，数百名学生上学路过这里，极易发生踏空事故。山坡立面极其陡滑，黄勇从附近找来布条缠在双脚上，与同事手拉手向山坡下移动，由于坡面结冰，当他们快要达到目的地时，脚下打滑，又滑了下去。黄勇紧紧抓住坡上的树枝，用力拉着同事慢慢站了起来。他们重新绑好防滑装置，一起把警示牌摆放到结冰湿滑的道路上，做完一切又继续巡逻。

"黄主任，我们村有个孕妇要生了，卫生院的车辆来不了，村医生无法处理，有生命危险，请求帮助。"天刚蒙蒙亮，黄勇还没来得及躺下休息，石宝镇五星村村干部打来了紧急求助电话。道路结冰，车辆无法通行，产妇临产，情况紧急，黄勇立即一边带着民兵应急队伍前往现场接送产妇，一边通知石宝镇卫生院做好接生准备。风雪中，仅用时1个小时，产妇被安全送到石宝镇卫生院顺利生产。

中午12时，镇医院告急，又有一名孕妇即将生产，镇卫生院处理不了，急需转到古蔺县人民医院。冰天雪地，道路不畅，还未来得及吃早饭的黄勇又迅速投入战斗。他立即带领民兵应急队伍又是撒盐又是铲雪，与时间赛跑，与冰雪斗争，争分夺秒，埋头苦干，用超常的速度打开了一条生命救援通道。他们只用了不到1个小时，产妇成功转院。

晚上11时，还在办公室加班整理村上换届资料的黄勇又接到了应急电话。石宝村一户农户家中失火，住房被烧，要求立即救援。黄勇立即丢下手中的工作，带上应急人员和灭火器材向火场奔去，仅用30分钟，火势得到有效控制，最大程度减少了老百姓的经济损失。

在危难时刻，应急队伍是一支党和人民靠得住的队伍；在紧急关头，应急人是人民群众信得过的忠诚使者。累并快乐着，也是他们的一种特别享受，这是黄勇内心的真实独白。他说："今年是中国共产党成立100周年，百年征程波澜壮阔、百年初心历久弥坚，我会以更加优异的成绩向党的生日献礼。我愿意一直坚守在生我养我的这片乌蒙山上！我愿意冲锋在安全生产和应急抢险最前端！我要用浓浓的真情守护乌蒙山上的父老乡亲！永远跟党走，扎根大山永不悔！"

2021年6月12日

轿顶书香

JIAODING SHUXIANG

《川南的乡愁》感悟

手捧着《川南的乡愁》这本书，阅读了一篇又一篇，慢慢地品味，我知道了杨雪先生的作品为什么两次获得冰心文学奖，为什么被市委宣传部列入重点图书出版扶持项目，为什么已再版三次而供不应求。我有以下几点体会。

首先，杨雪的作品质量高，是用心写、用情写、用智慧写、用精品意识写的，集思想性、艺术性、知识性、趣味性于一体，读后给人以受教、增知、愉悦、美感的享受和现实的思考，是难得的文学佳作。以他写我的家乡古蔺《镇龙山》一文为例，除了文字的严谨流畅，已经炉火纯青之外，2000字的散文里包含了许多的信息和正能量。从中央的大政方针到百姓关注的普遍问题都在其中。龙山镇与镇龙山，一字颠倒，便有了龙山的来历与典故。写龙山的历史及辉煌，不仅写早已让人耳熟能详的红色故事，而且把鲜为人知的东皇庙与龙山的兴盛繁荣和风水宝地结合起来，让人耳目一新。讲龙山人故事，"武有邓幺婆，文有邓均吾"，既有下里巴人的普通百姓，又有阳春白雪的闻名人物，既有历史人物，又有当今名人，以此说明龙山是个人杰地灵的风水宝地。

其次，杨雪的作品用自己的表达方式，贴近生活，贴近百姓，贴近一方经济社会发展的需要。他写川南故乡的人和事，而且写那些与老百姓投机的人和事，让读者觉得仿佛每一个人和每一件事都发生在自己身边，都是自己亲身经历而又不能表达的，即我们所谓的"人人心中皆有之、个个笔下皆无"，杨雪的文章为他代言，所以是很强的群众性、时代性与杨雪个性的完美结合。川南故乡所需，当地政府和当地百姓所需，就是他笔下生花的美篇。如他写《水口记》，可谓真的写到水口人民的心坎里。水口的杨梅及杨梅酒，养在深山人未识，多么需要宣传呀！水口是茅台的后花园，美酒茅溪大曲、赤河茅酒、中国沈酒与茅台酒有一拼的实力有几人知道？水口的旅游资源之丰富有谁知道？杨雪把它写出来了，发表出来了，宣传出来了，为当地的旅游开发发挥了文学作品的鼓与呼作用。所以，水口人民感谢他，我相信水口的百姓肯定也非常喜欢他的作品。

再次，杨雪的工作方法和开拓思维是值得许多作家协会领导和管理者学习借鉴的。杨雪不仅是国家一级作家，而且是泸州市作家协会主席。杨雪这个主席当得好，是众望所归，是泸州作家们的大幸。大家知道，作家协会是一个无权无钱的部门，而作家们又有火热的创作热情和被社会认可的愿望。为了作家协会的生存和发展，为了大家的作品有更多的展示平台，他不仅奔走呼号，向领导汇报，引起重视和支持，而且礼贤下士、广交朋友、四处化缘，寻求多方支持。杨雪的许多思考与实践，把文学的生存与发展放在经济社会发展的大局中，既发挥文学为经济建设服务的作用，把文化的力量注入企业的生存与发展中，又解决了作家协会经费不足的问题，辩证地处理好了物质文明与精神文明的关系。这是许多真正有远大抱负的企业家、文化儒商关心的问题。有人说，能生存一年的企业靠个人的运气，能生存十年的企业靠管理，能坚持百年的企业靠文化。当今，我们许多有知识、有文化、有抱负的企业家，非常重视文化在企业中的作用，深深懂得企业需要文化滋养浸润，愿意文化与经济结合，花有限的资金进行广告宣传、文化包装，而文化的推广也需要经济支撑。二者结合，是文学艺术发展可供借鉴的路子，也是文学为经济服务的有效尝试。杨雪身边团结了许多有文化素养的企业家，他们的企业一方面给泸州市作家协会资金支持，另一方面也受益于泸州作家们对企业的宣传介绍，受益于重视文化所带来的潜在经济效益，可以说是双赢的良性互动。近年来，杨雪主席又带领我们涉足新的领域，围绕脱贫攻坚、乡村振兴、旅游开发，把文学带到各县区乡镇等基层，相信又将是一片艳阳天。

最后，我衷心祝愿杨主席的美文能名扬五湖四海，再攀新的高峰；衷心祝愿在杨主席的带领下，泸州作家的写作天地更加宽广，写作高手层出不穷，让更多脍炙人口的好文章通过四川、全国的各种刊物分享给读者！

2018年8月31日

《乌蒙磅礴》的拾金路

——读《乌蒙磅礴》有感

2020年8月14日，《四川日报》电子版刊发《"扶贫小说"是怎样炼成的——小说〈乌蒙磅礴〉中的"红色精神"传承》。对于我来说，这是十分激动和盼望已久的事情。

四川省作家协会著名作家税清静先生从2018年7月开始，多次深入乌蒙山区的国家级贫困县古蔺、叙永采访，为《乌蒙磅礴》长篇扶贫小说的创作积累了大量第一手资料，初稿创作中五易其稿，用了大半年的时间于2019年3月写出第一稿征求意见。为了尽量争取在共和国70华诞时与读者见面，税清静带着初稿到泸州广泛征求各方面的意见，组织部、宣传部、扶贫办和县区有关部门以及泸州市作家协会的作家朋友们都成了他征求意见的对象。在听取了大家中肯的修改意见之后，税清静又重新梳理创作思路，经过思考，决定重起炉灶，潜心投入第二稿的创作。功夫不负有心人，他又用了近一年时间，第二稿于2019年年底完成。如今，《乌蒙磅礴》长篇扶贫小说入选2019年四川省脱贫攻坚"万千百十"工程，被四川省委宣传部评为2020年度重点出版作品。我们为税先生高兴！

《乌蒙磅礴》是税清静先生继他的长篇扶贫小说《大瓦山》之后，又一部关于脱贫攻坚的鸿篇巨制。此书用文学的语言描绘乌蒙山区四川省泸州市古蔺、叙永在脱贫攻坚中的传奇动人故事。这部小说也是我的最爱。我这个土生土长的古蔺人，也算是脱贫攻坚的亲历者和见证人。所以，读这部小说觉得十分亲切和感动，极能与小说中的人物产生共鸣。《乌蒙磅礴》的情节源于生活、高于生活，既有小说故事创作的特性，又有报告文学和纪实散文的特点，读后令人可亲、可信、可敬。作品形神兼备，高度统一，形散神聚。形是载体，是有血有肉的真人真事，是乌蒙大山里人们在贫困中生活，与贫困战斗的再现；神是思想，是小说中国共产党员奋斗、宗旨的一条隐形主线，他们时刻重温初心，牢记"让穷苦百姓过上好日子""让人民过上幸福美好的生活是我们的奋斗目标，全面建成小康社会，一个民族、一个家庭、一个人都不能少"使命。不忘初心的红线贯穿小说始终。小说用独特的视角，把中国共产党人在乌蒙大山里百年奋斗的艰苦历程浓缩其中。

一

我有幸两次受邀陪同税清静先生回到我的故乡古蔺采风学习，看到了故乡近几年发生的翻天覆地的变化，深切体会到古蔺人民甩掉贫困帽子的斗志。

2018年7月4日，市作家协会安排我和聂勋伟同志陪同税清静先生到古蔺采风。古蔺县很重视，县作家协会专门安排高雁女士全程陪同，县委组织部的冉德君和陶荣也专程引领。

在美丽的落鸿河畔，当夕阳的余晖洒向兰尊大酒店的时候，青翠的流沙岩，清清的落鸿河，把奢香广场和河边彩色步道上休闲的人们融为一体，构成了一幅美丽的晚霞图，给税先生留下了一个深刻美好的印象。他说："我第一次来古蔺，没想到在乌蒙大山里还有这么美丽的景色，很震撼！"是啊，小城是美丽舒适的，可在大山深处还有许许多多的人们为脱贫攻坚而忙碌，大山深处的人文风景更加美丽雄壮。

县委领导听说采访组来了，组织部刘松梅部长和宣传部李凌部长在百忙之中抽出时间，来和我们见见面、叙一叙，希望作家们用手中的笔，书写乌蒙山里脱贫攻坚的壮举，书写山里人为摆脱贫困而付出的艰苦努力。税先生谦逊地说："我是来捡珍珠的。我是个艺人，目的就是把捡来的一粒粒珍珠加工串联起来，打造成精美的艺术品，让人们喜爱。"

二

二郎滩街口那棵树根抱着石坎的大榕树和短小狭窄的老街，见证了红军当年"四渡赤水"开仓分盐的繁忙，红军的故事早已刻在人们的心里。

现在的二郎镇早已今非昔比。著名的郎酒集团就在这里。当年红军"四渡赤水"时给红军提供郎酒清洗伤口的小作坊，如今已发展成为一个全国知名的大企业，年产3万吨，储酒能力16万吨，年销售收入超百亿元。郎酒厂正在为地方经济和脱贫攻坚做出重要贡献。我们采访组参观了万坛露天存酒基地，也感慨万千，"四渡赤水"时的穷乡僻壤，今天是红红火火、一派繁荣。提供了3000多个就业岗位，为这里的老百姓摆脱贫困创造了良好的基础。这正是那时红军流血牺牲为之奋斗的梦想——让人民过上好日子。

随后，采访组来到双沙镇，参观采访了红军总司令部和毛泽东与贺子珍曾经的住所，深切体味红军和毛泽东夫妇在双沙时的艰难困苦。到了红军"奔袭镇龙山"的龙山镇，知道了红军的神奇。到了彭德怀奇袭过的观文镇大地主曾庶凡的大庄园——云庄。我们站在残垣断壁上，青山依旧在，刻在后山崖壁上的"福"字下面，又多了一条"毛主席万岁"的大幅标语，那时的帮工、佣人、佃户现在是这片土地的主人。到了箭竹乡，参观了当年的西南剿匪现场、现在的旅游景点"大黑洞"，品味了苗族文化。到了马蹄乡，听到了苗寨的传奇故事。到了大寨乡富民新村，看到了村民们烟草丰收时挂在脸上的喜悦。来到了黄荆老林的"红军树"下，参天大树更加繁茂。

三

永乐镇的麻柳滩村是古蔺脱贫攻坚的一颗珍珠。

麻柳滩村位于永乐镇东北面，东邻太平镇，距古蔺县城30公里，总面积11.3平方公里，下辖8个村民小组，681户、3536人，建档立卡贫困户128户、556人。河谷，落鸿河东流，县道蔺郎路穿过；山顶，叙古高速越境跨桥而过，横亘高山。全村只能望路、望水兴叹。三年前这里还是一个贫困村。

我向税清静讲起了麻柳滩过去的故事。三年前，我和泸州市作家协会的同仁来这里采访时，国家开发银行的李学征刚下派到村里当第一书记。那时，他面对的是这样的情景：由于条件艰苦，村里的女孩出去打工都远嫁他乡，外面的姑娘不愿嫁进村，导致村里光棍多。村里留守儿童和空巢老人多。老百姓说，村里留守的大军是"386199"部队，指妇女、儿童、老人。大量田地抛荒，贫困面大，贫困程度深，行路难、吃水难、住房难等。李学征在走村入户时，经常会碰到触动内心的情景。李学征说："在一次走访过程中，碰到一个叫王芳的小女孩，竟然头枕着书包在路边睡着。把她叫醒，去她家看，家里的房子外面墙体开裂，里面破烂不堪，家里没有一件像样的家具，因为常年用柴火做饭，屋内被烟熏得漆黑。家里只有她和父亲两人，父亲50多岁，一直未婚，王芳是抱养的。"面对这样的贫困，全村在李学征的带领下，用两年多的时间，终于摆脱了贫困。

这次再来麻柳滩，我们真正感受到了天翻地覆的变化：坐西向东的两层小洋楼建成了党群服务中心。图书室、花灯展览室、露天表演大坝周围环绕着果林和贫困户的移民新居。脱了贫的人们又在文化上下功夫。在我们表明身份后，村文化站的村民还特地为我们表演了他们的非遗产品——古蔺花灯。"花灯唱了千年，过年求喜气，越求越穷志越短。共产党如今带领我们麻柳滩奋斗脱贫，天天有喜气，天天都要唱。这也是乌蒙山区老乡的共同心愿，我们想富一百年！""灯首"、非遗传承人谢建刚说。在村上表演是无偿的，到时外村表演是有偿的。这也是村上丰富村民文化生活和创收脱贫的一个好项目。税先生很感兴趣，仔细观看，查看资料，认真记录，还对花灯表演的"灯首"谢建刚进行了专题采访。

四

在黄荆，我们走访了原林村2组韩昌文家。

门框上的"精准扶贫帮扶卡"显示，帮扶单位为黄荆乡政府，致贫原因为因病缺劳力和资金。女主人介绍，家里现有5口人，老伴瘫痪在床24年，吃饭也要人喂；女儿有病劳力弱，乡上精准兜底帮扶，每月发放兜底金875元、养老金150元，女儿安排在金鱼溪做环卫工，每月发300元，全家月收入1325元。小外孙7岁，在乡上上小学，乡政府兜底学费全免。大外孙16岁，今年初中毕业，没有考上高中，已报考县城职高，每学期要交800元的学费。听到这里，税先生说："这样，成都有家四川共青团联办的职业学校，不用交任何钱。我先联系，争取到这里读书。"随后，税先生就拨通成都朋友的电话，请他帮忙尽快联系。最后，税先生查看完建卡的扶贫资料，又与大外孙交换了联系电话，并嘱咐说："以后有什么事情，就与我联系。"离开她家后，税先生十分感慨地说："这样的孩子现在帮他一把，以后就会成为社会有用的人，不然的话，由于家庭极度贫困，造成的一些心理障碍，会抱怨社会不公，搞不好会走向反面。"听了税先生的一席话，我深深感叹一个文学工作者的社会担当和情怀。

　　一路走来，一路珍惜，一路感动。胡荣清，一个"四渡赤水"时留在古蔺的老红军，祖孙三代都在为摆脱贫困努力奋斗着；何宗辉，从县委书记到市政协副主席，退休后又回到乡村担任第一书记；余芬，一个为脱贫攻坚献出生命的党员；李学征，千方百计为麻柳滩村脱贫出力；马蹄滩，将新型农村合作社与电商平台结合，让农民的柑橙销售到世界各地，马蹄小学的孩子们渴望知识，渴望看到大山外的世界……一个个鲜活动人的故事涌入税清静的脑中，《乌蒙磅礴》的雏形在心中孕育。税先生说："我想，我要写的故事，应该从1935年1月一个寒冬的夜晚，一户赤水河边的穷苦人家在梦中被枪炮声惊醒开始……"

2021年9月2日

《西南作家》杂志2022年第1期刊发

《成都文艺》2021年10月15日网发

随你去登大瓦山

摆在我桌前的是税清静先生新近出版的长篇小说《大瓦山》。

很多年没有读小说了，尤其是长篇小说。最近一个偶然的机会，陪同税清静先生一同到国家级贫困县古蔺采风，为税清静先生创作乌蒙山区脱贫攻坚的长篇小说收集素材。通过与税清静先生几天的采访和交流，我对长篇小说的阅读和创作有了一些新的认知，获益匪浅。税清静先生说："写小说，就像制作一碗精制味美的面条，汤宽油大臊子多，还要酱油麸醋姜葱麻辣，样样来点儿才有滋有味，让人吃了还想吃！"他回成都后，又专门给我快递了一本他的《大瓦山》。惊喜之余，我也急切地读了起来。

一字一句，认认真真读完之后，我十分感慨：这不就是我们这一代人的亲身经历吗？

税清静先生的长篇小说《大瓦山》以他曾经工作过的地方——乐山大渡河金口大峡谷北岸的大瓦山为背景。那个海拔3236米、有着"东方诺亚方舟"之称的大瓦山，曾经是一个几乎与世隔绝的世外桃源，彝族人世世代代居住于此。1935年，"彝海之盟"敲开了彝汉融合的新时代，也打开了神秘的大瓦山的门户。

《大瓦山》小说描写了大瓦山近百年的历史变迁，"青山依旧在，几度夕阳红"。在税清静先生的笔下，尽管时代风云变幻，世事沧桑，世代居住于此的彝族人物形象被塑造得鲜活饱满、有血有肉。原汁原味的民族风情使作品饱含时代气息，充满了强烈的艺术感染力。

《大瓦山》是税清静先生倾心创作的一部地域气息十分浓厚的作品，循着主人公艾祖国的线索，我一步步走进了神秘的大瓦山。

从零开始，就像一颗亮锃锃、甜蜜蜜的葡萄摆在了我面前，主人公艾祖国的日记开篇："大瓦山像一叶孤舟游弋在茫茫云海之上，耸立于圣洁的雪原之巅，远处群山环绕，巍峨耸立……"此情此景，美轮美奂，映入我的脑海。

吃了第一颗，接着就想吃第二颗。后面的48个章节，犹如一颗颗葡萄，串起一个个酸甜苦辣的故事，一个人物一个故事，一幅幅生活的场景，起承转合，扣人心弦，引导我一步步在大瓦山崎岖耸立的乱石山路上艰难攀登。发生在主人公和其他人物身上的每一个故事都是那样惊心动魄、趣味盎然、生动活泼。描写和叙述也十分精彩，刻画人物更是笔墨独到。牛巴马日、艾祖国、牛巴史丽、疯子阿卓、曲柏老爷、狗屎克其、阿木翻身、耍日阿依、俄着娜玛、拉姆、阿格、之格日牛、阿鲁三三、阿嘎阿妞、谢丹阳……一个个人物粉墨登场，一个个人物形象鲜明。男女主人公艾祖国和牛巴史丽刻画得十分成功。另两个女配角耍日阿依、俄着娜玛特别值得研究。

耍日阿依是一个在家里、在大瓦山都没有地位的女人，但她一有机会就会使用心计和毒辣手段为自己谋取利益，自私得变态。

与此相反，俄着娜玛却是个充满正能量的女人。她从山外嫁入大瓦山，会彝、汉两种语言。她心地善良，说话入情入理，敢收拾恶人，也善于为好人解围。她处处为艾祖国和牛巴史丽着想，处处帮助他们。

这一正一反两个女人的塑造，在嬉笑怒骂、风趣幽默中轻松完成，充分显示出作者高超的驾驭语言和讲述故事的能力。

通过对人物和事件的描写，大瓦山彝族所有的风俗民情便尽数呈现在读者面前。跌宕起伏的情节引人入胜，幽默风趣的语言能抓住读者的心。作品中主人公艾祖国以及其他人物命运坎坷，让人悲悯同情。

如果没有当地人民的奋斗故事，没有群众口耳相传的民族故事，没有雄奇而秀美的景色和淳朴的民风，没有税清静先生的巧妙构思，就不可能有《大瓦山》的精彩。

《大瓦山》是一幅壮美的民族风景画卷，是彝汉人民从贫穷落后到繁荣富裕的真实写照，是中国一个时代的缩影！

注：2018年8月，长篇小说《大瓦山》荣获第十届《中国作家》鄂尔多斯文学奖优秀奖。

2018年8月18日

原载《西南商报》文学抒苑2018年8月24日
原载《泸州作家》2018年第5期

附　录

FULU

作家协会是个温暖的家

曾　宏

我没有想到，我们会走进文学创作这个光彩四溢的殿堂；更没有想到，我们的作品能编辑成册，出版发行。首先，衷心感谢作家协会为我们夫妇的散文作品《钥匙》召开研讨交流会，衷心感谢各位文朋好友前来参会，衷心感谢大家阅读了作品并提出宝贵建议和意见，我们一定细细咀嚼，吸收营养，更好地完善自我。

2008年，通过杨雪主席介绍和推荐，我加入泸州市作家协会，成为大家庭的一员。随后，李定林也加入其中。我们成为泸州市作家协会少有的夫妻作者。掐指一算，至今已有10个年头。我感觉这个家庭很特别、很温暖。杨雪主席是召集人，是家长，各位作家是兄弟姐妹。杨雪做家长是众望所归，是这个家的大幸。因为这个家是一个既无权又无钱的群团组织，而兄弟姐妹们又有着火热的创作热情和被社会认可的欲望。为了这个家的生存和发展，为了给兄弟姐妹们创造出作品、出人才的条件，杨雪主席想方设法为我们提供创作平台，奔走呼号，寻求多方支持，筹集经费等，他把我们这个家经营得充满生机和活力，团结和睦，人才辈出，远近闻名。我在这个大家庭里，得到众多兄弟姐妹的帮助和鼓励，分享大家作品、文品与人品带来的愉快和喜悦！

　　王应怀老师的文学评论是我们学习写作的教科书。特别是他把我的作品《我不认识你》与贺敬之的《回延安》类比，让我很震惊，给了我莫大的鼓励！

　　肖体高老师年逾古稀，仍然童心未泯，坚持笔耕，勇摘桂冠，使我肃然起敬！

　　刘盛源老师的小说《税西恒》，感动得我直接冒昧发信息向鞠丽、任晓波等推荐，希望拍成电视连续剧。

　　张蓉、廖永清、彭怀明的诗歌让我情感激昂、泪流满面；张合的政治诗让我心潮澎湃、热血沸腾；冯啸波的个性诗歌让我见诗如见人、乐在其中！

　　冰春是个纯粹哥们，他热心助人、善交朋友，朋友来了有好酒，渔舟船上一醉休。

　　欧阳、西海、封总等年轻人，不仅要闯事业、谋生存，而且热心写作，热心公益，无私地为作家协会做贡献。每当作家协会有活动，看见他们忙碌的身影，十分感叹他们的奉献精神。

　　还特别值得一提的是聂勋伟先生，我太敬重他了，那种与命运抗争，活一天快乐一天，写作一天奉献一天的精神，深深打动我，敬佩祝愿之情油然而生。

　　还有许许多多的温暖与感动，不再一一列举。

　　这些兄弟姐妹让我深深感到，作家协会是一个充满正能量的温暖集体，他们个个都是身手不凡的优秀作家、尊敬师长，我在其中真正感受到了这个大家庭的温暖，感到加入作家协会受益匪浅。今天，大家又抽出时间参加我们的作品交流会，提出了许多发自肺腑的真知灼见，给予我们极大的鼓励和帮助！今天，是一个值得铭记的日子，是我们人生中最重要的一个节点，我们一定不忘初心，继续前行，让写作伴随我们的人生！此时此刻，我没有太好的词语表达我的感激之情。我用一首发自内心的歌献给大家，这首歌的歌词正是我心意的最好表达。

我和你

我衷心地谢谢你

一番关怀和情意

如果没有你

给我鼓励和勇气

我的生命将会失去意义

我们在春风里陶醉飘逸

仲夏夜里绵绵细语

聆听那秋虫

它轻轻在呢喃

迎雪花飘满地

我的平凡岁月里

有了一个你

显得充满活力

最后，我想说，泸州市作家协会，永远的家！各位文友，永远的兄弟姐妹！

2018年2月2日

让夕阳更加美丽

——读李定林、曾宏散文集《钥匙》有感

王应槐

时光匆匆，岁月漫漫。在一次次花开花落中，我们正在老去。面对蹒跚的步履、眼角的皱纹，我们感叹人的生命是那样短暂，悲怀夕阳的无情！

我们寻找着怎样度过余生，让自己活得快乐，生命更有意义。可以对着电视机打盹，或者挂着拐杖在绿荫婆娑的滨江路眺望奔腾远去的重重波浪，抑或牵着小孙孙漫步于林荫小道上……李定林、曾宏夫妇却在晚霞中选择了另一种生活方式，用文学表达人生的意蕴，在辛勤的劳作中享受生命的意趣！

面对文学殿堂，李定林、曾宏夫妇是严肃认真的，深知文学的神圣，正如书名一样，他们把文学作为打开人生大门的一把钥匙，要让自己的文字具有社会价值，具有真切的现实意义。更重要的是，要让读者从他们的文字中同样感到生活的快意，无论何时都应扬起生命的风帆。

作品是最好的见证。李定林、曾宏夫妇的这些文字都是有感而发的，是从心灵深处绽放出来的艺术花朵，既充满童心，又真情深邃。我们读后，不禁沉思，更享受生活的阳光。

纵观《钥匙》一书，作者从多个角度选材，内容丰富，既有关心时事的，如《古蔺，扶贫攻坚进行时》《漫步二十年》《新的女性，新的追求》等，又有表达乡愁的，如《我爱故乡的兰花》《知青山庄回响曲》《童年的梧桐树》等。其中，使我印象深刻的是那些书写亲情和友情的文字，如《外婆的"摇钱树"》《母亲的密码》《献给妈妈的祝寿辞》《写给翔宇25岁生日的一封信》《古蔺老娃呷陈之光》《作品文品与人品》《难得雪林》《诗人与俗人》等。

在《母亲的密码》中，作者使用倒叙的手法，在文章的起始便告诉我们，不知怎的，常常梦见已去世10多年的母亲，接着就展开温婉的回忆，20世纪50年代，母亲如何挑着自己的孩子艰难步行300余里从泸州到古蔺。"母亲一生辛劳，本该安享晚年"，却因病"过早地离开了这个可爱的世界"。然后，作者选择几个典型事件，满怀深情地描写了可爱的母亲。一是母亲的善良。"母亲天性同情弱者，爱抚弱者，帮助弱者，不仅对单位同事和街坊团邻，对家里做得更是细致入微。"这种同情形象地体现在从小体弱多病、经济困难的弟弟身上。二是母亲的智慧。母亲相信家人之间有着千丝万缕的心灵感应。"母亲说，家里人在外遇到了不测，冥冥中就有一种信息向亲人传递回来，家里会很不清净，家里人总会感到心慌意乱，说不出那个味道。特别是那些在外冤死的，家人反应就更加强烈。"三是母亲的淡定。母亲在生命的最后时刻表现得极为平静，用手比画着"意思是只能管八天了"，果真8天后便离世了。母亲临走前，交代"后事从简"。"因此，全家人约定：不写讣告，不收人亲（情），不设人亲台，第三天入土。"字里行间流淌着的是对母亲的爱，那样哀婉，那样感人！

作者就是在这样的文字中抒写着对亲情的挚爱与留恋，它点燃了我们的心灵之光，唤醒我们人性之中那些沉睡已久的情感，让我们的生命变得更加美好。作者在结构上也颇有特色，采用意识流手法，在时空交错中表达自己对母亲的真情实感。

读《母亲的密码》，我想起了老舍先生在《我的母亲》一文中所说的："生命是母亲给我的。我之能长大成人，是母亲的血汗灌养的。我之所以能成为一个不十分坏的人，是母亲感化的。我的性格、习惯，是母亲传给的。她一世未曾享过一天福，临死还吃的是粗粮。唉！还说什么呢？心痛！心痛！"

不啻如此。《钥匙》中的其他篇章也有着异曲同工的审美作用，让我们在作者的语言世界中感到生命的温暖与美好，不知不觉走进鸟语花香的世界。

其实，在这些文字中，感触最深、收获最多的是我们的作者——李定林、曾宏夫妇。他们通过一行行文字，如钥匙般打开人生的大门，解读并表达自己对世界、对人生的观照，同时也享受着文字带来的无限乐趣，让夕阳更加美丽，晚霞更加灿烂！

2018年1月于四川泸州

"百姓散文"的真、情、理、趣

——简论李定林、曾宏散文集《钥匙》

姚洪伟

　　"百姓散文"是近年涌现出来的一种散文写作现象，我把它理解为百姓用散文的形式表达自己的日常生活，书写家长里短，描写平常人的身边事，具有浓郁的人间烟火气息。这类散文具有明显的个性特征，它往往着眼于书写个人、家庭的成长，记录亲人、朋友之间的亲情、友谊，描述街坊邻里的日常生活，回忆过去岁月的悲喜故事，抒怀个人生活感悟，有话则长，无话则短，随心随性，点滴成墨，诉诸笔端，尽显作者性情本色，是从心灵深处流淌出来的生活情思，真实、感人，看似波澜不惊，实则启人深思。

　　泸州不仅是一座闻名中外的酒城，而且是一座历史文化名城，历代名人贤达、文人墨客到此无不流连忘返，留下了许多名篇佳作，也留下了许多动人故事。正是这样一座历史文化底蕴深厚的城市，为文学创作提供了非常良好的土壤，无论是诗歌、小说，还是散文、儿童文学，近年来都有重要收获。我几年前曾在一篇论文中将诗歌、小说、儿童文学称为泸州文学的"三驾马车"，但到今天，"三驾马车"应换为"四架"了，因为近年来泸州的散文创作已经取得了不少喜人成果。泸州文学的繁荣和发展，离不开创作者的默默奉献和辛勤耕耘，在众多的创作者中，有一对夫妻作者十分耀眼，他们是李定林和曾宏夫妇。最近，他们捧出了多年来的散文创作结晶《钥匙》。

《钥匙》极具隐喻意义，作者想通过创作"找到几把开启故乡的心锁"，并把创作视为"打开心灵之门的钥匙"。实际上，无论是在生活中还是在文学创作中，作者均已发现或找到了生活的奥秘所在，否则，他们不可能在事业有成后，又为我们带来了沁人心脾的股股文字暖流——那些从心灵深处流淌出来的生活情思。这些生活情思包括日常的所思所想，有对人生的感悟，有对亲情友情的描述，有家庭生活的随想，有故土风物的吟唱，都是描写的自己十分熟悉的身边物身边事，眼之所及，情之所至，所思所感，亲切自然。很显然，《钥匙》属于我所认可和推崇的"百姓散文"的写作范畴。

翻阅全书，我认为《钥匙》最为成功之处在于对生活的真实描写，有感而发，情由心生，真切而细致地记录了作者的所思所想，或娓娓道来，或记事说理，日常之中见真情，语言朴实无华，读来让人感叹不已。文贵在"真"，真不仅指真情，而且包含真理。情感不真，文字再漂亮，也无法打动人，如果仅有真情，只讲真事，没有真理，则寡淡无味，无法启人深思，无法留下深刻印象。《钥匙》《玉石崇拜》等篇章，不仅有真情，而且讲了真理。《钥匙》一文中，作者以移交象征"权力"的钥匙开篇，回忆了自己的钥匙种种，并以诙谐幽默的笔调对钥匙的功用进行了绘声绘色的描述，最后得出了"人生，恰似一把无形的万能钥匙，就是要让自己去亲手开启生活中形形色色的大门，踏进自己人生梦想的殿堂"的结论。作者在对自己人生经验总结的同时，也启发读者要用"钥匙"去开启属于自己的人生，给人留下无限想象的空间，意味深长。《玉石崇拜》一文，看似简简单单，实则蕴藏着无穷的力量。"我"作为普通民众，对玉石顶礼膜拜，玉石那外在的光芒深深地吸引着我，即便玉石出现"瑕疵"，我也不改初衷，盲目崇拜，直到

"地动山摇"，智者指点，我才恍然大悟，原来赝品一个。看似写玉，实则写人，极具警示意义。可以看出，在日常生活中发现真情，是李定林、曾宏散文的基本特色，"真"成了散文集《钥匙》的一个主要特征，叙真情、讲真理也成了《钥匙》的主要审美特色，这也是我所阐发的"百姓散文"的基本艺术指征。

在散文集《钥匙》中，除了"真"之外，还充满了情、理、趣。情在这里不只有亲情、爱情，还有浓浓的乡情。《磨合》从日常生活的小事出发，回顾了夫妻二人的感情生活，道出了幸福家庭的真谛所在，给人启发，引人思考，让我们认识到"家庭生活没有如诗如画的浪漫，也没有激情燃烧的岁月，我们实实在在地相互磨砺着、经营着。在这相互磨砺融合的过程中，共同编织着和谐温馨的港湾，人生的幸福与快乐也尽显在锅碗瓢盆的交响乐中"。在《献给妈妈的祝寿辞》中，我们读到了一位女儿对母亲的爱和感恩，也看到了下一代人对爱的传承，浓浓亲情萦绕其间，着实令人感动不已。在散文集《钥匙》中，乡情是绕不开的话题，家乡的一草一木、故土的风物名胜在作者笔下熠熠生辉，给人亲切、自然、美好的感受。从《古蔺的手工面印记》到《难忘的什锦汤》，从《墨宝寺寻觅》到《马蹄滩上的橘花香》，无不透露出作者对家乡的热爱，对故土的一往情深。吃也许是中国人对故乡的特有记忆，是深入基因和骨髓的文化标签。作者写古蔺面的味美，写古蔺面加工制作的繁杂程序，写古蔺面的烹煮步骤，极尽详细周全，简直就是美食制作指南，可以看出作者对家乡美味古蔺面的特殊情怀。作者写什锦汤，不仅写了什锦汤的制作过程，还写了什锦汤的特殊含义，浓浓的同学情谊在一锅什锦汤里尽显无遗。"百姓散文"不是高居庙堂之上，而是要处江湖之远，走进寻常百姓家，在日常之中体味"百姓"的百味人生。

散文要吸引人，要让读者在日常之中见到人与人之间的"无常"，这就必须走到日常之上。"理"是摆脱日常无聊（无意义）纠缠的最好途径。散文集《钥匙》之中对"理"做出了探索，"理"在此不仅仅是讲道理、谈经验，而是要上升到"哲思"的层面，当然还得有人文关怀。作者写人生境遇，在《一个半百考生的自白》一文里，将自己的人生经历与说理结合在一起，苦诉人生考场的悲欢与艰难，虽然文字显得略为生涩枯燥，但这种尝试却是值得提倡的。作者写《坐茶馆》时的忐忑不安，从忙于工作时的"无法品味"到清闲下来后"独品清凉茶"时的"五味杂陈"，再到"喝茶飘逸，可调节心理"，如此种种，喝茶和生活何其相似，"理"成了作者总结工作、生活的法宝。作者写兰花的《满庭尽香黄金甲》，不仅写奇花的可遇而不可求，即便求得也还得讲缘分，兰乎人乎，作者最后得出"她那朴实无华的高贵品质，促我勤劳，赋予我遐想，启迪了我许多做人的道理"。散文的"理"是思考的结果，如果完全照搬生活情节，那就根本谈不上"理"的升华。"百姓散文"的"理"不在大与小，而在感受的真与诚、思考的深与浅。

散文要耐读，离不开文字的"趣"。"趣"在这里主要表现在描写内容的"趣"，文字书写的"味"，两相结合，往往成为"百姓散文"创作的取胜之处。《钥匙》的"趣"和"味"主要表现在方言俚语的运用和对生活乐趣的描写。《磨合》里的"人体电磁共振""心灵感应"以及对"爱情的视觉不是眼睛而是心灵""不是这家人，不进这家门"的解释均充满无限趣味，让人久读不厌。又如《知青山庄回响曲》里描述吃年猪饭的情节，让人忍俊不禁，文中"磨骨头，养肠子""男女搭配，干活不累"的俚语，更让人感到形象生动、趣味无穷。《钥匙》中这样的例子十分常见，文章所营造出来的幽默、诙谐成了李定林、曾宏散文的又一特征，给人留下深刻印象。

综上所述，《钥匙》是一部非常可读的散文集，其创作姿态和书写方式非常贴近我心中的"百姓散文"，既有散文的厚度，又有生活的温度，更有人性的高度，是真性情的流露，表现出作者对生活的热爱之情。

2018年2月1日

一种意象，究竟能走多远

——读李定林、曾宏散文集《钥匙》

徐 澂

"意象"一词来源于《周易·系辞》，其有"观物取象""立象以尽意"之意，这"象"是指卦的图像，是符号，有阳爻"—"和阴爻"--"两种爻象，即主卦象是事情的本质，而爻卦则是本质的外相，因而具有抽象概念，应该属于哲学范畴；诗歌理论借用来又进行了引申，而"象"为具体可感的物象，逐步属于美学的范畴，所以"意象"在汉语言文学的鉴赏和写作里有其不可替代的作用，也是中国传统美学的核心概念。

如李清照的"只恐双溪舴艋舟，载不动许多愁"和李煜的"问君能有几多愁，恰似一江春水向东流"，前者说的愁之重，后者说的愁之多。但我在此关心的是这背后的意象，即表达"愁"的载体。前者以动词"载"字，就表达出李清照的愁思太重，连船都载不动，是一种静态之状；而后者把"愁"比喻成一条江水，有一种动态之感，体现出"愁"之绵绵不绝的态势。

可见，一种意象能够走过唐诗宋词，能够翻越千山万水，直达读者的心里；它也有一种魔力，能穿越我们的认知能力，让我们感受到语言艺术的魅力。

20世纪80年代初，梁小斌在朗诵他的诗歌《中国，我的钥匙丢了》（刊于《诗刊》，1979年10月）时大哭，听众也哭了，其实这是"钥匙"意象一词把一代人的灵魂和生活体现出来，感动了许多人。由此，李定林、曾宏《钥匙》文集（四川美术出版社，2017年12月第一版）的书名是这本文集的一个支点。

因为每个人有自己的许多密码，需要一把"钥匙"开启；人与人之间也有很多密码，也需要一把"钥匙"解码；大自然也有其密码，还有很多没法破译；其实社会也有密码，让人捉摸不透。正是有这些密码的存在，因而"钥匙"在这儿不仅是一部文集的名称，而且是一种意象，需要我们解读其内涵和作用。

虽然古人有云强弩之末不能穿鲁缟，但是一种意象却能走很远很远，也游离于我们生活的磁场之间，如我们亲近自然一样，心灵会平静许多，也会收获很多。

下面就《钥匙》文集，谈一谈我的几点认识。

1. 一把钥匙可以打开无数门。

这儿的无数，可以理解为数量之多，也有多重之义。

正如李定林的《钥匙》（同上，第2页）中所说，第一把钥匙是母亲给的，开启了我对钥匙的使用、管理和责任感。"参加工作以后，钥匙就逐渐多起来。每当钥匙一把一把交给我的时候，心里既欣喜又十分沉重，因为接受的不仅仅是工作，也是人们的信任，更是重要的责任。一把钥匙一份责任。"这些有形的钥匙不仅打开了许多大大小小的工作之门，并且打开了对朋友、对工作高度责任的无形的心灵之锁。

所以说，钥匙是不可磨灭的，也是可以打开无数"门"的。因而"钥匙"的意象不仅表现物质的形式和用途，而且更能表现它自身的精神力量。

2. 记忆也是一把"钥匙"。

钥匙可以打开我们的生活和记忆，重拾历史中珍贵而真实的碎片，让我们重温前辈的工作作风和生活作风。

如曾宏在她的作品《珍藏的计算器》（同上，第30页）中叙述的一样，原单位领导送她一个从日本进口的电子计算器，在当时这是很贵的物品，所以她说有"一种被信任、被鼓励、被重用的感觉"，她又说这也是在对她未来工作的启迪。

可见，这种记忆是艺术的呈现，而不是哲学的再现，如一把钥匙打开了生活的另外一扇窗子，看到青色的远山和蔚蓝的天空。

3. 封存了的岁月，也要一把"钥匙"。

个体的生命是短暂的，当然岁月会过去的，但我们还得要仰望苍穹。人总会经历一个又一个坎，然而时间却不会老。于是，我们会用艺术作品表达过去生活中的点点滴滴，所以文学也就是"虚拟"历史的再现，而"虚拟"确实是"真实"的。

毛泽东有词句"踏遍青山人未老，风景这边独好"，而李定林的《风景路边独好》改动了一个字就化用过来，即在文章中把"风景"作为"底色"，在行文里也再现出了生活在20世纪五六十年代人的辛勤。有父母支援山区的建设工作，外公走了三天山路去看儿女的艰辛；有货车司机看到"长江大桥通车"时"失声痛哭"的凝重；有"八个贤客"路过江门吃饭诙谐的话语。这些就把路的"岁月"打开了，也让我们重温那些艰难的时代以及那个时代人们乐观、豪迈的精神。

所以文学作品总是如一把"钥匙"，打开封存的岁月，透射真实的山山水水，给我们稳重的风景，沐浴着我们永远蔚蓝的心灵之路。

4. "钥匙"背后，透射人性之美、温馨之情。

大自然总是与人的心灵相依的。带着美好的心境走路，沿途都是一路的风景。

《钥匙》一书很有特点，父亲（丈夫李定林）、母亲（妻子曾宏）、儿子（李慎）似三条线，父母的作品平行组合为面，儿子作序（三）为点构成一个立体的文学作品，这就表现出一个家庭的温馨之情，同时也形成了一个庞大的空间，即使在纷繁复杂的人群之间，乃至如沟壑的认知之间，文学就是这个支点，如一把钥匙打开了人性，闪现人间的温情。李慎（儿子角度）了解父母的恋爱史，了解父亲是一个典型的"文学青年"，母亲是不折不扣的"女强人"，以及兰花般的父亲、荷花般的母亲。回家陪爸爸妈妈和外婆，走时一家人"眼含泪水"，于是《钥匙》就是坐飞机的一道风景——亲近而温馨，伴随一个家庭成员，千山万水总是情。

"黄金甲"（兰草）到家后，干"革命工作"的妻子也有了"浓厚的兴趣"，有时还是"护花使者"，原来（黄金甲）"有素净，没有一点杂色，一尘不染"，不求于人而"留给人芳香""幽香溢满天楼"，而且启迪了做人的道理（同上，第11至13页）。而曾宏的《家中那束荷花》（同上，第79至80页）叙述母亲喜欢荷花、去看荷花，把荷花"出淤泥而不染"作为"家训"，"清清白白做人，干干净净做事"。

可见，自然之物，到家庭，再到为人做事，文学这个载体，正是无形于人间的"钥匙"给予人们无数的启迪，为人的心灵和家庭的温馨都赋予了力量。

一种意象，它一定会开启一扇未来之门。

由此，我们可以看到"钥匙"背后所隐藏的含义。时间不语，空间很大，人生还将继续。希望用一把文学的"钥匙"打开心灵，打开另外一个世界。

2017年1月29日

乌蒙山区域文化的代表

——读李定林、曾宏作品《钥匙》

邵忠奇

在新年到来之际，李定林、曾宏的散文集《钥匙》隆重出版了，这是一件很了不起的事情。

李定林、曾宏夫妇为人和善、诚恳谦逊。定林同志人称定哥，是一位忠厚的长者；宏姐是我非常敬重的老领导。我可以这样说，他们俩算是目前古蔺最优秀的夫妻作家。

此前，常常在《泸州作家》《泸州文艺》读到定哥、宏姐的散文，偶尔也读到定哥的诗歌。都在泸州这个圈子里面混，只知道他们两人的文章写得好，在古蔺工作时，还知道宏姐的钢笔字写得非常好，但对其散文创作关注得并不多。直到不久前的年会，他们突然抛出这样一部厚重的散文集《钥匙》，才让我大吃一惊，他们夫妻的散文创作真是厉害！捧读这部作品，美丽而富有匠心的装饰，特别是封面印有太平古镇的图案，让我这个古蔺人产生亲切感。翻开书页，一种清新淡雅的书香和浓浓的乡土、历史、人文气息扑面而来。

我把书放在枕头边几乎是早上和晚上都在品读。我感到《钥匙》写得很好，很精彩，是一部难得的佳作。至少有三个方面值得学习和肯定。

　　第一，是作者的敬业精神。我认为，定哥和宏姐的敬业精神表现在对文学创作的热情、严谨、专注、认真和勤奋上，全书倾注了夫妻两人辛勤的汗水。定哥和宏姐都是岗位上的人，定哥还在岗，宏姐刚退休不久。从作品中可以看出，他们都是利用休息时间加班加点、认认真真写作的。只有上班的人可以深切体会到，能够利用工作之余创作，体现出对文学创作无比的忠诚与热爱。定哥和宏姐这种尽职尽责、专心学习、忘我投入的精神境界，弘扬的是正能量，体现出一种无私奉献的精神。说具体一点儿，这种精神上升到一定的高度，就是作为人民公仆那种主人翁的责任感和事业心。全书充满了精益求精的工作态度。我细数了一下，全书共有107篇文章（不含前言、序和后记）。成书前群友发出的宣传照片上，我发现罗强烈先生作的序，把"缘故"的"缘"字写错了，没有想到，此书送到手之后，这个错字已经改正，而且通读全书，没有发现标点上的错误以及错别字。这说明定哥、宏姐非常用心，把关很严，他们保持了高昂的工作热情和务实苦干的精神，他们认真、勤奋和细心、严谨的工作态度，不能不令人敬佩和赞许。

　　第二，是作者对乡土的满腔热爱。热爱乡土、讴歌乡土、建设乡土是定哥、宏姐写作的目的，自然也是我们这一批热爱乡土的文学人共同的心愿。书名叫《钥匙》，对钥匙的含义，几篇序都做了清晰的描述。沿着《钥匙》，我们感受到乌蒙山的磅礴、豁达，来自大娄山的乡土人情，这些乡土人情是他们心灵的钥匙与圣地，充满了这一对自尊、执守、担当、谦逊和淡定的夫妻对乡土的满腔热爱。比如，在开篇的"心灵之旅"，我们看到无论你有多把钥匙，最终开家门的钥匙只有一把；"一个半百人生的自白"，一个长者在职场的考试，反映出定哥作为年长的考者正确对待考试的心态和用知识给自己充电的情怀；乌蒙山的布谷鸟、泸州的猫和老鼠，操着的全是古蔺话；宏姐的生活随感，更是折射出她对生活点滴的追思和解读，是一种在阅读、观察和思考之后的再创作，她的思考是实实在在的，对生活素材进行了消化理解和融会贯通，思路清晰，脉络分明，独具匠心，而又表达得轻松自然，给人举重若轻之感。

沿着《钥匙》，我们分享的是乌蒙山的乡情，分享的是醉美泸州的情结。定哥、宏姐的乡情是爱的暖巢，在他们的乡情里，有赤水河、乌蒙山公路、火星山、长滩、黄荆老林，还有山油茶、红籽、菊花、油菜花等。有童谣、赶场、什锦汤、梧桐树，还有马蹄滩上的橘子花、门前的银杏树等。在"身边感动"中，朋友、同事、文友、逝者、山村女孩、体操冠军，还有脱贫攻坚干部，这些亲情、人情、故土情缘，构成了作者乡土情感的温泉，涓涓流淌在乌蒙山的土壤上，给泸州这个寒冷的冬季带来了春天。

沿着钥匙，我们走进祖国的"锦绣河山"，黄山、中国台湾、攀枝花、义乌、腾冲、林芝……作者通过对旅途、景区细致入微的描写，热情洋溢地表达了作者对祖国悠久文化和壮丽山河的热爱，抒发了无比自豪的感情。

第三，《钥匙》对语言文字的准确把握。我认为《钥匙》一书篇篇都下了功夫，句句都具有川南乡土味道。不难看出，他们语言风格和写作风格的平民化，充满了独具个性的艺术特色。全书看不到来自历史资料中生涩干巴、枯燥乏味的文字，也看不到来自诗词歌赋中华丽耀眼的辞藻。作者是用流淌在自己心中极其丰富的"古蔺语言"（或者泸州话）去写作，其文字简约而秀美、清新而自然、畅达而明快，既不失文学之描述，又不失理性之思辨，显示出不凡的才情和笔力。全书语言平实，浅显易懂，这种语言风格突破了目前很多散文的框架束缚，从写作态度和定位方面讲，我认为《钥匙》具有乌蒙山区域文化的代表性。

2018年2月2日

生活的温度，生命的厚重

——读《钥匙》有感

蒋晓灵

　　钥匙是每个人都有，每天都不离手的东西。这个平凡的普通的但又十分重要的物件，让人联想到门、窗、家、仓库、办公室等，开了必定要关的种种，不能遗失的种种，有责任、有担当的种种。它关联着我们凡尘俗世中的每一天，每个人的一生。我们就是在这样的每一天中过着平常的生活。或许某一天，智能锁将会取代钥匙，但现在我们大多数人还是离不开钥匙，它伴随我们，带着离开家门的牵挂走过千山万水，走过大半生。

　　李定林、曾宏以《钥匙》为散文集命名，非常贴切、亲切，尤其是翻开书阅读后，在钥匙的指引下，很快就与朴实、厚重的人生相连，与温热的生命血脉相连，读之仿佛能触摸到文字背后蕴含的生活的温度和生命的厚重，给人启迪，让人喟叹，引人深思。

　　作者是一对夫妇，都在体制内，在部门担任过重要的行政职务。他们是经历过动荡的一代人，也是很多伤痕文学中谈到的"被耽误的一代"。我是读了这本书后，从这对夫妇的文字中，才深切地体会到这代人成长的不易。但他们的文字没有怨天尤人，没有心灵的暗影，更多的是苦中作乐的，与青春和热血相伴的、奋发向上的豪情。读他们的文字，不仅感受到他们在知识和理想的路上执着求索的可贵精神，而且感受到他们在几十年的工作中无私奉献的高尚人格。

先说李定林，他在《梦幻校园》一文中说自己小学期间没有正规考过一回试，他从别人讲述的故事里获得知识和快乐，通过家长、老师和身边的秀才们的言传身教，同学间的相互交流中获取知识和人生经验。但他没有放弃对知识的追求，读了电大。这样一个人，在读电大时老师批评他的作文"集社会错别字之大成"，在时间长河中不断积累、不停学习，成长为结集出书的作者、作家，实为不易，令人钦佩。作者自身的成长，给读者带来满满的催人奋进的正能量。就像有一句话说的，你想要的，上帝也会为你让路。

李定林的文字朴实、真诚、坦率，在这样脚踏实地的叙述中，又不乏细腻生动的描写，丰沛感人的抒情以及富含生活哲理、人生感悟的语句。如开篇的《钥匙》，作者采用顺叙的手法，以钥匙为线索回忆了走过的生命历程。作者夹叙夹议，娓娓道来地叙述一段历程之后，总有一段议论对这段历程蕴含的哲理进行升华，他在一边回忆一边反思和领悟人生的道理，如"是这些有形的钥匙，不仅打开了许多大大小小工作之门，同时也磨砺了我对朋友、对同志、对工作高度责任感的无形的心灵之锁"，由此将普通物件上升到了人生哲理的高度。

这种白描似的文字，与走过的人生、特定的时代背景结合起来，或沧桑，或荒谬，由于很实在、很真实，都很好地还原了历史，让人读后唏嘘不已。如《一个半百考生的自白》，作者就是这样详细铺陈考试的前因和过程，细腻描写当时的处境和心境，让人既同情作者的遭遇，暗暗替他捏一把汗，又不得不佩服他直面人生、迎难而上的精神。人生处处是考场，在困难面前，对每个人的考量都同样存在。关键是我们如何选择，作者用他的经历给我们树立了很好的榜样。若要教育下一代，教育后进，再多再好的教诲都不如让他读读这篇文章来得真切和深刻。

又如《磨合》，这是一篇好散文。给人的感觉，既有柴米油盐的家庭生活趣味，又有引人入胜的曲折悬念，更有夫妻在生活中包容式、互补式的爱的智慧。好的家庭都是经营出来的，白头偕老的夫妻都是互相尊重的。这篇文章可作为婚姻生活的典范。尤其是面对事业型妻子，传统男人如何在家庭中扮演好丈夫、父亲的角色，承担起家庭和教育子女的责任，堪为典范。妻子工作忙，社会责任大，他自觉地多承担一些家务，有空多陪伴孩子、教育孩子。这样的暖男型好丈夫，也一定是与智慧的、肚量大的、举重若轻的好妻子匹配的。每个家庭生活的内容大体差不多，只不过相处的艺术大有区别，犹如走钢丝，掌握平衡非常重要。

李定林是一个细心的平和的人，他的文风朴实、真诚、坦率，既是平常生活的写照，又是打动读者的最好方式。散文贵在真，写真实所见、真实所想、真实所感，他的写作是对真最好的践行。只不过，他在遣词造句方面还需严谨推敲，避免出现词语搭配不当、逻辑不通的语病。在文章内容上，还可以再丰富多样一些，将笔触延伸得更多一些，尤其是关于地方历史文化的内容。在主题的深刻度上，还可以再深入一些，少一点儿平铺直叙。

曾宏的文字跟李定林有差别。她的文章不落俗套、洒脱俊逸，有诗意在涌动，有火一样发烫的激情和气势在推动，加上破折号、感叹号以及排比句的运用，很有演讲家的风采，能打动人、能感染人。如收入书中的《新的女性，新的追求》，就是一篇一气呵成、充满激情的演讲稿。叙事、说理、议论、抒情运用得非常娴熟，她的文字功夫很老到，凝练准确，没有多一字，也不少一字。如《风筝随想》从第三、第四、第五、第六自然段，连续以破折号开头，后面用感叹句，这样的写法很有新意，能感受到作者对生活发自内心的喜爱和难以抑制的激动。

又如在《新生活随感》里，更是淋漓尽致地体现了她的行文风格。开始离岗待退后的生活，让一个风风火火、忙得连轴转的人突然从高速轨道上闲下来，几十年形成的生活节奏变了，生活内容也变了，身与心一时都无法适应。她开门见山地写道："本该歇歇了，但内心却剧烈地震荡着！反倒有点无所适从的感觉。"这种直抒内心的写法，可以看出她为人的直率和坦诚。后面的内容，移步换景，写出了她内心情感的起伏，从不适应、茫然、抱怨，到理解、疏导自己，明确新的生活目标和方向，让人为她欣喜，同时赞赏她敢于直面自己，敢于剖析内心的勇气。更令人佩服的是，她表达的思想，她对男性和女性的看法，往大处、高处说是具有推动时代进步的积极意义。她列举经受不住爱情挫折削发为尼的少女，为没有生下一个男孩而痛哭的年轻妈妈，被拐卖的妇女，为了金钱而卖淫的妇女，等等，她为之悲哀，她大声疾呼，她要唤醒她们，做自己的主人，要有尊严地活着。特别是文末的一句，可谓真知灼见，"当伟大的男性和伟大的女性组成伟大的人民之日，正是中华民族腾飞之时"。不是吗，一个民族，只有男性和女性的思想都进步了，素质都提高了，我们的社会、我们的国家才真正强盛，才真正一往无前。

个人以为，从曾宏文中偶尔展露的诗句来看，她是一个激情的、率真的、富有诗人气质的人，想必诗也写得不错吧。而且，以她作为女性的敏感和直觉，她还察觉到人与人相处的微妙之处，而且敢于写出来，如《诗人与俗人》，对人在复杂的社会关系中心理发生的转变，人与人之间纯洁情谊的变异，发出嗟叹和惋惜，可见作者是一个重情重义、内心丰富、情感敏锐的人。以她这样的天赋，还可以写出更多更好的作品，在文学中收获更多甘甜和幸福。

《钥匙》主要收录了夫妇二人10余年写作的散文，沉甸甸的，既是二人热爱生活、勤奋学习的见证，也是两位文学老青年从繁重的工作职务、生儿养女的父母本职中走出来，开启崭新精神生活的见证。这把钥匙也许还会变成金光闪闪的一大串，我们期待着，将来跟随着他们，打开更宽广、更精彩的天地，看到一个个更瑰丽、更丰富的艺术殿堂。

一本《钥匙》在手，开启冬日的时光

田 玲

初识曾宏姐姐是在一次丹林的梨花诗会上，姐姐坐在第一排，当我走上台，准备朗读我写给丹林梨花的诗歌时，忽然有一些紧张。宏姐望向我，大眼睛里充满了鼓励，她微笑着向我点点头。在这鼓励的目光中，我的心一下子安定了下来，从容自如地在满山梨花间于行云流水的音乐声中朗读了我的诗歌。梨花是盛开的诗歌，诗歌是梨花的呢喃，从此我记住并认识了一位大眼睛的姐姐。

今年的冬天格外冷，怕冷的我感冒数日未愈，此时，传来一个好消息，曾宏姐姐和李定林哥哥的夫妻散文合集《钥匙》出版了。于兴奋中，我向姐姐讨要了大作，姐姐闻言欣然答应。细心的姐姐知道我病了，特意嘱咐定林哥把书送到我的小区门口。在寒风中，接过定林哥递来的《钥匙》，一股暖流扑面而来。翻开书页，宏姐的亲笔签名，那力透纸背的洒脱如穿过冬日寒冷的暖阳温暖了我的心。

捧着这本《钥匙》，在灯下细细品读，涌上心头的是书中那质朴真挚的文字之美，一个个来自生活中的小细节、小故事、大感动，在他们夫妻的笔下缓缓地展开。宏姐文字里那些怀旧情结如红龙湖水别样红一般打动着我，那些不为人知的修建水库的故事，那些艰辛和无畏的革命者精神，一代人的奋斗芳华，那些远去的时光，在宏姐的笔下娓娓道来。让我们穿越时光，去感受、去聆听英雄们的声音，他们不该被忘记，他们永远鲜活在宏姐笔下，留在了历史的长河中，成为一道丰碑。什么是文字的魅力？什么叫作瞬间亦可永恒？我想大抵就是那些应该被铭记的人和事定格为永恒，文字的魅力在于可以直抵人心，带给人力量、温暖、感动、希望和启迪，而这本《钥匙》的风格和意义也在于此。或许是经过了许多年、许多事，现在的我不再追求那些华而不实的虚无的东西，更喜欢朴素隽永的文字之美。

定林哥的《母亲的密码》，所写的关于母亲的故事，一位善良淳朴的母亲一生为儿女操劳，联结母亲与孩子之间的那些密码，那些看似无科学道理的事情和心灵感应，却是实实在在存在的东西，让我想起外婆常说的："好人有好报，善有善报，恶有恶报，不是不报时候未到。"这些极朴素简单的道理从小便植根在我心里，成了我做一个正直善良之人的立身立行之本。非常喜欢定林哥的这篇散文《母亲的密码》，近乎白描的手法却道出了许多人生真谛，读后感慨万千。

一本《钥匙》在手，开启冬日的时光，仿若有一缕暖阳照进心间。捧读此书，那种刚刚好的温暖恰是人生的快乐。

读一本好书，结识一群文朋诗友，不亦乐乎，感谢宏姐、定林哥带来的冬日暖阳。一本《钥匙》在手，温暖于心，感动于心，快乐于心。

赋　诗

王世友

今午专家聚一堂，钥匙一书有分量。
百零七篇散文集，来源生活来故乡。
文中既有大哲理，江湖之远作随想。
真情实感言质朴，逻辑严密语流畅。
生之育之家乡情，百姓散文趣流淌。
定林曾宏十年功，呕心写作成榜样。
人生一世草木春，生态脚印留华芳。
六个专题有思辨，五味杂陈有奇香。
真诚趣情家乡味，朗朗上口可读强。
夫妻共著一部书，全书充满正能量。
恭祝钥匙终面世，文明痕迹留故乡。
历史长河有见证，图书馆内文史藏。
今日专家众评述，各抒己见多赞扬。
时间仓促未细看，未敢妄评好文章。
待等他日细读后，评述答谢未我忘。
有幸再识作协人，恭祝大家均安康。
多出作品好作品，文学强市有展望。

上午乒俱搞团年，八十余人参其间。

总结表彰与慰生，领导欣然把奖颁。

虽然话筒出故障，仍不影响众盎然。

白马鸡汤是名肴，进餐就在潘师店。

饭后博彩棋牌乐，亦可K歌舞步欢。

一年一度秋风劲，难得团聚进两餐。

无奈下午有任务，适逢《钥匙》书出版。

曾宏定林联合著，作协研讨在图馆。

下午三点准时到，各位专家抒文言。

祝贺夫妻著一书，十年工夫磨一剑。

贴近生活与家乡，爱心情愫纸跃然。

一百零七篇散文，百姓琐事回溯恋。

文风质朴情节真，逻辑严谨生动言。

难得二位均领导，多年职场公务员。

百忙偷暇勤写作，终成文集在今天。

有志竟成靠守恒，百炼成钢在眼前。

人生一世草木春，难能可贵在修炼。

《钥匙》一书真钥匙，启迪人们反思辨。

做人真谛管好钥，知道何时开锁眼。

而今年迈早退休，发挥余热做贡献。

于人有用为之贵，生态脚印留人间。

著书立说励后人，抑或志趣度晚年。

文明痕迹存社会，文史资料藏图馆。

我为曾宏多喝彩，如此壮举旗呐喊。

一册钥匙定细读，他日再写读后感。

曾宏送来请客宴，嘉宾聚会天香店。

餐馆格调很高雅，好吃宽座众人观。

乒俱球员二十四，省市球友与骨干。

东道盛情菜肴美，满桌佳肴立体现。

正餐过后玩棋牌，仍在天香仁和店。

主人良心又用苦，每人还赠书以观。

《钥匙》一书很厚重，拿在手里沉甸甸。

定林曾宏二人著，夫妻十年磨一剑。

全部反映身边事，眷恋乡土爱与善。

二人皆为领导者，百忙抽暇作文篇。

虚心请教更上楼，高人点拨益匪浅。

多年笔耕恒不辍，国省市刊时闪现。

贴近生活乡土情，反映真实在民间。

长期练笔会提高，坚持写作发灵感。

百零七篇散文集，共分六个整单元。

透过文风观人品，质朴敦厚有思辨。

前日赠书太匆忙，未能深读仔细看。

待定他日读全文，再来发表读后感。

今日又赠众嘉宾，全是乒俱好骨干。

建议各位细研读，不负东道心一片。

老有所乐爱一好，精神寄托增寿诞。

抑或励志育子孙，抑或兴趣大增添。

生态脚印自留下，文明痕迹留人间。

曾宏精神鼓舞人，堪为榜样吾追赶。

精神食粮不嫌多，翘盼各位宏图展。

新年不日即将至，祝福各位喜心颜。

长辈高寿儿孙孝，家庭和美大团圆。

归田乐·定林曾宏兄嫂

赵荣刚

古蔺金兰好，
更见得，落鸿春晓。
酒城因缘巧，
酒中识志友，同饮欢笑。
致士乡情未曾了。

江阳兄长嫂，
共一著，临风油然劲草。
玉峦虹练，梓里荆林鸟。
远交且近睦，索来萍藻。
双宿双飞赋闲稿。

2018年3月6日